Film ab für die Liebe

Liebesroman

Mehr über Karin Köster:
www.karin-koester.de
www.facebook.com/koester.karin

Weitere Romane von Karin Köster:

Puppenhaus
Spürnase
Männer unerwünscht
Lass beim Sex die Socken an
Schnittenfänger
Kein Mord wie jeder andere
Wer zweimal stirbt, dem glaubt man nicht

Karin Köster

Film ab für die Liebe

Bibliografische Information der Deutschen Nationalbibliothek:
Die Deutsche Nationalbibliothek verzeichnet diese Publikation in der Deutschen Nationalbibliografie; detaillierte bibliografische Daten sind im Internet über http://dnb.dnb.de abrufbar.

© 2016 Karin Köster
1. Auflage

© Cover- und Umschlaggestaltung: Laura Newman – design.lauranewman.de
Verwendete Elemente & Motive: Selected/designed by Freepik

Herstellung und Verlag: BoD – Books on Demand, Norderstedt

ISBN: 978-3-743-14334-0

Inhaltsverzeichnis

1. Ein aufregendes Abenteuer	7
2. Überraschende Entdeckung	24
3. Doppelte Abfuhr	53
4. Plötzlicher Absturz	88
5. Dreharbeiten mit Hindernissen	99
6. Kribbeln im Bauch	122
7. Verhängnisvoller Liebesbeweis	156
8. Vergeben und vergessen	185
9. Ein echter Kumpel	208
10. Verlockende Angebote	231
11. Eine turbulente Hochzeit	264
12. Schwindelig vor Glück	277

Ein aufregendes Abenteuer

Am frühen Samstagmorgen reißt mich Joe Cockers Reibeisenstimme aus dem Tiefschlaf. Ich taste nach dem Handy und entdecke den Namen ROBERT STOLZE auf dem Display. Huch, mein Chef!? In den gesamten sieben Wochen, die ich als Assistentin für seine Fernsehproduktionsfirma Golden Gloria arbeite, hat er mich noch kein einziges Mal angerufen.

Ich reibe mir die Augen, um sicherzugehen, dass ich nicht träume, räuspere mich und atme tief ein. „Katharina Spatz?" Uh, meine Stimme hört sich ja schrecklich verschlafen an!

„Pack Klamotten für zwei Tage ein", schallt es aus dem Hörer. „Wir drehen eine Folge 'Bauernhochzeit' und du darfst mit zum Set kommen."

Mit einem Schlag bin ich hellwach. „Ich darf ... Das ist ja großartig! Unglaublich!" Ich krieg mich gar nicht wieder ein. Bislang habe ich meine Arbeitstage nur mit Kaffeekochen und im muffigen Archiv verbracht. Ein richtiges Set kenne ich allenfalls vom Hörensagen.

„Ich hab den Auftrag gerade eben bekommen", jubelt er. „Ist verdammt kurzfristig, aber ne tolle Chance, wieder ins Doku-Soap-Geschäft einzusteigen."

Robert und seine Frau Olivia haben Golden Gloria erst vor ein paar Monaten gegründet, nachdem Roberts vorherige Firma Proudly pleite gegangen ist. Ich muss mir mit Olivia das Büro teilen und habe sie wohl schon dreihundert Mal prahlen hören, dass sie ihren Mann aus dem Schlamassel gezogen hat: Mit ihrer selbstlosen Courage, ihrem fundierten Fachwissen und dem Geld ihrer Mutter.

„Ich beeile mich", rufe ich, hopse aus dem Bett und stoße mir prompt den großen Zeh am Kleiderschrank.

Mein Zimmer ist eigentlich eine Abstellkammer. Die dazugehörige Wohnung gehört Jana, ihre Eltern haben sie ihr geschenkt. Jana studiert Jura und als Gegenleistung für das Dach überm Kopf frage ich sie aus ihren Büchern ab.

Bis vor Kurzem verlief mein beruflicher Werdegang in Schlangenlinien. Ich konnte mich irgendwie für keinen Job so richtig begeistern. Nach dem Abi habe ich Kulturwissenschaften studiert und anschließend wusste ich nicht, was ich damit anfangen sollte. Es gibt tausend Möglichkeiten, wie soll man sich da entscheiden? Ich machte ein Praktikum im historischen Museum (langweilig), bei der Tageszeitung (auch nicht viel besser) und im Kulturdezernat der Stadt (grässlicher Laden), und weil ich danach immer noch keinen Plan hatte, hängte ich ein freiwilliges Jahr bei den Kunstgenossen dran.

Eines Sonntags, als Jana und ich in Jogginghosen und mit einer Familienpackung Schokoladeneis auf dem Schoß vor der Glotze abhingen, kam mir die Idee, Fernsehproduzentin zu werden. Ich will Gutes in die Welt bringen, ich will etwas bewirken, und da bin ich beim Fernsehen genau richtig. Eine einzige Sendung kann das Leben von Millionen Menschen verändern, ist das nicht großartig? Sehr viele junge Leute wollen zum Fernsehen und so grenzte es an ein Wunder, dass ich den Job als Assistentin bei Golden Gloria bekam.

Ich humple ins Bad, dusche und fasse meine nassen braunen Locken zu einem Pferdeschwanz zusammen. Dann schlüpfe ich schnell in Jeans und Shirt und fahnde im Durcheinander unterm Bett nach meiner alten Sporttasche. Sie ist unter einer Staubschicht vergraben. Jana taucht im Türrahmen auf, sie ist in einen flauschigen

Bademantel gehüllt und hält eine dampfende Tasse Kaffee in der Hand.

Ich berichte ihr euphorisch von meinem Aufstieg in die Produktionsriege.

„Doku-Soap?" Sie schaut mich erstaunt an. „Ich dachte, euer Laden macht Image-Filme für Unternehmen."

Ich schüttle die Staubflusen aus der Tasche und werfe ein paar Klamotten hinein. „Das stimmt, aber in Stolzes ehemaliger Firma haben sie Doku-Soaps gemacht. Robert freut sich total, dass wir jetzt wieder bei Super Alpha TV im Geschäft sind!"

Kathis dicker gelber Kater Emil stolziert ins Zimmer und schnurrt mir um die Beine.

„Doku-Soap ist der letzte Mist", verkündet sie und ich seufze auf. Jana hat so ziemlich an allem etwas auszusetzen.

„Da werden arme Leute ausgenutzt!"

Ich setze Emil aufs Bett und flitze rüber ins Bad, um meine Zahnbürste, Duschbad und Deo zu holen.

„Ich hab im Internet Videos von Betroffenen gesehen. Die solltest du dir angucken, dann weißt du, was da abgeht", ruft sie mir hinterher.

Ich sause zurück in mein Zimmer. „Das mag ja vielleicht in Einzelfällen vorkommen, aber in der 'Bauernhochzeit' ganz sicher nicht." Ich lege die Toilettenartikel in die Tasche und mühe mich mit dem klemmenden Reißverschluss ab. „Darin geht es um ein verliebtes Paar vom Lande, das bald heiraten will."

Jana schlägt sich die Hand vor die Stirn. „Die Sendung kenn ich doch, die läuft neuerdings freitagabends! Die machen Clowns aus dem Hochzeitspaar und verarschen sie vor der Kamera nach Strich und Faden."

Ich zwinge mich zu Nachsicht und Geduld. „Aber

doch nicht in *unserer* Produktion! Das Publikum wird zu Tränen gerührt sein." Der Zipper bleibt auf halber Strecke stecken, zwei Zähne des Reißverschlusses springen mir entgegen und landen auf dem Fußboden. Upps!

„Zu Tränen des Mitleids vielleicht. Katharina, du solltest die Finger davon lassen. Du machst dich unglücklich."

Manchmal geht mir Jana echt auf den Senkel. Immer sucht sie nach dem Haar in der Suppe. Oder gönnt sie mir meinen Erfolg etwa nicht? Ich werfe ihr einen forschenden Blick zu, sehe echte Besorgnis in ihren Augen, und schäme mich für meine fiesen Gedanken.

„Du kennst dich gut mit Pferden aus, aber was Menschen angeht, bist du ziemlich ahnungslos", behauptet sie.

Ich zucke zusammen. Warum muss sie mich ausgerechnet jetzt an Gustavs Pferdehof und meinen geliebten Hercules erinnern? Seit meinem Weggang vor sechs Jahren bemühe ich mich, die Erinnerungen an mein Heimatdorf zu verdrängen.

Mein Blick wandert zum Fenster. Ich wünschte, die Welt dahinter wäre erfüllt vom Gesang der Vögel und dem leisen Plätschern des Mühlbaches. Ich würde mich an den Rand der Koppel setzen und den Pferden beim Grasen zuschauen. Doch hinter meinem Fenster tobt das Stadtleben auf Asphalt und in Betonklötzen. Die unentwegte Geschäftigkeit zu vieler Menschen auf zu engem Raum.

Ich verscheuche die trüben Gedanken. Heute ist der Tag der Tage! Golden Gloria rückt zu einer Fernsehproduktion aus und ich bin dabei! Ein aufregendes Abenteuer wartet auf mich.

„Ich muss los", sage ich und ergreife die beiden Henkel der Tasche. Zack reißt einer ab. Ich klemme mir die Tasche unter den Arm und wir gehen nebeneinander über den Flur zur Wohnungstür.

„Sorry, ich hab dich noch gar nicht gefragt, wie dein erstes Date mit Alexander war." Alexander ist ebenfalls Jurastudent, und Jana ist seit Monaten in ihn verknallt.

Ein verträumtes Lächeln erscheint auf ihrem Gesicht. „Wir hatten ein total romantisches Candlelight-Dinner im Schlossgarten", schwärmt sie. „Alexander wird die Kanzlei seines Vaters übernehmen." Eine steile Falte teilt ihre Stirn in zwei Hälften. „Irgendwie ist das mit ihm zu schön, um wahr zu sein."

„Du erzählst mir alles haarklein, wenn ich wieder da bin, okay?"

„Mädelsabend?" Sie hält mir die Hand hin. Jana hat's nicht so mit Umarmungen.

„Ich freu mich drauf", entgegne ich und schlage ein. Auf meinem Gesicht breitet sich ein Lächeln aus. „Jana?"

Sie zieht eine Augenbraue hoch.

„Genieß das mit Alexander! Wenn's zu schön ist, um wahr zu sein, dann könnte es Liebe sein." Ich gebe ihr einen Kuss auf die Wange. Dann drehe mich um und springe die Treppenstufen hinunter.

***

Vorm Bürogebäude steht ein VW-Bulli, der seine besten Jahre lange hinter sich hat. Grünspan hat sich in die ehemals weiße Lackierung hineingefressen, von der Fahrzeugbeschriftung sind nur noch die Buchstaben P und o übrig. Die mit Rostpickeln gespickte Heckklappe steht offen, mein Chef verstaut Gegenstände auf der Ladefläche.

Er trägt helle Stoffhosen, Slipper und ein Polohemd

mit dezentem Emblem. Wie immer ist er makellos rasiert und duftet nach einem teuren Aftershave. Ich kann mir beim besten Willen nicht vorstellen, dass Robert Stolze jemals in schlabberiger Jogginghose und ausgeleiertem Shirt auf der Couch abhängt. Und Beauty-Queen Olivia Stolze erst recht nicht.

Er übergibt mir einen Computerausdruck. „Geh rein, häng dich ans Telefon und besorg uns einen Tontechniker. Nen Kameramann hab ich schon. Du hast zwanzig Minuten."

Augenblicke später hocke ich auf meinem Bürostuhl und telefoniere mir einen Wolf. Kein Tontechniker, der auch nur ansatzweise was von seinem Handwerk versteht, sei so kurzfristig zu haben, kriege ich zu hören. Ein paarmal bekomme ich nur schallendes Gelächter zur Antwort.

In Minute 17 habe ich Sören Sündermann am Apparat. Im Hintergrund sind hämmernde und krachende Geräusche zu hören, vermutlich wird dort gerade renoviert. Ich sage meinen Vers auf und als ich ende, fängt Sören an zu heulen. Ein dumpfer Knall ertönt, dann das schadenfrohe Gelächter einer Frau.

„Bitte, nein, Ela-Mäuschen, mach nicht auch noch meinen Porzellan-Nikolaus kaputt!", jammert er. „Das ist ein Erbstück von meiner Oma!"

Und klirr!

Sören jault auf. „Der schöne, schöne Nikolaus."

„Hau ab, verschwinde aus meiner Wohnung!", kreischt die Frau, bei der es sich vermutlich um Ela-Mäuschen handelt. „Jetzt sofort! Sonst ruf ich die Polizei und erzähl denen, dass du mich vergewaltigt hast!"

„Aber ... Um Gottes willen, du weißt doch, dass ich sowas niemals machen würde!"

Minute 19. „HALLO???", rufe ich in den Hörer.

„Raus hier! Und wehe, du lässt dich nochmal bei mir blicken!"

„Herr Sündermann?!", schreie ich. „Sie haben einen Job!"

„Okay", jault er.

„Wir holen Sie ab, warten Sie draußen vor der Tür, wir sind gleich da!" Ich werfe den Hörer hin, stürme nach draußen und treffe auf einen bärtigen Typ in Ernie-und-Bert-T-Shirt und Biker-Kutte.

Er hebt einen Finger zum Gruß. „Hi, ich bin Benno."

Robert wirft die hintere Klappe zu. „So, Herr Schütz, wir haben alles gut verstaut, steigen Sie ein." Und an mich gewandt: „Was ist mit dem Ton?"

„Alles paletti", sage ich und komme mir ungeheuer professionell vor.

„Du fährst", befiehlt er und geht zur Beifahrertür.

Schlagartig habe ich einen Knoten im Magen, mein Mund ist staubtrocken.

„Tut mir leid, das geht nicht", stammele ich.

„Hast du etwa keinen Führerschein?"

„Doch. Aber ich fahre kein Auto mehr, seit ich damals diesen Unfall hatte." Die Erinnerung jagt mir einen eiskalten Schauer über die Haut. Ich hatte gerade mal zwei Wochen den Führerschein, als mir ein dunkler Wagen die Vorfahrt nahm. Ich trat voll auf die Bremse, kam ins Schleudern, rammte einen Blumenkübel und überfuhr ein herrenloses Dreirad. Die Vorstellung, dass auf dem Dreirad ein kleines Kind gesessen haben könnte, ließ mich nicht wieder los. Seit dem Unfall habe ich mich ein paarmal versuchsweise auf einen Fahrersitz gesetzt und sofort eine Panikattacke bekommen.

Roberts Handy klingelt. „Ja, mein Schatz?" Er umrundet den Wagen, klemmt sich hinters Steuer und wirft die Fahrertür zu. Ich entere den Beifahrersitz und Benno krabbelt auf die Rückbank.

„Mach dir keine Gedanken, wir kommen prima ohne dich zurecht", trällert er.

Am anderen Ende bricht ein Redeschwall los, Robert zieht den Kopf ein.

„So hab ich das nicht gemeint. Natürlich wär's besser, wenn du dabei wärst."

Eine erneute Schimpftirade. Obwohl er den Hörer ans Ohr presst, schnappe ich die Wörter „Vollidiot", „Pleite" und „Greenhorn" auf. Jede Wette, dass mit „Greenhorn" ich gemeint bin.

„Bis übermorgen, mein Schatz. Viel Spaß mit deiner Mutter, lasst euch schön im Wellnesshotel verwöhnen!" Er verdreht die Augen, wirft das Handy auf die Mittelkonsole und schmeißt den Bulli an. Der Motor bollert und der Auspuff rotzt eine schwarze Wolke auf den Asphalt.

Robert knallt den Rückwärtsgang rein, wendet und tritt das Gaspedal durch. Sein Mundwinkel verzieht sich zu einem breiten Grinsen, er streckt den Rücken durch und trommelt ausgelassen auf dem Lenkrad herum. „Guck mal ins Handschuhfach, da muss irgendwo ein Navi sein", trompetet er.

Ich finde ein uraltes No-Name-Gerät, schließe es an den Zigarettenanzünder und tippe Sörens Adresse ein.

„Wir sind in acht Minuten da", verkünde ich, klemme das Gerät in die Halterung an der Scheibe und fühle mich bereits jetzt als ein wichtiges, unverzichtbares Mitglied der Crew. Gut, dass Robert mich dabei hat! Okay, okay … er hatte nicht allzu viele Alternativen. Genau genommen gar keine. Seine werte Gattin ist im Wellnesshotel, und ich bin die einzige Mitarbeiterin bei Golden Gloria.

Bennos bärtiges Gesicht taucht neben Roberts Kopfstütze auf. Er fletscht die Zähne wie eine Bulldogge. „Nur damit dir das klar ist, Herr Produzent:", knurrt er. „Wenn ich meine Kohle nicht kriege, wirst du dir wünschen, deine Mutter hätte dich abgetrieben."

Mein Chef setzt ein gewinnendes Lächeln auf. „Da machen Sie sich mal keine Sorgen, Herr Schütz. Sie bekommen jede Stunde bezahlt", versichert er.

„Und ich will eine vernünftige Unterkunft und anständige Verpflegung!"

„Kriegen Sie, kriegen Sie!"

„Dann sind wir uns ja einig", grunzt er und lehnt sich wieder zurück.

„Ich schlage vor, dass wir uns alle duzen", verkündet Robert über das röhrende Motorengeräusch hinweg. „Das erleichtert die Arbeit am Set."

„Spitzenidee", meint Benno lakonisch.

„Gerne", sage ich feierlich.

Ich erkenne Sören schon von weitem. Ein schlaksiger Typ von gut und gerne zwei Metern mit hängenden Schultern, seidenglatten langen blonden Haaren und Plüsch-Kopfhörern auf den Ohren. Das Metallica-Fan-Shirt schlackert um seinen mageren Körper, dazu trägt er karierte Bermudashorts und Sandalen. Neben ihm auf dem Bürgersteig befinden sich blaue Müllsäcke, Kartons, diverse Taschen, eine zusammengerollte Bettdecke, ein schmiedeeiserner Kerzenständer, eine Yuccapalme und ein Koffer. Man könnte meinen, Sören wäre als Wachtposten für einen Sperrmüllhaufen abgestellt.

„Ist er das?", fragt Robert zweifelnd und tritt auf die Bremse. Der Wagen ruckelt und wird langsamer. „Was will der denn mit all den Sachen?"

„Seine Freundin hat ihn rausgeworfen."

Wir halten in zweiter Reihe neben den parkenden Autos, ich reiße die Beifahrertür auf. „Sören?", brülle ich gegen den Auspufflärm an, winke ihm zu und springe aus dem Wagen.

Er hebt im Zeitlupentempo den Kopf. Seine Augen sind gerötet und seine Wangen tränennass.

„Hi, ich bin Katharina!", begrüße ich ihn und schnappe mir den Koffer. „Toll, dass du mitkommst. Das bringt dich bestimmt auf andere Gedanken."

Einen kleinen Karton unterm Arm trottet er hinter mir her. Robert hat die Klappe aufgemacht, ich schiebe den Koffer auf die Ladefläche und sprinte zurück zum Gehsteig.

Robert droht ihm mit dem Zeigefinger. „He! Du nimmst dein Equipment mit und ein paar Klamotten. Der Rest bleibt hier!" Er zeigt kopfschüttelnd auf das Sammelsurium. „Ich bin Fernsehproduzent und kein Umzugsunternehmer."

Sören klemmt sich den Karton wieder unter den Arm und dreht sich auf dem Absatz um. „Dann fahr ich nicht mit. Ich lass doch meine guten Sachen nicht einfach hier stehen!"

„Scheiße, verdammt!" Robert fährt sich mit den Fingern durch die akkurate Frisur. Er beißt die Zähne zusammen und spricht wie ein Bauchredner, ohne die Lippen zu bewegen. „Nun mach schon, her mit dem Krempel!"

Ich werfe zwei pralle Plastiksäcke auf die Ladefläche und nehme mir als Nächstes die Kisten vor. Nach ein paar Minuten ist der Bürgersteig geräumt und der Wagen bis zur Oberkante vollgestopft. Die sperrigen Sachen fahren auf dem Dachgepäckträger mit. Hinter der Heckscheibe klemmt Sörens geblümtes Federbett, im

Seitenfenster sind blaue Müllsäcke und der Kerzenständer zu sehen. Unter meinen Füßen befinden sich meine Sporttasche und Sörens Taschen, die Yuccapalme fährt auf dem Rücksitz mit.

„Ein Zigeunerwagen ist nichts dagegen", murrt Robert.

Beim Einsteigen stößt der lange Sören mit dem Kopf unter den Türrahmen und fängt augenblicklich an zu heulen. „Ich hab nichts als Pech. Mein ganzes Leben ist eine einzige Pechsträhne", jault er.

„Heilige Scheiße", stöhnt Benno. „Wo habt ihr den denn her? Aus einer beschützenden Werkstatt?"

Robert programmiert das Navi, wirft die Turbinen an und wir rumpeln durch die Seitenstraßen.

„Vier Stunden Fahrt. Zeit genug fürs Briefing. Benno, da hinten bei euch fliegt irgendwo mein Aktenkoffer rum. Hol das Treatment raus. Katharina, du schreibst mit!" Er erkämpft sich einen Platz im fließenden Verkehr der Ausfallstraße und hüllt die nachfolgenden Fahrzeuge in eine Rußwolke.

Ich ziehe Stift und Schreibblock aus meiner Tasche, setze mich kerzengerade hin und bin ganz Ohr.

Benno und Sören fahnden im Durcheinander des Gepäcks nach dem Aktenkoffer.

„Was ist das denn überhaupt für'n Job?", erkundigt sich Sören weinerlich.

„Doku-Soap 'Bauernhochzeit'. Es gibt neun Paare in drei Sendungen", erklärt Robert. „Zwei Sendungen sind schon gelaufen, die letzte wird am kommenden Freitag gezeigt. Die Zuschauer rufen für ihr Lieblingspaar an. Den Gewinnern zahlt Super Alpha TV die Hochzeitsfeier und die Flitterwochen."

„Ach so", murmelt Sören.

„Wir brauchen zwanzig Minuten netto, also gehen

wir mal von acht Szenen plus O-Tönen aus", sagt Robert.

Hä? Was meint er damit? Ich will mir keine Blöße geben und halte den Mund.

„Macht zwei Drehtage, wenn alles glattgeht. Wie wird verkabelt?", will Benno wissen.

„Offen. Maximal vier Anstecker, den Rest angeln wir."

Hilfe! Kann das mal bitte jemand für mich übersetzen?

„Und wo?"

„Zwei Locations: Bauernhof, Gutshof. Draußen, drinnen, das Übliche." Robert schaltet den Blinker ein und zieht nach links rüber.

„Ich hab jahrelang Doku-Soaps gemacht, aber jetzt hab ich mehr Bock auf Festivals und Konzerte", erklärt Benno. „Ey, ich hab die Aufzeichnung von den Big Bad Balloons gemacht, da seid ihr platt, was?"

„Echt? Die würd ich gern mal mischen! Das ist mein Lebenstraum!", ruft Sören. Seine Tränen sind versiegt.

„Dieses Wochenende war ich eigentlich für Rock Revival gebucht, aber das Konzert wurde abgesagt. Glück für euch. Ah, hier ist die Aktentasche!"

„Ich hab Hunger", mault Sören.

Robert zeigt auf die Stadtbäcker-Tüte zwischen den Vordersitzen, ich reiche sie nach hinten. Unser Tontechniker langt hinein und wählt ein Brötchen mit Kochschinken, Ei und Salat. Benno nimmt eines mit Salami. Sie kauen einträchtig.

„Weiter im Text." Robert streift die reinweiße Seite meines Blocks mit einem Seitenblick.

„Uno Momento", entgegnet Benno mit vollem Mund. Er blättert im Script herum. „Okay. Wir haben ein heiratswilliges Pärchen", sagt er schmatzend und schluckt den Bissen runter. „Der Bräutigam heißt Patrick, ist Fachtierarzt für Pferde und war in einer renommierten städtischen Klinik beschäftigt."

Ich zucke zusammen. Das passiert mir immer, wenn ich den Namen Patrick höre, obwohl es hunderttausende Patricks auf der Welt gibt. Eine dumme, unerklärliche Angewohnheit, denn die Sache mit Patrick Volkens aus Mühlbach ist längst Geschichte. Ich denke nie mehr an ihn. Na ja, fast nie.

„Sein älterer Bruder sollte den elterlichen Hof übernehmen, hat sich aber aus dem Staub gemacht. Patrick will die Eltern nicht hängenlassen, hat seinen Beruf an den Nagel gehängt und schaufelt jetzt Scheiße, obwohl er eigentlich zu Höherem berufen ist."

„So'n Idiot", kommentiert Robert und Benno kichert zustimmend.

Spinnen die? Wieso machen sie sich über jemanden lustig, der seine Eltern unterstützt? „Er scheint ein verantwortungsbewusster Mann zu sein", werfe ich ein, aber niemand reagiert auf meinen Kommentar.

„Seine Zukünftige ist ein blondes Dummchen namens Cindy, die sich einbildet, singen zu können. Daddy hat ihr die Gesangsausbildung bezahlt."

Ein Mädchen namens Cindy gibt's in Mühlbach auch. Zumindest gab es sie vor sechs Jahren, ich weiß nicht, ob sie immer noch dort wohnt. Mit Cindy aus Mühlbach verbinde ich wenige schöne und sehr viele unschöne Erinnerungen.

„Cindy singt bei Dorffesten, weil Daddy der Bürgermeister ist, aber kein Mensch mit intaktem Gehör würde sie jemals buchen, nicht mal gratis. Sie gibt vor, noch Jungfrau zu sein. Angeblich hat sie Jahre auf den Scheißeschaufler gewartet und sich für ihn aufgespart. Das nenn ich wahre Liebe!" Er gluckst vor Lachen.

„Wie alt ist das Mädchen? Zehn?", erkundigt sich Robert gackernd.

Hallo? Es mag zwar altmodisch sein, aber umso romantischer, wenn diese Cindy tatsächlich schon seit Jahren in ihren Patrick verliebt ist und keinen anderen Mann haben wollte.

„Cindy und ihr Daddy haben gute Karten bei der angehenden Schwiegermutter. Die ist ein Moralapostel und macht auf heile Familie. Sie will den Hof vergrößern, damit sie die mächtigste Bauernfamilie weit und breit sind. Lüder, der Vater, ist ein Arbeitstier, der kriegt die Zähne nur zum Essen auseinander."

„Herrlich!" Robert haut mit der flachen Hand aufs Lenkrad.

Ein seltsames, ungutes Gefühl steigt in mir auf. „Lüder?", hauche ich. „Der Vater des Bräutigams heißt Lüder?" Das unheilvolle Gefühl frisst sich durch meine Eingeweide und legt sich wie ein Stein in meinen Magen.

„Ne Nervensäge und 'n Vollpfosten. Solche Eltern wünscht sich jeder Sohn!" Benno krümmt sich vor Lachen.

Mein Bleistift fliegt übers Papier, ich bemühe mich, jedes Wort mitzuschreiben. Das erste Briefing meines Lebens ist eine verwirrende Angelegenheit.

„Cindys Daddy Horst ist der Bürgermeister des Dorfs und leitet die Sparkasse im nächsten größeren Ort. Ein geldgieriger Typ, der seiner Tochter Zucker in den Arsch bläst."

Das ungute Gefühl wird zu einer schlimmen Ahnung, die sich bitte, bitte nicht bewahrheiten darf. Ich atme tief durch. Es gibt ständig Zufälle, versuche ich mich zu beruhigen, das ganze Leben ist eine Aneinanderreihung von Zufällen.

„Er baut gegenüber seinem eigenen Grundstück ein Haus für Töchterchen und Schwiegersohn, dann hat er die beiden gut im Blick, und Töchterchen muss nicht auf einem stinkenden Bauernhof wohnen", fährt Benno fort.

„*Mein* Vater gratuliert mir nicht mal zum Geburtstag", klagt Sören.

Ich drehe mich zu ihm um. Sein Kinn zittert verdächtig.

„Vielleicht kann er sich die Zahlen nicht merken. Solche Leute soll's geben. Da steckt bestimmt keine böse Absicht dahinter", sage ich schnell, damit er nicht wieder anfängt zu weinen.

Wir fahren auf die Autobahn, der Bulli ruckelt und spuckt und will nicht so recht auf Touren kommen. Robert zieht vom Beschleunigungsstreifen rüber auf die Fahrspur, hinter uns ertönt ein mehrstimmiges Hupkonzert.

„Scheiße, ey, ist das ne Hitze hier drinnen, da kommt man ja um!" Benno pellt sich aus seiner Kutte und bleibt in der Grünpflanze hängen. Ein Ast knickt ab.

„He, pass doch auf! Du hast meine Palme kaputt gemacht!", jammert Sören.

Benno fächelt sich Luft zu. „Hat die Karre Klima?"

Robert verneint, dreht am Lüftungsknopf herum, der Knopf fällt ab und kullert unter die Sitze. Seufzend kurbelt Benno die Scheibe runter, macht sie aber wegen des stinkenden Auspuffqualms gleich wieder zu.

„Bleibt noch Astrid, die Gattin des Bürgermeisters, also Cindys Mutter. Die hockt den lieben langen Tag in ihren vier Wänden und geht nur zu Beerdigungen aus dem Haus."

Der Stein in meinem Magen verwandelt sich in einen Felsbrocken, mir bricht der Schweiß aus, ich schnappe nach Luft.

„Ein Fall für die Klapse", kommentiert Robert grinsend.

„Ansonsten haben wir den alten Gutsbesitzer Gustav, der die Hochzeitskutsche fährt, und ..."

„Gustav fährt die Kutsche?!", stoße ich hervor. Wie alt ist er jetzt? Vierundachtzig. Gustav müsste jetzt vierundachtzig sein.

„... einen Besamungstechniker namens Piedel, der beste Kumpel des entlaufenden Bruders."

„Heißt der echt Piedel?", grölt Robert.

Nein, das ist nur sein Spitzname. Sein richtiger Name ist Detlef Pingel.

Patrick, Cindy, Lüder, Horst, Astrid, Gustav und nun auch noch Piedel. Der Schweiß strömt mir den Rücken runter, mir ist speiübel.

„Piedel, der Besamungstechniker. Ey, wie scheiße ist das denn? Huhuhu, ich schmeiß mich weg!", japst Benno.

„Klingt echt lustig", meint Sören bemüht gutgelaunt.

Meine Stimme klingt wie ein Roboter. „Wie heißt das Dorf, in dem wir drehen?" Ich weiß die Antwort, aber man soll die Hoffnung auf ein Wunder nie aufgeben.

„Mühlbach." Robert wirft mir einen forschenden Blick zu. „Geht's dir nicht gut? Du bist ganz käsig im Gesicht."

„Nein, äh, ja ... Großer Gott!" Das darf doch nicht wahr sein! Wir sind unterwegs in mein Heimatdorf, das ich vor sechs Jahren verlassen habe. Ich bin seitdem nicht mehr dort gewesen, es hätte zu weh getan. Cindy ist meine Erzfeindin und Patrick meine erste große Liebe. Cindy hat mir in der Grundschule in den Kakao gespuckt und gemeine Lügenmärchen über mich verbreitet. Patrick hat mich auf der Anhöhe unter der alten Eiche geküsst und mir das Herz gebrochen.

Ich habe nur einen einzigen Wunsch: Ich will aussteigen und zu Fuß zurück nach Hause gehen. Vielleicht habe ich ja Glück und werde von einem LKW überfahren.

Überraschende Entdeckung

„So, damit haben wir die Fakten aus dem Treatment. Nun zur Geschichte. Irgendwelche Ideen, Katharina?"

Ich schüttle benommen den Kopf. Was denn für eine Geschichte? Es ist doch schon alles geklärt. Patrick und Cindy werden heiraten und das Fernsehteam begleitet ihre Hochzeitsvorbereitungen.

Robert seufzt. „Normalerweise hätte ich die Vorgespräche mit den Protagonisten geführt und die Gegebenheiten gecheckt. Das hat aber einer von 'ner anderen Firma gemacht, also springen wir ins kalte Wasser. Alles ist vorbereitet und auch wieder nicht."

„Die Einverständniserklärungen sind aber unterschrieben, oder?", hakt Sören nach. „Sonst kommen wir in Teufels Küche."

„Ja, alles vorschriftsmäßig. Außer Cindys geistig umnachteter Mutter haben alle Protagonisten ihren Sklavenvertrag unterzeichnet", sagt Robert.

Sklavenvertrag? Ich muss mich verhört haben.

„Angeblich wurden sie auch bezüglich Klamotten und Requisiten geimpft, ich hab aber natürlich trotzdem die Produktionskiste an Bord. Echt blöd, dass ich die Leute noch nicht kenne. Mit dem Vertrauensverhältnis zwischen Realisator und Protas steht und fällt die ganze Story." Er streicht mit der Hand über sein glattes Kinn.

„Wieso das denn? Wir wollen sie doch nur filmen", sage ich dumpf.

Benno schlägt sich mit der Faust vor die Stirn. „Oh Mann ey, du hast echt null Plan, oder?"

„*Nur* filmen! Du bist gut!", haut Sören mit in die Kerbe.

„Katharina, wir haben eine Geschichte zu erzählen", klärt mich Robert ungeduldig auf. „Die Protagonisten folgen unserer Storyline. Die wiederum wird vom Spannungsbogen zusammengehalten und durch die O-Töne verbunden. Soweit verstanden?"

Ich nicke stumm, während Patrick und Cindy sich vor meinem geistigen Auge im Heu wälzen. Mir fällt ein, dass Cindy angeblich noch Jungfrau sein soll. Hahaha! Wer's glaubt, wird selig.

„Die Protas müssen dem Producer blind vertrauen, dann lassen sie sich prima lenken und liefern die Szenen, die man für die Story braucht. Deswegen sollte man vorher mit ihnen per Du sein", erklärt Robert im Ton eines Schulmeisters.

„Das bin ich", gestehe ich kaum hörbar.

„Es soll ordentlich krachen", ereifert er sich. „Da sollen die Fetzen fliegen! Ich will bedauernswerte Lächerlichkeit, ich will Peinlichkeit, ich will Fremdschämen. Ich will den Ekelfaktor, ein bisschen Süßholz, nackte Haut und eine schmalzige Versöhnung! Ich will die ganze Palette an Emotionen!"

Ich muss irgendwas verpasst haben, Robert kann unmöglich die „Bauernhochzeit" meinen. Wovon redet er bloß?

Für einen Moment schaffe ich es, meinen Seelenschmerz auszublenden. „Die wollen heiraten, das ist eine romantische Sache", sage ich.

Robert hebt seufzend die Schultern, als hätte er es mit einem besonders schweren Fall von Begriffsstutzigkeit zu tun. „Unsinn, Katharina! Die Zuschauer wollen Konflikte, sie wollen sich über die Blödiane kaputtlachen, sich über ihre Dummheit aufregen und sich schütteln vor Ekel. Dann fühlen sie sich besser und ihr eigenes armseliges Leben erscheint ihnen plötzlich nur noch halb so armselig."

„Ich dachte, wir erzählen eine Liebesgeschichte und berichten von den Hochzeitsvorbereitungen."

„Das tun wir ja auch." Robert blinzelt mir zu. „Allerdings auf unsere Art, wir machen schließlich Doku-Soap. Lies dir das Treatment und deine Notizen durch, vielleicht kommen dir dabei Ideen für die Story."

Benno reicht mir einen Stapel Papier nach vorn. „Ich bin dann mal weg", murmelt er, rollt seine Kutte zur Wurst zusammen, stopft sie sich in den Nacken und schließt die Augen. Sören setzt die Plüschkopfhörer auf die Ohren und tippt auf seinem Handy herum.

Ich drehe mich wieder nach vorn und starre durch die Windschutzscheibe, ohne irgendetwas wahrzunehmen.

„Träumst du, Katharina?" Robert tippt mir an die Schulter. Ich schüttle langsam den Kopf, atme tief durch, stecke das Deckblatt ans Ende des Stapels und beginne zu lesen.

***

Wir bräuchten kein Navi. Ich könnte Robert sogar mit verbundenen Augen nach Mühlbach lotsen. Auf dieser Landstraße bin ich jahrelang mit dem Bus zum Gymnasium nach Schönbrunn gefahren. Bei uns in Mühlbach gibt es nur einen Kinderspielkreis, im nächsten Ort Neuenhausen sind die Grundschule, die Haupt- und Realschule, außerdem die Sparkasse und ein paar Läden zum Einkaufen.

Robert blinkt und fährt auf die freie Tankstelle. Die wurde damals von einem zwielichtigen Typen namens Oswald betrieben, der angeblich nicht nur Autos, sondern auch Geldscheine wusch. Die Dorfleute tankten deshalb lieber in Neuenhausen, obwohl der Sprit da fünf Cent teurer war.

Ich luge aus dem Fenster und entdecke hinter der Scheibe des Kassenhäuschens eine bekannte Gestalt. Es ist Oswald im Blaumann. Ich bin mir ziemlich sicher, dass die Dorfleute diese Tankstelle weiterhin meiden.

„Der Wagen hat gut durchgehalten", bemerkt Robert zufrieden. „Aber er ist verdammt durstig." Er steigt aus und wirft die Tür zu.

Das Fachpersonal auf der Rückbank wacht auf und reckt sich gähnend.

Sören nimmt die Kopfhörer von den Ohren und reibt sich mit den Fäusten den Schlaf aus den Augen. „Ich hab geträumt, ich wär der Commander eines Raumschiffs. Wir wurden von außerirdischen Gnomen angegriffen", murmelt er benommen.

Benno boxt ihn auf den Oberarm. „Ey, Mann, das ist peinlich genug, wenn du so'n Scheiß träumst, aber noch viel peinlicher ist, dass du's erzählst."

„Hast du auch was geträumt?", erkundigt sich Sören.

„Na klar, Mann. Ich hab ne kleine süße Blondine zugeritten. Sie ist viermal hintereinander gekommen."

„Echt?"

Ich räuspere mich. „In zehn Minuten sind wir da", mime ich die coole Produktionsassistentin. „Wir beginnen mit einem Interview der Bauernfamilie im Wohnzimmer." Vor meinem geistigen Auge sitzen Patrick und Cindy mit Herzchen in den Augen auf dem Sofa. Verdammt, ich mag gar nicht daran denken.

„Ich hab Hunger", quengelt Sören und wirft die zusammengeknüllte Brötchentüte in meinen Schoß. „Und Durst."

Benno schaut auf die Uhr. „Ey Scheiße, es ist nach neun, mein erstes Bier ist überfällig!"

„Es ist fünf vor drei", berichtigt Sören ihn.

„Sag ich doch. Kannste drehen und wenden wie du willst, irgendwie ist's immer nach neun."

Die Fahrertür schwingt auf. Robert wirft den Tankbeleg aufs Armaturenbrett, schnallt sich an und startet den Motor.

„Habt ihr das Hotelzimmer klargemacht?", fragt Benno. „Ich will das erst sehen, bevor wir loslegen. Nicht, dass ich am Ende des Arbeitstages eine böse Überraschung erlebe."

Robert wirft ihm im Rückspiegel einen schiefen Blick zu. „Katharina, guck mal eben im Netz nach, wo's im Dorf ne Unterkunft gibt." Er deutet mit dem manikürten Zeigefinger auf sein Smartphone in der Mittelkonsole.

„Knieriems haben eine Heuherberge, mehr gibt's nicht in Mühlbach. Eichelhardts Kneipe hat keine Zimmer", entgegne ich automatisch.

Robert starrt mich an wie eine außerirdische Erscheinung. „Woher weißt du das denn?"

„Weil Mühlbach mein Heimatdorf ist. Ich bin da geboren und aufgewachsen."

Er macht den Motor wieder aus. „Und warum sagst du das jetzt erst?" Sein Erstaunen macht einem scheelen Grinsen Platz. „Sag bloß, du kennst jede Nase in dem Kaff? Auch das Hochzeitspaar?"

Ich nicke sparsam.

Er beugt sich rüber und fällt mir um den Hals. Sein maskuliner Duft strömt in meine Nase, dann verschwindet er wieder.

„Katharina, das ist großartig! Du bist der Hauptgewinn! Die Dreharbeiten werden zum Kinderspiel! Die Leute vertrauen dir blind, weil du eine von ihnen bist. Die fressen dir aus der Hand und machen alles, was du von ihnen verlangst."

„Nun, ganz so würde ich das nicht ..."

„Du kennst ihre kleinen schmutzigen Geheimnisse und kannst sie schön mit der Nase draufstoßen! Habt ihr das gehört, Jungs? Katharina ist mit den Dorfleuten so!" Er kreuzt den Mittel- und Zeigefinger seiner erhobenen Hand.

Von der Rückbank kommt kein Kommentar.

„Also, erzähl: Was ist los mit diesem Patrick?", drängt er.

Mir jagt ein fieser Stich durchs Herz. Verzweifelt bemühe ich mich, die Erinnerung an den schönsten Abend meines Lebens zu verscheuchen. „Er ist zwei Jahre älter als ich und ... äh ... so ziemlich jedes Mädchen schwärmte für ihn."

„Du auch?", erkundigt sich Robert gackernd.

„Äh ... nein!" Ich spüre, wie eine Hitzewelle aus meinem T-Shirt-Kragen schießt, und füge schnell hinzu: „Er hat ein Super-Abi gemacht und dann zog er aus Mühlbach weg, um Tiermedizin zu studieren. Ich hab ihn seit acht Jahren nicht mehr gesehen."

„He, das ist aber dürftig", beschwert er sich. „Was ist mit Cindy?"

Ich atme auf, das Thema Patrick scheint erledigt zu sein. „In der Grundschule war sie meine Freundin, aber plötzlich, von einem Tag auf den anderen, wurde sie unausstehlich. Sie zog über mich her und verbreitete Lügengeschichten. Dummerweise waren wir bis zum Abi in einer Klasse, und das war echt kein Vergnügen."

„Eine Bitch also. Das ist toll", ruft er begeistert.

„Sie hat die Schule nur mit Mühe und Not geschafft. Ihr Vater hat ihr einen Ausbildungsplatz in der Sparkasse besorgt."

„Ist sie wirklich noch Jungfrau?"

Ich will die Schultern heben, aber sie werden von tonnenschweren Gewichten runtergedrückt. „Unwahrscheinlich. Als Dreizehnjährige hat sie die Jungs aus dem Dorf zum Eisenbahnspielen in die Garage ihrer Eltern eingeladen." Im selben Moment bereue ich es schon. Warum habe ich das erzählt? Was Cindy damals gemacht hat, geht niemanden etwas an.

„Eine andere Umschreibung für Salamiversenken", schaltet sich Benno glucksend ein. „Und wieso macht sie jetzt einen auf holde Maid?"

„Cindy steht halt gerne im Mittelpunkt." Das ist kein Geheimnis, sondern eine Tatsache.

„Ey, die Leute wissen von ihren Aktivitäten in der Garage. Da glaubt ihr doch kein Schwein das Jungfrauen-Märchen."

Keine Frage, Benno hat niemals auf dem Lande gelebt. Ich drehe mich zu ihm um und kläre ihn auf: „Punkt eins: Die Dorfleute lieben Klatsch und Tratsch, aber sie wissen, dass ein Gerücht nicht unbedingt wahr sein muss. Punkt zwei: Cindys Vater ist der Bürgermeister und niemand wird sich in der Öffentlichkeit abfällig über seine Familie äußern. Punkt drei: Die Lokomotivführer werden ganz sicher die Klappe halten, Cindy war minderjährig, als sie das Tunnelspiel spielten."

Robert grinst breit. „So langsam wird's interessant. Warum will sie Patrick heiraten, was meinst du?"

Ich habe einen bitteren Geschmack im Mund. „Wie ich schon sagte: Er war der Schwarm aller ... äh ... der meisten Mädchen. Cindy wird mächtig stolz sein, dass sie diejenige ist, bei der er angebissen hat."

„Und warum heiratet er sie? Wegen der Mitgift?"

Ich fahre wie angestochen in meinem Sitz hoch. „Nein, das würde Patrick niemals tun!" Augenblicklich sacke ich wieder zu einem Häufchen Elend zusammen.

Wieso sollte einer, der dich hereingelegt hat, nicht eine Andere wegen des Geldes heiraten? Einem Typen wie Patrick ist alles zuzutrauen! So gesehen passt er perfekt zu Cindy.

Bennos Kopf taucht zwischen den Vordersitzen auf. „Und warum hat sein älterer Bruder in den Sack gehauen? Das würd mich interessieren. Unser lieber Patrick ist ja nur zurückgekommen, weil Mami und Papi die viele Arbeit sonst nicht schaffen würden."

„Das kann ich mir nicht erklären. Elmar ist Landwirt mit Leib und Seele."

„Wie kam er denn bei den Frauen an?", erkundigt sich Robert.

„Ich weiß nicht, er war immer ziemlich beschäftigt und hat sich selten irgendwo blicken lassen", entgegne ich vage.

Elmar war damals ein echtes Muttersöhnchen. Er fuhr mit Irma zum Einkaufen, er begleitete sie zum Kaffeeklatsch und ging sogar mit ihr zur Damengymnastik. Das war schon ziemlich merkwürdig. Ich werde den Kollegen lieber nicht davon erzählen, sonst machen sie sich nur wieder lustig.

„Hört sich an, als wär das einer dieser Bauerntölpel, die mit Anfang vierzig noch nie ne Freundin hatten und sich mit Anfang fünfzig fragen, ob sie vielleicht irgendwas verpasst haben", kommentiert Benno.

„Und so einer haut von einem Tag auf den anderen von Zuhause ab? Da stimmt doch was nicht!", jauchzt Robert. Der Wagen macht einen Schlenker. „Erzähl uns was über Cindys Eltern."

Robert soll endlich aufhören, mir diese blöden Fragen zu stellen!

„Sie wurde von ihrem Vater ziemlich verwöhnt, er kaufte ihr alles, was sie wollte. Ihre Mutter hab ich nur zwei- oder dreimal gesehen", sage ich schnell.

Mühlbachs Bürgermeister Horst Obermeier ist ein Teufel. Er hat überall seine Finger drin und lässt die Leute nach seiner Pfeife tanzen. Ich erinnere mich, dass er sich spottbillige Ländereien einverleibt hatte, aus denen dann *zufällig* kurze Zeit später Bauland wurde. Er ist ein Mann mit lauter Stimme und wichtigem Gehabe. Was mit seiner Frau Astrid los ist, wusste damals niemand im Dorf so genau.

Robert strahlt übers ganze Gesicht und sagt in feierlichem Ton: „Katharina, du bist ein echter Glücksgriff! Hiermit mache ich dich offiziell zur zweiten Produktionsleiterin dieser Sendung!" Das klingt wie ein Ritterschlag.

„Aber ..."

„Assistentin bist du natürlich trotzdem."

„Glückwunsch. Und was ist nun mit der Unterkunft?", drängelt Benno.

„Wir nehmen die Heuherberge", verkündet Robert und legt, wohl um seiner Entscheidung Nachdruck zu verleihen, eine Hand auf meinen Oberschenkel.

Robert im Heu? Ob er sich das gut überlegt hat? Ich bin mir ziemlich sicher, dass er noch nie woanders als in einem sauberen, bequemen Bett geschlafen hat.

„Ohne mich! Ich hab ne Stauballergie! Wenn ich nen Allergieschub hab, kann ich nicht arbeiten", erklärt Sören.

Robert zieht die Stirn kraus. „Mist! Lass dir was einfallen, Katharina." Er nimmt die Hand wieder von meinem Oberschenkel runter.

Ich denke angestrengt nach. Gustavs Haus ist riesengroß und er wohnt dort seit vielen Jahren ganz allein, doch ich möchte den alten Mann nicht plötzlich mit einer vierköpfigen Einquartierung überfallen.

Mir fällt beim besten Willen keine andere Unterbringungsmöglichkeit als Knieriems Heuherberge ein. Es nützt nichts, ich habe keine Wahl, ich muss meine Eltern um Rat fragen. Verflixt, ich würde sie nur zu gern aus dem Spiel lassen. Mir wäre es am liebsten, sie würden sich für die nächsten zwei Tage in Luft auflösen.

Ich bemühe mich um einen unbeschwerten Ton. „Ich könnte meine Eltern anrufen. Die haben bestimmt eine Idee. Ich war sechs Jahre nicht daheim, vielleicht wurde inzwischen ein Hotelkomplex gebaut, von dem ich nichts weiß."

Na sicher! Kein Mensch, der seine Sinne beieinanderhat, würde in Mühlbach ein Hotel bauen. Die Infrastruktur ist komplett für die Tonne.

„Nur zu", drängelt Robert und zeigt wieder auf sein Handy.

Ich wähle ihre Nummer, es klingelt, und das ist für alle im Wagen hörbar. Ach herrje, das Gerät ist auf Lautsprecher gestellt! Mit fliegenden Fingern suche ich die entsprechende Taste zum Umschalten. Neben und hinter mir herrscht gespanntes Schweigen.

Der Anrufbeantworter springt an, die Stimme meiner Mutter erfüllt das Fahrzeuginnere. „Ob Männlein oder Weiblein, wenn ihr wieder Spaß im Bett haben wollt, dann seid ihr bei Joy Spatz goldrichtig. Ich verhelfe euch zur Lust an der Lust ..."

Mir schießt die Schamesröte ins Gesicht.

„Ich könnte schwören, dass du deinem Lebenslauf angegeben hast, deine Mutter sei Ärztin", sagt Robert.

Ich presse einen Finger auf den Lautsprecher, die Stimme redet in gedämpftem Ton weiter.

„Sie ist ja auch Ärztin", bestätige ich, während meine Mutter über den freien Fluss der Säfte fabuliert. „Sie hat sich nur, äh, ein wenig umorientiert." Ich nehme meinen

Finger vom Lautsprecher und drücke schnell auf den roten Hörer.

„Das mit den fließenden Säften hätte mich schon interessiert", bedauert Benno.

Robert dreht den Zündschlüssel, der Motor stottert und geht gleich wieder aus. Beim dritten oder vierten Startversuch heult er auf, spuckt schwarzen Dreck auf den Asphalt und wir rollen von der Tankstelle. „Wir schauen uns erstmal im Dorf um, wär doch gelacht, wenn wir keinen Unterschlupf finden! Am besten quartieren wir uns bei der Bauernfamilie ein, dann sind wir rund um die Uhr am Ort des Geschehens." Er hopst auf seinem Sitz herum. „Hey, das ist überhaupt *die* Idee!"

Mit Patrick unter einem Dach? Allein bei dem Gedanken kriege ich Zustände. Also bitte, rede ich mich gut zu, du hast ihn vor acht Jahren zum letzten Mal gesehen! Das ist lange her. Acht Jahre können einen Menschen total verändern, sie können aus einem gutaussehenden Jungen einen hässlichen Widerling machen.

Wir verlassen die Landstraße. Noch drei Kilometer bis Mühlbach. Ich presse meine Nase an die Scheibe - und auf einmal bummert mein Herz vor Aufregung und Freude. „Da hinten! Seht ihr den Gutshof?", rufe ich. „Da wohnt Gustav von Holten. Bei ihm hab ich Reiten gelernt."

„Holla, ein Hengst namens Gustav!"

„Ist das der Opa, der die Kutsche fahren soll?", erkundigt sich Sören.

„Mein Pflegepferd hieß Hercules", sprudelt es aus mir heraus. „Ich hab ihn selbst eingeritten und später mit ihm das Stoppelfeldrennen gewonnen!" Eine warme Welle schwappt durch meine Adern. Wie sehr ich dieses

Pferd geliebt habe! Und wie sehr habe ich mich in den vergangenen Jahren bemüht, nicht an ihn zu denken.

Plötzlich ist alles wieder da: Das Stoppelfeldrennen, der Sieg, die Preisverleihung, der Ehrentanz mit Patrick. Und dann der Spaziergang zur alten Eiche auf der Anhöhe, nur wir zwei, Hand in Hand im blutroten Sonnenuntergang. Seine Bewunderung, weil ich ihn um drei Pferdelängen geschlagen hatte. Sein Kuss, der Versprechen und Abschied zugleich war, weil er am nächsten Tag fortmusste. Seine Hand, die meine ganz fest hielt. Der Blick aus seinen tiefblauen Augen, als er sagte, dass er mir oft schreiben und in den Semesterferien zu mir zurückkommen wird.

Dann der Schock, als es am nächsten Morgen im Dorf hieß, Patrick habe mich nur verschaukelt. Wer küsst schon eine kleine Dicke mit Pickeln im Gesicht? Wir waren allein auf der Anhöhe gewesen, niemand wusste von unserem Kuss, außer uns zwei.

Patrick hatte sich nur einen Spaß mit mir erlaubt und sich anschließend im ganzen Dorf über mich lustig gemacht. Wieder einmal war ich die kleine, dicke, pickelige Kathi Spatz, die von allen Dorfleuten bemitleidet wurde.

Und dann setzte er der Schmach die Krone auf. Er kam doch tatsächlich mit einem Blumenstrauß zu mir nach Hause, um sich von mir zu verabschieden! Zumindest bewahrte ich meinen Stolz und brach nicht vor ihm in Tränen aus. Stattdessen schmiss ich ihm an den Kopf, was ich von Typen wie ihm halte, und knallte ihm die Tür vor der Nase zu. Das war unsere letzte Begegnung.

Ich gewann das Rennen auch in den folgenden zwei Jahren. Nach dem Abi verließ ich das Dorf. Das Mitleid der Leute, meine peinlichen Eltern, die intrigante Cindy

– all das liegt lange hinter mir. Der Abschied vom alten Gustav, meiner Freundin Hanna, von Hercules und meinem Lieblingsplatz auf der Anhöhe unter der alten Eiche ebenfalls.

Der Bulli poltert durch ein Schlagloch. Je näher man Mühlbach kommt, umso schlechter wird die Straße, daran hat sich offenbar nichts geändert. Robert geht fluchend vom Gas und lenkt auf den Seitenstreifen, um dem nächsten Schlagloch auszuweichen. Ich schaue über die sattgrünen Wiesen und obwohl ich ihn von hier aus nicht sehen kann, weiß ich, dass sich dort hinten der Mühlbach schlängelt.

„Scheiße, ey, hier ist ja voll tote Hose. Ich würd einen an der Klatsche kriegen, wenn ich hier leben müsste", stöhnt Benno.

Irgendwie kann ich ihn sogar verstehen. In der Stadt kümmert es niemanden, ob du bis mittags schläfst oder wann du deine Mülltonne an die Straße schiebst. Es gibt unzählige kulturelle Angebote, Cafés, Restaurants, Bistros, Sportstudios und Einkaufszentren. In der Stadt ist immer was los, da ist Lärm und Trubel, da tobt das Leben.

Ich bin nicht freiwillig aus Mühlbach weggegangen. Ich wollte mit Pferden arbeiten, das war mein Traum. Aber meine Eltern drängten, dass ich in die Stadt ziehen und neue Erfahrungen machen solle. Gustav blies ins selbe Horn, verwies auf meine guten Schulnoten und die geringen Verdienstmöglichkeiten als Pferdewirtin und jagte mich regelrecht fort. Der Abschied riss mein Herz in Stücke.

Ich richte mich in meinem Sitz auf. Sechs Jahre sind vergangen, und heute kehre ich als Assistentin, oder besser gesagt, als frischgebackene stellvertretende Produzentin, ins Dorf zurück. Ich habe hier einen Job zu erledigen, und ich werde diesen Job so gut machen, wie ich kann! Dass ich mit dem Brautpaar einige unschöne Erinnerungen verbinde, werde ich einfach ausblenden. „Bauernhochzeit" soll eine romantische Sendung werden, die die Fernsehzuschauer in ein beschauliches Dorf mit seinen liebenswerten Bewohnern, großen und kleinen Tieren und in eine wunderschöne Natur entführt!

Die schmale Dorfstraße ist ringförmig angelegt, weil Mühlbach ein sogenanntes Haufendorf ist. Es gibt keine Durchgangsstraße, dafür aber etliche kleine Nebenstraßen, die vom Dorfkern abzweigen und von denen die meisten als Feldwege oder Sackgassen enden. Vor der Erfindung des Navis war die Fahrt durchs Dorf für Auswärtige ein Abenteuer mit ungewissem Ausgang. Die Überzeugung, die Erde sei eine Scheibe, muss ihren Ursprung in Mühlbach haben.

Wir rumpeln am Feuerwehrhaus vorbei. Benno schiebt die Palme beiseite. „Hey, stopp! Da ist ne Party im Gange!", frohlockt er. „Die feiern da irgendwas. Ah, was sehen meine entzündeten Augen: Einen Getränkewagen!"

„Und eine Imbissbude!", jubelt Sören.

Ich recke den Hals und entdecke einen Menschenauflauf auf der Wiese hinterm Feuerwehrhaus. Die halbe Dorfbevölkerung scheint dort versammelt zu sein.

„Halt an, Robert! Ohne Bier bin ich nur ein halber Mensch!"

„Nix da. Wir fahren jetzt direkt durch zum Bauernhof und fangen mit den Dreharbeiten an!"

Mitten auf der Straße liegt ein Kuhfladen. „Achtung!", rufe ich, Robert reißt das Lenkrad herum, aber zu spät. Matsch!

„Du lieber Himmel! Haltet bloß die Fenster zu!"

„Alle Achtung, das nenn ich einen Riesenschiss!", gackert Benno.

Wir kommen an Eichelhardts Kneipe und der Schützenhalle vorbei und halten uns bei der Landmaschinenwerkstatt links. Ich mache einen langen Hals in der Hoffnung, meine beste Freundin Hanna zu entdecken. Sie hat vor einer Weile den Landmaschinenmechaniker Fredi Harms geheiratet. Fredi ist ein arbeitsamer Mann, er hatte schon mit fünfzehn glasklar vor Augen, was er vom Leben wollte: die Werkstatt seines Vaters übernehmen und eine Familie gründen. Vor ihrem Haus entdecke ich eine Sandkiste und ein Bobbycar. Haben die beiden etwa schon Kinder?

Zur Rechten taucht Cindys Elternhaus auf, ein Fertighaus aus den Spätachtzigern, das nachträglich mit Klinkern und glänzenden Dachpfannen aufgehübscht wurde. Auf dem Grundstück bilden Swimmingpool und Tennisplatz das Pendant zu akkuraten Rasenflächen und spießigen Beeten aus weißen Kieselsteinen und getrimmten Buchsbäumchen.

Gegenüber entsteht ein Neubau, ein großer eckiger Kasten, in dessen Dachstuhl ein vertrockneter Richtkranz baumelt. In diesem Haus werden Patrick und Cindy also zu Abend essen, ihren Nachwuchs zeugen und gemeinsam alt werden. Zum Dank für die großzügige Mitgift wird Patrick ein Ehrendenkmal an seinen Schwiegervater in den Vorgarten setzen müssen.

Volkens Bauernhof liegt außerhalb des Dorfkerns. Auf den Wiesen rechts und links grasen Kühe, wir kommen an einem Wäldchen vorbei, dann macht die Straße eine sanfte Kurve. Sie mündet in einen Schotterweg, der gleichzeitig die Zufahrt zum Hof ist.

Mein Herzschlag wummert in meinen Ohren, meine Hände sind schweißnass. Katharina, du schaffst das!, sporne ich mich an.

Wir halten auf der Hoffläche, der Bulli gibt ein Röcheln von sich und geht aus.

Patricks Elternhaus ist eine Bauernkate mit altem Fachwerk und Reetdach. Im Querbalken über der hölzernen Dielentür ist in schnörkeliger Schrift die Jahreszahl 1898 neben den Namen Heinrich und Anneliese Volkens, geborene Knieriem, zu lesen. Das Haus wird flankiert von einem modernen, langgezogenen Stallgebäude und einer großen Maschinenhalle aus grünem Wellblech.

„Was ist das denn für ne alte Kaschemme? Die könnt' man ja glatt in ein Museumsdorf stellen." Benno zeigt auf das Bauernhaus.

„He, pass auf meine Palme auf!"

„So'n Schrott will kein Museumsdorf haben, da hilft nur der Abrissbagger", meint Robert. „Scheint, als hätten sie in den Betrieb investiert und ihre Bude ist dabei auf der Strecke geblieben."

Der Hofplatz ist gefegt, nur hier und da liegen einzelne Strohhalme auf dem Pflaster. Ein üppig bepflanzter Blumenkübel in Form eines steinernen Futtertrogs heißt uns willkommen. Um uns herum ist alles still.

Benno springt aus dem Wagen. „Boah ey, was ist das für ne Luft hier? Scheiße, ich glaub, so was Gesundes verträgt meine Lunge nicht."

„Nehmt eure Ausrüstung mit und haltet euch bereit. Möglich, dass sie uns schon zur Begrüßung was liefern." Robert schwingt die Beine aus dem Auto und öffnet die Heckklappe. Benno schultert die Kamera und Sören kramt in den Umzugssachen nach seinem Zubehör.

Ich klemme mir das Treatment und den Schreibblock unter den Arm und hoffe, dass mir niemand ansieht, wie nervös ich bin.

Seite an Seite marschieren wir zur Dielentür, vier Gladiatoren auf dem Kreuzzug ins Ungewisse.

Wir betreten den ehemaligen Kuhstall. Gleich vorne links sind ein paar Pferdeboxen. Eine wird jetzt als Hühnerstall genutzt, in den anderen befindet sich in Spinnenweben eingehülltes Gerümpel. An einem Haken hängt ein verstaubtes Pferdehalfter, auf der hölzernen Boxtür steht in gepinselten Buchstaben „Marylou".

Ich muss schwer schlucken. Patricks großes, sanftmütiges Pferd wurde verkauft, als er von daheim fortging. Unweigerlich wandern meine Gedanken wieder zu Hercules. Nachdem er dreimal das Rennen gewonnen hatte, konnte Gustav einen guten Preis für ihn erzielen. Was wohl aus ihm geworden ist? Ob er an seinem neuen Zuhause auch das schnellste Pferd weit und breit ist? Und ob seine neue Reiterin ihn wohl genauso liebhat wie ich?

Der übrige Platz auf der Diele dient als Abstellfläche für alte Möbel, Fahrräder und Gartengeräte. Neben einem Stapel Autoreifen steht eine unbewohnte Hundehütte. Ich erinnere mich an einen großen Schäferhundmischling, der Patrick damals bei Ausritten begleitete.

Eine einfache Zimmertür führt in den Wohntrakt. Robert klopft an. „Ist dein Kasten startklar?", flüstert er, und Benno nickt.

„Ich muss aufs Klo", wispert unser Tontechniker.

Robert drückt die Klinke runter, wir trampeln ins Haus wie eine Elefantenherde. Der lange Sören zieht unterm Türrahmen vorsichtshalber den Kopf ein.

„Hallihallo", trompetet Robert.

Sören hält die Nase in die Luft. „Ich rieche Kuchen." Er schnuppert weiter. „Und Kuhscheiße."

Augenblicklich kontrolliert Robert seine Schuhsohlen und atmet erleichtert auf.

Aus einem der Räume kommt ein Geräusch. Es klingt, als ob eine Schranktür zugeworfen wird. Patricks Mutter steckt den Kopf in den Flur. „Ach, du Schreck, das Fernsehen ist schon da! Und die ganze Familie ist außer Haus!" Sie stürzt uns entgegen.

Irma Volkens hat sich in den sechs Jahren nicht verändert. Sie hat Beine wie Baumstämme, eine mächtige Oberweite und wieselflinke Augen. Auch die Frisur ist wie gehabt: Kurze Dauerwell-Löckchen, in Heimarbeit fabriziert. Ihre Kittelschürze ist mit Flecken übersät, in ihrem Mundwinkel klebt ein Sahneklecks.

„Halt drauf", befiehlt Robert und Benno bringt sich in Position.

„Ich bin noch nicht so weit, so schnell geht das nicht!", beschwert sich Sören.

„Egal, wir nehmen das Kamera-Mikro. Guten Tag, Verehrteste, Sie müssen Irma Volkens sein. Ich bin Robert Stolze, für dieses Wochenende der wichtigste Mann in Ihrem Leben!" Er macht einen gekonnten Diener.

Ich werfe einen Blick auf meine Füße, denn ich habe plötzlich das Gefühl, knietief in Schleim zu stecken.

Irma wischt ihre Hand an der Schürze ab und reicht sie Robert. Er hält sie länger fest als nötig und sieht ihr unverwandt in die Augen. „Mein Kollege hätte mich darauf vorbereiten sollen, wie schön Sie sind", raunt er.

Was soll denn der Blödsinn? Ich meine, Irma ist nicht unattraktiv, vorausgesetzt, ein Mann steht auf voluminöse Frauen in Kittelschürzen. Aber ich finde wirklich, dass Robert übertreibt.

Irma fasst automatisch nach dem kleinen goldenen Kreuz, das sie an einer Goldkette um ihren Hals trägt. „Meinen Sie den Herrn, der mit den Verträgen hier war? Nun, also, der war jedenfalls kein solcher Gentleman wie Sie."

Robert strahlt sie an, dann lässt er mit einem bedauernden Seufzer ihre Hand los. „Sie sind verheiratet", sagt er, als müsse er sich zur Zurückhaltung zwingen. „Ihr Gatte ist ein Glückspilz. Er schenkt Ihnen jeden Tag einen Blumenstrauß, nicht wahr? Und bei Gelegenheit auch mal ein hübsches Schmuckstück?"

Irma fallen bald die Augen aus dem Kopf „Lüder? I wo! Der hat mir in fünfunddreißig Jahren Ehe noch kein einziges Mal Schmuck gekauft und Blumen krieg ich von dem nur an meinem Geburtstag." Sie senkt die Stimme. „Und wissen Sie was: Er kauft sie im Discounter."

„Na dann beweist Ihr Lüder Ihnen seine Zuneigung bestimmt auf andere Weise", säuselt Robert. „Eine entspannende Fußmassage am Abend oder ein gemeinsames Vollbad in Rosenöl …"

Irma stemmt die Hände in die Hüften. „Herr Stolze, jetzt gehen Sie zu weit! Mein Mann und ich sind anständige Menschen."

„Verzeihen Sie bitte, werte Dame, nehmen Sie's mir nicht übel, dass ich Ihnen das größtmögliche Liebesglück wünsche." Er setzt eine reumütige Miene auf. „Darf ich Ihnen meine Kollegen vorstellen: Benno Schütz und wie heißt du nochmal?"

„Sören Sündermann", schnarrt der.

Irma nimmt Sörens blondes Seidenhaar unter die Lupe. „Sind die echt?", fragt sie, schnappt sich ein Büschel und zieht daran.

„Autsch! Was soll das denn?"

„Ich dachte, das wär eine Perücke."

„Und meine großartige Mitarbeiterin Katharina Spatz. Sie beide kennen sich ja längst, nicht wahr?"

Irma kneift die Augen zusammen. „Unsere kleine Kathi?" Sie blinzelt ein paarmal, plötzlich leuchtet ihr Gesicht auf und sie reißt die Arme auseinander. „Großer Gott, ich hab dich ja gar nicht wiedererkannt! Herzlich willkommen daheim." Sie drückt mich fest an sich.

Hach, das tut gut.

„Ich muss mal." Sören tritt von einem Fuß auf den anderen.

„Komm mit, Jungchen, ich zeig dir, wo das stille Örtchen ist." Sie stapft los und macht eine Tür auf.

Das Badezimmer ist, gelinde gesagt, scheußlich. Ein Alptraum aus hässlichen Fliesen, Lokus mit brauner Holzbrille und verschimmeltem Duschvorhang. Anstelle einer Armatur guckt überm Waschbecken ein abgeschnittener Gartenschlauch aus der Wand.

Robert hält Sören am Arm fest. „Draufhalten!", befiehlt er Benno, und der erfasst die Szenerie mit einem Rundumschwenk. Ich seh die schaudernden Fernsehzuschauer bildlich vor mir. Na großartig, dann hat Robert seinen Ekelfaktor ja schon im Kasten.

Sören verschwindet im Bad und Irma entschuldigt sich für den Rest ihrer Familie: „Unsere Freiwillige Feuerwehr hat heute den Kreiswettbewerb gewonnen. Eine großartige Leistung! Wir sind alle beim Spritzenhaus und feiern den Sieg. Ich hab schnell einen Kuchen gemacht. Was ist, wollen Sie nicht mitfeiern? Sie sind herzlich eingeladen!"

„Aber immer doch!", freut sich Benno.

„Sagen Sie, Frau Volkens, oder besser gesagt: Irma.

Sie sind doch hoffentlich einverstanden, dass wir uns duzen?"

„Natürlich, Robert. Wir hier auf'm Dorf haben's sowieso nicht so mit der Förmlichkeit."

„Wir brauchen eine Unterkunft während der Dreharbeiten. Du kannst uns doch bestimmt weiterhelfen?"

Sie kratzt sich am Kinn. „Oben wär ne Möglichkeit, aber da ist nicht aufgeräumt. Wir sind nicht auf Schlafbesuch vorbereitet."

„Ein bisschen Unordnung stört uns überhaupt nicht!", versichert Robert.

Ich schnappe nach Luft. Oh nein, er will tatsächlich hier übernachten! Ich soll mir mit Patrick das Bad und den Frühstückstisch teilen? Bitte nicht!

Irma wendet sich an mich, ihre Miene drückt Mitgefühl aus. „Kannst du denn nicht mit deinen Kollegen bei deinen Eltern unterkommen?" Das klingt in etwa so, als würde sie fragen, ob wir im Irrenhaus übernachten wollen.

Ich schüttle vehement den Kopf. „Nein!"

„Entschuldigt mich, ich muss jetzt los. Kaffee ist fertig und alle warten auf den Kuchen. Machen wir's so: Ihr schaut euch oben um und wenn ihr mögt, richtet ihr euch ein. Anschließend kommt ihr zum Spritzenhaus. Abgemacht?"

„Spitze, so machen wir's!" Robert reckt beide Daumen.

Irma rauscht in die Küche und zieht Sekunden später mit einer Tortenplatte samt Haube an uns vorbei. „Bis bald!", ruft sie und wirft die Dielentür hinter sich zu.

„Das war doch schon mal recht ergiebig, da lässt sich was draus zusammenschneiden. Hast du gut aufgepasst, Katharina? Dann weißt du jetzt, wie's geht. Sei charmant, schmier ihnen Honig ums Maul und knall ihnen was vor'n Latz. Dann kriegst du die besten Szenen und O-Töne." Robert wippt auf den Fersen. „Glück muss der Mensch haben. Kein Schwein zu Hause, da stehen uns im wahrsten Sinne des Wortes alle Türen offen."

Sören kommt vom Klo zurück. „Ich werd dann wohl vorerst nicht gebraucht", meint er und zieht sein Handy aus der Hosentasche.

„Steck das Ding weg, du hilfst hier mit! Wir durchsuchen die Zimmer. Schaut vor allem in die Schränke und unter die Betten."

Das soll wohl ein Witz sein! „Du willst die Wohnung durchsuchen?", stammle ich fassungslos.

Wie zum Beweis reißt Robert eine Tür auf, sie führt in ein altmodisches Wohnzimmer mit grüner Polstergarnitur samt Häkelkissen und altmodischer Schrankwand. Der Reihe nach öffnet er auch die anderen Türen.

„Suchen wir nach was Bestimmtem?", erkundigt sich Sören unbehaglich.

„Nö, Hauptsache, es ist schön schräg. Katharina, wir übernehmen diese beiden Zimmer." Er zeigt auf zwei Räume, bei denen es sich augenscheinlich um Patricks und um Elmars Zimmer handelt. Sören und Benno sollen sich das Elternschlafzimmer und das Wohnzimmer vornehmen.

Ich verschränke die Arme vorm Leib und stelle mich wie ein Bollwerk in den Türrahmen des ersten Zimmers. „Robert, das gehört sich nicht! Du möchtest auch nicht, dass fremde Leute in deiner Wohnung herumschnüffeln, oder?"

Er stößt einen Laut aus, der von einem bissigen

Hund kommen könnte. Seine gebleichten Zähne blitzen direkt vor meiner Nase auf. Hilfe! Vor Schreck springe ich einen Meter rückwärts.

„Das gehört sich nicht!?", äfft er mich nach. „Ich sag dir was, und zwar nur einmal, also hör gut zu: *Ich* bin der Boss und du tust, was *ich* dir sage! Ich stell' die Regeln auf, klaro?"

Ich nicke eingeschüchtert. Ich fühle mich wie ein Wurm: Klein, unbedeutend und den größeren Tieren hilflos ausgeliefert. „Ich verstehe nicht, warum wir das machen", flüstere ich.

Er fixiert mich mit gnadenlosem Blick. Eine Ader pulsiert mitten auf seiner Stirn. „Weil wir Quoten haben wollen, deswegen! Willkommen in der Realität, Katharina." Er legt seine Hand auf meine Schulter und setzt ein verzeihungsheischendes Lächeln auf. „Glaubst du etwa, ich hab Spaß daran, in fremden Sachen zu wühlen?"

Ich würde diese Frage eindeutig mit Ja beantworten.

„Also los, Leute!" Er reibt sich die Hände. „Findet ihre schmutzigen Geheimnisse!"

Es ist ein wirklich unangenehmes Gefühl, in den Sachen anderer Leute herumzustöbern. Ich komme mir wie ein Eindringling vor, mir ist ganz elend zumute. Sören und Benno durchsuchen die Wohn- und Schlafräume und Robert rumort nebenan in Patricks Zimmer herum. Er lässt Schubladen und Schranktüren knallen.

Ich sehe mich in Elmars Zimmer um, ohne irgendetwas zu berühren. Wecker auf dem Nachtschrank, zerknittertes Bettzeug, Turnschuhe und Socken auf dem Fußboden. Auf dem Schreibtisch liegt ein unordentlich aufgeschichteter Stapel landwirtschaftlicher Zeitschriften, außerdem ein

Kugelschreiber, ein Block und ein blau-weißes Baseball-Cap mit dem Werbeaufdruck der hiesigen Molkerei. Man könnte meinen, dass er nach wie vor in diesem Zimmer wohnt.

Warum er wohl abgehauen ist und wo er jetzt wohl steckt? Elmar ist überhaupt nicht der Typ, der Familie und Hof zurücklässt, um einem Abenteuer nachzujagen. Ich habe ihn nie über etwas anderes als Trecker, Erntemaschinen und Grünlandpflege reden hören. Hat er sich in den letzten sechs Jahren so grundlegend verändert?

Ich werfe einen Blick in den Papierkorb, aber ich bringe es nicht fertig, in den Schubladen zu wühlen. Stattdessen schaue ich mir die Buchrücken im Regal an. Lehrwerke aus der Landwirtschaftsschule neben zwei oder drei Jugendromanen. Vorn in der Reihe steht ein großformatiges Kinderbuch mit Tiergeschichten, ich ziehe es heraus und schlage es auf.

Auf Seite zwei steht in ordentlicher Handschrift „Für Klein-Elmar zum Geburtstag", darunter ein Datum, das einunddreißig Jahre zurückliegt.

Ich blättere um, überfliege die Geschichte von einem verirrten Zicklein und einem weisen Bären und betrachte die niedliche Zeichnung einer großen Bärennase, die von einem Bienenschwarm umgeben ist.

Beim Weiterblättern fällt etwas aus dem Buch heraus und segelt auf den Fußboden. Huch! Ich bücke mich und hebe einen Brief auf. Ich hätte ihn ungelesen wieder zwischen die Buchseiten gesteckt, aber die großen Lettern springen mich regelrecht an.

**AN ELMAR!
WIR WISSEN, WAS DU SAMSTAGABENDS
BEI HEINRICH MACHST!
VERSCHWINDE, SONST BRENNT
DEMNÄCHST NICHT NUR DEINE
ERNTE!**

Ein Drohbrief?! Was hat das zu bedeuten? Ich wende den Brief, die Rückseite ist weiß. Er wurde auf einfachem Kopierpapier in mindestens sechzehn Punkt großer Computerschrift geschrieben. Die Schrift ist weder Times New Roman noch Arial, also kein Standard. Die Buchstaben wirken eckig.

Sehr seltsam! Ob Familie Volkens von dem Drohbrief weiß? Wenn Elmar wegen des Briefes abgehauen ist, muss er den beziehungsweise die anonymen Schreiber ernst genommen haben. Hat auf Volkens Hof tatsächlich die Ernte gebrannt? Von welchem Heinrich ist die Rede? Oder hat dieser Brief am Ende gar nichts mit Elmars Verschwinden zu tun?

„Katharina? Wie sieht's aus, hast du was gefunden?", höre ich Robert rufen. Ich stopfe den Brief schnell in meine hintere Hosentasche und flitze nach nebenan.

Patrick bewohnt sein Jugendzimmer: hölzernes Einzelbett mit Aufklebern am Kopfende, Schreibtisch, Regal, einfacher Kleiderschrank. Zum Schlafen nach einem anstrengenden Arbeitstag okay, aber mehr auch nicht. An der Wand über seinem Bett hängt ein Abreißkalender.

Die Schranktüren stehen auf, ein paar Schubladen sind geöffnet, Sockenpaare liegen auf der Erde. Robert öffnet eine weitere Schublade und fegt einen Stapel Boxershorts beiseite. Die Rückseite eines Bilderrahmens kommt zum Vorschein.

„Yes!", frohlockt er, zieht seinen Fund heraus und dreht ihn um. Auf dem Foto ist Patricks Stute Marylou zu sehen, sie schaut aus sanften braunen Augen in die Kamera. Mir fährt ein Stich ins Herz. Daheim in meinem Zimmer liegt Hercules' Foto ebenfalls zuunterst in einer Schublade.

Verärgert schleudert Robert das Bild aufs Bett. „Was ist mit diesem Patrick los, ist das ein Heiliger?", schimpft er und ballt die Fäuste. „So kommt der mir nicht davon! Ich werd ihm ne Liebschaft mit nem hübschen Mädchen aus dem Dorf andichten."

Benno steckt den Kopf herein. „Ich hab Staubflusen unterm Bett und auf den Schränken."

Robert grunzt zufrieden. „Gut, damit ist das Thema ordentliche Hausfrau abgehakt. Katharina, mach dir ne Notiz."

Ich zücke meinen Block. „Äh, und was soll ich notieren?"

Robert und Benno schauen sich an wie zwei Menschen, deren Geduld auf eine harte Probe gestellt wird. „Du sollst aufschreiben, dass Irma sagen muss, sie sei eine ordentliche Hausfrau." An Benno gewandt sagt er: „Und was hast du noch?"

„Ne ausgeleierte Pyjamahose, Baldrian im Nachtschrank und eine Elmar-Gedächtnis-Wand im Wohnzimmer. Ey, die haben echt nen Schrein für ihren verlorenen Sohn errichtet!"

„Sonst nichts? Keine Porno-Videos, keine Tittenmagazine, kein Sexspielzeug? Was sind denn das für Leute?", regt Robert sich auf.

Benno hebt die Schultern. „Ich hab ein hübsches Arrangement aus Unterwäsche auf ihrem Bett hergerichtet. Mehr war nicht zu machen."

Das erste Stockwerk ist nur zum Teil als Wohnraum ausgebaut, der Rest ist Dachboden. Dort entdecken wir eine Sammlung Spielzeugtraktoren und Bauernhoftiere aus Plastik in einer mit bunter Folie beklebten Kiste. Ganz offensichtlich Kinderspielzeug, aber Robert freut sich einen Ast darüber.

Anschließend nehmen wir die beiden Räume unter die Lupe, die Irma uns als mögliche Unterkunft angeboten hat. Beide dienen offenbar als Sperrmülllager. In einem hat sich eine Mäusefamilie eingerichtet, und im anderen riecht's ziemlich übel.

„Das ist Verwesungsgeruch", meint Benno. „Ich hab mal ne Wohnung gefilmt, da lag ne Oma rum, die war seit drei Wochen tot. Da hat's genauso gestunken." Er wendet sich an Robert. „Besorg mir ein vernünftiges Zimmer! Hier schlaf ich nicht."

Sören schlingt die langen Arme um seinen mageren Leib und zieht schaudernd die Schultern hoch. „Ich auch nicht! Bäh, ich grusel mich vor Mäusen. Und vor toten Omis erst recht."

Dem Herrn im Himmel sei gedankt! Wir werden nicht in Patricks Haus übernachten!

Die Besichtigung des ersten Stockwerks ist beendet, wir steigen die Treppe hinunter. Die drei diskutieren, wo die Einzelinterviews gedreht werden sollen und marschieren ins Wohnzimmer. Robert plädiert für die altdeutsche Schrankwand als Hintergrundkulisse.

Ich nutze die Gelegenheit und verschwinde in Patricks Zimmer. Robert hat Marylous Foto aufs Bett geworfen und die Boxershorts und die Socken einfach auf dem Fußboden liegengelassen. Patrick würde sofort merken, dass jemand in seinem Zimmer war!

Ich nehme das Bild vom Bett, betrachte das ausdrucksvolle Gesicht der Stute und höre plötzlich eine vertraute Stimme hinter mir. Erschrocken wirbele ich herum und erstarre zu Eis. Patrick!

„He, was treiben Sie da?", ruft er aufgebracht und im nächsten Moment kriegt er kullerrunde Augen. „Kathi?"

Mir stockt der Atem. Die vergangenen acht Jahre haben aus Patrick leider keinen hässlichen Widerling gemacht. Ganz im Gegenteil. Ich schaue in die tiefblauen Augen eines großen, breitschultrigen Mannes. Eine widerspenstige hellbraune Locke fällt ihm in die Stirn, genau wie früher. Sein kariertes Hemd ist offen und gibt den Blick auf seinen muskulösen Oberkörper frei. Himmel, er sieht so unverschämt gut aus!

„Ha-hallo Patrick", krächze ich. Mein Herz schlägt mir bis zum Hals. Mir wird etwas schwummerig und ich lehne mich unauffällig an seinen Kleiderschrank. Acht Jahre sind plötzlich wie weggeblasen.

Sekundenlang sagt niemand ein Wort. Unsere Blicke haben sich ineinander festgehakt. Seine meerwasserblauen Augen sind wie ein Sog und ich fürchte, darin zu ertrinken. Auf einmal verdunkeln sie sich und blicken mich so hart an, dass mir ein kalter Schauer den Rücken hinunterläuft. Ich presse den Bilderrahmen wie ein Schutzschild an meinen Bauch.

„Was fällt dir ein, in meinem Zimmer herumzuschnüffeln?", schnauzt er mich an.

Er würde jede Ausrede sofort entlarven, und ich kann von ihm wohl kaum Verständnis für Roberts Arbeitsmethoden erwarten. Moment mal! Warum mache ich mir eigentlich Gedanken darüber, was er denken oder wie er reagieren könnte? Patrick Volkens sollte mir vollkommen schnurz sein! Er wird mich nie wieder demütigen. Nie wieder!

Ich drücke mein Rückgrat durch und recke das Kinn. „Ich bin Fernsehproduzentin für Super Alpha

TV", erkläre ich hoheitsvoll. So, mein Lieber, jetzt bist du geplättet!

„Ja, und? Das gibt dir noch lange nicht das Recht, in meiner Unterwäsche zu wühlen!"

Ich lege das Bild zurück, werfe die Boxershorts obenauf und gebe der Schublade einen Schubs.

„Du hast einen Vertrag unterschrieben", kontere ich, obwohl ich keinen Schimmer habe, was darin geschrieben steht. Zur Not werde ich auf das Kleingedruckte oder die AGBs oder was auch immer verweisen. Ich kann knallhart sein, wenn's drauf ankommt. Ich darf dabei nur nicht in seine tiefblauen Augen sehen.

Er stemmt die Hände in die Hüften, die Adern an seinen Unterarmen treten hervor. Seine Kiefermuskeln sind angespannt und seine Augen zu Schlitzen verengt.

„Offenbar hast du dich kein bisschen verändert", knurrt er.

„Katharina?" Robert ruft mich vom Flur aus, Augenblicke später steht er im Türrahmen. Sein Blick fliegt zwischen mir und Patrick hin und her, er grinst breit und streckt seine Hand aus.

„Du musst der heißbegehrte Patrick sein! Katharina hat uns schon *so* viel von dir vorgeschwärmt!" Er legt ihm den Arm um die Schulter. „Ich bin Robert, für die nächsten zwei Tage dein bester Kumpel."

Doppelte Abfuhr

„Na, das war ja ein rührendes Wiedersehen! Acht Jahre aus dem Sinn und zack - flammt die alte Liebe wieder auf." Roberts Worte triefen vor Ironie.

Wir sind unterwegs zum Haus meiner Eltern. Der Bulli hustet und furzt, aber er fährt.

„Also wenn der nicht in dich verknallt ist, fress ich nen Besen! Schade, dass wir dich nicht mit in die Sendung einbauen können, das hätte eine schöne Dreiecksgeschichte ergeben."

Ich presse die Handflächen aneinander und hole tief Luft. „Ich bin sicher, du irrst dich, Robert. Er war einfach nur überrascht, mich wiederzusehen, und er musste annehmen, ich hätte in seiner Unterwäsche herumgewühlt."

Robert hüstelt albern.

Das efeubewachsene Haus meiner Eltern liegt am Ende einer schmalen Seitenstraße auf einem großen, verwilderten Grundstück. Hoch über der Einfahrt ist ein Band gespannt, an dem bunte Stofftücher aufgereiht sind. Ein rustikales Holzschild trägt die Aufschrift „Spatzennest". Darunter hängt ein Briefkasten, der mit zahllosen roten Herzen verziert ist. Gleich daneben steht die Skulptur eines nackten Mannes mit übertrieben großem Geschlechtsteil. Meine Eingeweide ziehen sich zusammen.

„Wo sind wir hier? In einem Swingerclub?" Robert hält hinter einem alten Kombi, der das Schlusslicht einer langen Reihe parkender Autos bildet.

Ich entdecke meinen Vater im Schatten der hohen Bäume. Er hat sich ein schwarzes Tuch um die Stirn gebunden, trägt einen asiatisch anmutenden Kampfanzug und ist barfuß. Auf einem Bein stehend, das andere angewinkelt und die Arme in den Himmel gestreckt, steht er reglos da. Ich steige aus dem Wagen.

„Hey, ist das nicht mein geliebter kleiner Krümel?", ruft er, gibt seine alberne Turnübung auf und kommt mir entgegengesprungen. „Das nenne ich eine Überraschung!" Er umarmt mich, drückt mich fest an sich und küsst mich auf den Scheitel, auf beide Wangen und dann wieder auf den Scheitel. „Nanu, wen hast du denn da mitgebracht? Gleich drei Männer?" Er wackelt mit dem Zeigefinger.

Robert, Benno und Sören staksen zu uns herüber. Sie wirken ein wenig verschüchtert.

„Robert, das ist mein Vater ...", beginne ich die Vorstellungsrunde.

„Begrüßen wir uns wie Männer!", fällt er mir ins Wort, ergreift Roberts Hand und zieht ihn zu sich heran. „Ich bin Hardy. Komm schon, Robert, umarm mich mal!"

Robert steht stocksteif da, er weiß offenbar gar nicht, wie ihm geschieht. Sogar Benno hat's die Sprache verschlagen.

„Papa, bitte, ich ..."

„Seht sie euch an! Ist unsere Kathi nicht ein Prachtexemplar?", jubelt er. „Ihr werdet es nicht glauben: Ich hab sie mit nur einem Hoden gezeugt! Stellt euch das nur mal vor!" Er haut sich mit der Faust auf den Brustkasten. „Vor dreieinhalb Jahren hab ich mich sterilisieren lassen. Bist du auch sterilisiert, Robert?"

„Danke, Papa, das Eis hättest du damit gebrochen", stöhne ich und wünsche mich weit weg.

„Ich hab gerade Tai-Chi gemacht, das entspannt

mich total. Manchmal stehe ich dermaßen unter Stress, ich könnt' ausrasten, wisst ihr, was ich meine? Hey, wollt ihr mal unseren Neuzugang angucken?" Er fasst mich bei der Hand und zieht mich über den Rasen am Haus vorbei. Die drei Männer folgen uns in großzügigem Abstand.

„Papa, bitte, bitte halt dich zurück! Robert ist mein Chef", beschwöre ich ihn.

Mein Vater gibt mir einen schmatzenden Kuss auf die Wange. „Klar doch, mein Lieblings-Krümel, ich bin ganz brav. Nun guck dir das an! Ist das nicht ein toller Zoo?"

Auf dem hinteren Grundstück tummeln sich ein hellgrauer einohriger Esel, eine humpelnde Gans, zwei struppige Ziegen und ein geschecktes Hängebauchschwein. Meine Eltern nehmen seit jeher Tiere bei sich auf, die niemand mehr haben will. So durchgeknallt sie auch sind, ihren Tierschutz-Spleen finde ich echt klasse.

„Dem Esel musste das Ohr amputiert werden und dann fanden seine Besitzer ihn hässlich und wollten ihn zum Schlachter geben", erklärt er uns aufgebracht.

„Unfassbar", murmelt Robert und schaut auf seine Armbanduhr.

„Habt ihr schon das Klettergerüst gesehen? Guckt mal da rüber, das hab ich extra für die Ziegen gebaut!"

„Papa, wir sind nur auf dem Sprung. Wir brauchen für dieses Wochenende eine Unterkunft, hast du eine Idee?"

„Ihr bleibt hier, das ist doch wohl klar! Deine Mutter wird sich riesig freuen! Und ich werde euch was Schönes kochen, was haltet ihr davon? Kommt mit rein, ihre Übungsstunde muss jeden Moment zu Ende sein. Na, die wird Augen machen!"

„Nein, Papa, danke für das Angebot, aber wir werden ganz bestimmt nicht ..."

„Wir wollen Ihnen keine Umstände machen!", wehrt Robert ab.

Die Haustür geht auf und ein Strom älterer Menschen in Trainingsanzügen ergießt sich in den Garten.

„Und denkt dran, Jungs und Mädels: Macht erst die Stretchübungen, bevor ihr die Bongo-Bongo-Position einnehmt." Meine Mutter erscheint im Türrahmen. Sie trägt ein buntes Flattergewand und hat ihre langen Locken mit einem Stirnband gebändigt.

„Krümel! Da ist ja unser geliebter Krümel!", ruft sie. „Hardy! Was für eine wunderbare Überraschung! Unser Krümel kommt uns besuchen!" Meine Mutter fällt mir um den Hals, anschließend begrüßt sie meine Kollegen. Dann wendet sie sich wieder mir zu. Sie fasst mich bei den Schultern, hält mich ein Stück von sich weg und schaut mir forschend in die Augen. „Was ist das denn? Unser Krümel ist verliebt! Hast du das Leuchten in ihren Augen gesehen, Hardy? Unsere Kleine ist verliebt!"

„Mama, bitte, nein, du täuschst dich!"

„Hei, wer ist denn der Glückliche?" Sie mustert meine drei Begleiter, einen nach dem anderen. „Du bist's nicht", sagt sie zu Sören. „Was ist los mit dir, hast du Kummer? Dein Wurzelchakra hat einen Grauschleier. Ich kann dich behandeln, wenn du willst."

Sörens Unterlippe zuckt verdächtig. Noch ein Wort, und er heult.

Benno bricht in schallendes Gelächter aus. „Na, die Behandlung möcht' ich sehen!"

Schon kullern dicke Tränen über die Wangen unseres Tontechnikers.

Meine Mutter schlingt ihre Arme um seinen knochigen Leib und streichelt ihm über den Rücken. „Du kommst auf meine Liege und hinterher bist du ein neuer Mensch", verspricht sie, lächelt ihn aufmunternd an und wischt seine Tränen mit den Fingerspitzen weg.

„Krümel und ihre Kollegen wollen dieses Wochenende bei uns wohnen, ist das nicht großartig?", ruft mein Vater.

„Eine wunderbare Idee! Ihr könnt unser Schlafzimmer haben und das Gästezimmer."

„Nein, also ..."

Die Rentner kraxeln in ihre Autos und meine Mutter geht voran ins Haus.

„Nicht wahr, Hardy? Wir beide schlafen auf der Couch." Sie bricht in mädchenhaftes Kichern aus.

Er verpasst ihr einen spielerischen Klaps auf den Hintern. „Wir rollen das Bärenfell aus. Wir haben's schon ewig nicht mehr auf dem Bärenfell gemacht."

„Du bist der Größte, weißt du das?" Sie reibt ihren Busen an seiner Brust und knabbert an seinem Ohrläppchen.

Wie peinlich ist das denn, bitteschön?! Ich möchte im Erdboden versinken. Ab in die Dunkelheit, Deckel drauf und Tschüß. Ich hätte die Crew niemals hierher bringen dürfen!

Damals war ich für die Leute im Dorf immer die bedauernswerte kleine Dicke mit den vielen Pickeln und den unmöglichen Eltern. Jetzt habe ich zwar keine Pickel mehr, und der Babyspeck hat sich an die richtigen Stellen verteilt, aber meine Eltern sind genauso unmöglich wie eh und je. Was sollen meine Kollegen bloß von mir denken?

Ich zupfe meine Mutter am Flatterärmel. „Mama, bitte dreh nicht so auf", flüstere ich ihr zu. „Robert ist mein Chef und er ..."

„Ich war früher auch mal in meinen Chef verliebt", tönt sie. „Das war, bevor ich deinen Vater getroffen habe. Nehmt unser Schlafzimmer, da könnt ihr euch austoben."

Robert grinst sich einen und ich atme auf. Gott sei Dank, er scheint die Angelegenheit von der humorvollen Seite zu nehmen.

„Vielen Dank für das großzügige Angebot, wir nehmen es gerne an", höre ich ihn sagen.

Wie bitte? Das kann er unmöglich ernst meinen!

Meine Eltern klatschen begeistert in die Hände. Mein Vater dreht eine übermütige Pirouette und kommt vor Benno und Sören zum Stehen. „Und ihr beide nehmt das Gästezimmer. Da gibt es zwei Einzelbetten, dann kommt ihr euch nicht in die Quere."

Ich räuspere mich. „Robert ist mein Chef und er ist verheiratet!", erkläre ich.

„Ach so?", macht meine Mutter. „Willst du lieber bei uns schlafen?" Sie wendet sich an die Crew. „Kathi hat in unserem Bett geschlafen, bis sie vierzehn war."

Ich schaue sie böse an. „Ich war höchstens vier oder fünf!"

„Hach, wie schön, dass ihr da seid! Wir werden einen Heidenspaß miteinander haben!", jauchzt mein Vater. „Was ist, Männer? Mögt ihr Pfannkuchen?"

***

„Du hast fantastische Eltern", meint Sören.

„Ähem, ja", stoße ich gequält hervor. „In kleinen Dosen sind sie fantastisch."

„Heißen sie wirklich Joy und Hardy? Das sind ungewöhnliche Namen."

„Nee, eigentlich Gundula und Harald. Sie haben sich irgendwann umbenannt."

Wir sind auf dem Weg zur Siegesfeier am Feuerwehrhaus. Robert hofft auf originelle Szenen und lustige Dialoge.

„Wir dürfen da nicht einfach so drehen", mahnt Benno. „Du musst die Gäste vorher aufklären und überall Info-Blätter aushängen. Ey, stell dir nur mal vor, mir läuft ein Kind durchs Bild! Dann kannst du deinen Laden dichtmachen."

„Nun mach dir nicht gleich ins Hemd. Wir halten nur hier und da mal drauf, alles ganz easy."

Benno zuckt die Schultern. „Du bist der Boss."

Sören reibt mit der Hand über seinen Bauch. „Wie war das noch gleich? Hat die Bäuerin nicht gesagt, dass wir zum Essen eingeladen sind? Ich hab voll Lust auf Bratwurst."

„Und ich auf Bier vom Fass."

„Katharina, du klärst das gleich mal mit der Verpflegung", trägt Robert mir auf. „Unseren Jungs soll es an nichts fehlen."

Wir parken ein paar Meter hinter der Zufahrt und marschieren in einer Viererkette zum Festplatz. Stimmengewirr und Gelächter sind zu hören - und noch etwas. Meine Nackenhaare stellen sich auf.

„Scheiße, was ist das denn?", ruft Sören und steckt sich die Finger in die Ohren.

Robert grinst breit. „Das wird unsere Cindy sein. Hei, die kann aber toll singen!"

An der Einfahrt wurde ein weißes Bettlaken gespannt, darauf steht in großen Buchstaben „Wir sind die Besten! Freiwillige Feuerwehr Mühlbach, Sieger des Kreiswettkampfs".

Die typische Szenerie Mühlbacher Dorffeste breitet

sich vor uns aus. Man kann den Bewohnern einiges nachsagen, zum Beispiel, dass sie ziemlich rückständig sind, aber feiern können sie wie die Weltmeister. Erwin Eichelhardt hat seinen Getränkewagen und ein paar Stehtische auf die Wiese gestellt, und Schlachtermeister Manni Pott seinen rollenden Imbiss gleich daneben. Manni sorgt mit seinen Bratwürsten für die solide Grundlage und Erwin für ausreichende Verdünnung.

Lange Bänke und Tische stehen bereit, sie werden von den älteren Leuten bevölkert. Das altertümliche Feuerwehrfahrzeug ist mit Ballons und Girlanden geschmückt, auf dem Führerhaus steht ein glänzender Pokal. Ich entdecke Patricks Vater Lüder, er trägt eine blau-rote Uniform. Ortsbrandmeister Heidi haut ihm anerkennend auf die Schulter. Heidi heißt mit bürgerlichem Namen Heinz-Dieter Kruse, aber niemand im Dorf würde ihn jemals so nennen.

Ein Traktoranhänger dient als Bühne, der Strom für die Anlage kommt aus dem Spritzenhaus. Cindy springt in einem violett schimmernden Kleid, das Mikro in der Hand, auf dem Anhänger herum. Sie singt von ihrem Tanz auf dem Vulkan und trifft nicht einen einzigen Ton.

Cindy ist knapp 1,60 Meter groß und sieht aus wie eine Miniatur-Barbie. Ihre glatten blonden Haare reichen bis zu den paillettenbesetzen Schultern ihres Kleides. Sie schmettert das Lied mit voller Inbrunst und macht die passenden Gesten und Hüftbewegungen dazu.

„Wow, sieht die geil aus!" Benno starrt wie gebannt zur Bühne. „Und die will nen dusseligen Bauern heiraten? Das geht gar nicht!"

Sören kratzt sich am Kopf. „Ist das dein Ernst, Benno? Findest du die echt gut?"

„Optisch ist sie der Hammer, ihr Gesang ist aber leider vor'n Arsch."

Robert fasst nach meiner Hand. Sie fühlt sich kühl und fest an. Seine Lippen nähern sich meinem Ohr. „Dieses Möchtegern-Double da auf dem Anhänger hat dir also damals das Leben schwer gemacht?", sagt er mitfühlend.

„Ihr Gesangstalent hat sie erst später entdeckt", entgegne ich.

Er lacht auf und gibt mir einen Kuss auf die Wange.

Was? Hat mein Chef mich wirklich gerade geküsst? Du meine Güte, nun mach bloß kein Drama daraus, versuche ich, mich zu beruhigen. Das war doch nur ein harmloses Küsschen auf die Wange!

„Ähem, ich … kümmere mich jetzt mal ums Essen", stammele ich und mache mich von seiner Hand los.

Cindy hat ihr Lied beendet, ein paar Leute applaudieren. Anfeuernde Pfiffe sind zu hören, ich schaue mich nach dem vermeintlichen Fan um und entdecke ihren Vater Horst vor der Bühne. Er reißt die Arme in die Luft und schwenkt einen Stapel Werbeblätter. Elterlicher Rückhalt ist an und für sich eine gute Sache, finde ich. In diesem speziellen Fall ist er jedoch fehl am Platze. Jemand sollte Cindy erklären, dass sie sich total lächerlich macht. Offenbar hat sie sich noch nie selber singen gehört.

Sie trällert den nächsten Song, darin geht es um eine atemlose Nacht. Ihr Vater bringt die Werbezettel unters Volk.

„Himmel, Sakra, bist du das, Kathi?" Manni Pott lässt die Würstchenzange sinken. „He, Leute, guckt mal, wer wieder da ist: Kathi! Unsere Kathi Spatz ist wieder da!"

Die am Biertresen und den Stehtischen lehnenden

Partygäste schauen mich überrascht an.

„Hey, Kathi!"

„Schön, dass du wieder da bist!"

„In Mühlbach ist's tausendmal schöner als in der Stadt, nicht wahr?"

„Machst du im Herbst wieder beim Stoppelfeldrennen mit?"

Ich werde mit unzähligen Umarmungen begrüßt. Ich glaube, in den letzten sechs Jahren wurde ich nicht annähernd so oft umarmt wie heute auf dem Mühlbacher Feuerwehrfest.

„Hübsch ist unsere Kathi geworden, nicht wahr, Bienchen, hättste das gedacht?", sagt Manni zu seiner Tochter.

„Hallo Sabine, schön, dich zu sehen!", begrüße ich sie. Sabine ist mit mir zur Grundschule gegangen und wollte schon als Kind Fleischerin werden. Offenbar hat sie an ihrem Plan festgehalten und ist ins Geschäft ihres Vaters eingestiegen. Sie war schon immer gutgenährt, aber wenn sie so weitermacht, brauchen Potts bald eine breitere Imbissbude.

„Kathi! Toll, dass du wieder hier bist!", freut sie sich. „Bleibst du länger?"

„Nur für zwei Tage. Wir drehen eine Folge 'Bauernhochzeit' bei Volkens."

Sabine ist baff. „Mensch, Kathi, echt, du bist beim Fernsehen? Ich liebe Fernsehen, am meisten die Nachmittagssendungen. Da gibts gerade ne neue Serie, 'Retter in der Not', die ist total spannend!"

Ich lehne mich an den Tresen des Imbisses. „Irma hat das Team zu Speis und Trank eingeladen. Ist das okay für euch?"

Sabine und ihr Vater nicken sich lächelnd zu. „Klar doch, Kathi. Wir kriegen euch schon satt." Manni Pott ist über die Dorfgrenzen hinaus berühmt für seine Fleischpeitschen. Das sind lange, dicke Bratwürste aus Eigenproduktion mit einer Geheim-Würzmischung.

Ich gebe auch Erwin Eichelhardt Bescheid, er garantiert der Filmcrew Freibier bis zum Abwinken. Unter den Gästen außerhalb der beiden Versorgungswagen hat sich inzwischen herumgesprochen, dass ich zurück in meinem Heimatdorf bin. Hansi und Meta, ein älteres Ehepaar aus der Nachbarschaft meiner Eltern, stolpern herbei. „Bist du's wirklich, Kathi? Wir hätten dich ja gar nicht wiedererkannt. Na, du hast dich aber rausgemacht!"

Ortsbrandmeister Heidi drückt mir ein Glas in die Hand. „Willkommen zu Hause, Kathi!" Die Feuerwehrmänner johlen zustimmend. Ich stoße mit ihnen an und gratuliere ihnen zu ihrem tollen Erfolg bei der Kreismeisterschaft.

„Hast du schon gehört, dass bei uns ne Deponie gebaut wird?", wendet sich Hansi an mich. „N Unding ist das!"

„Eine Bauschuttdeponie. Wir sind alle ganz unglücklich deswegen. Aber wir können nichts dagegen machen", ergänzt Fleischermeister Manni.

Hansi schiebt die Unterlippe vor. „Da wird Asbest gelagert, und zwar bis zu zwölf Meter hoch." Seine Frau Meta legt ihre Hand auf den Unterarm ihres Mannes, sie schaut betrübt drein.

„WAS? Bei uns in Mühlbach?", frage ich erschrocken.

Hansi nickt. „Im Mühlental, gleich neben dem Gutshof. Der arme Gustav muss deswegen ins Altersheim."

Das darf doch wohl nicht wahr sein! „Eine Deponie im Mühlental?" Meine Stimme überschlägt sich. Die weiten sattgrünen Wiesen erscheinen vor meinem inneren Auge und ich versuche vergeblich, mir dort einen Müllberg vorzustellen. „Nein! Das darf nicht sein, das dürft ihr nicht zulassen!"

Heidi hebt resignierend die Schultern. „Ist leider nichts mehr dran zu rütteln. Der Landkreis hat die Genehmigung erteilt. Im Oktober soll's losgehen."

„Du hättest dem Abbruchunternehmer Bodo Kleinschmidt nicht dein Land verkaufen sollen, Lüder! Dann wäre uns der Schlamassel erspart geblieben", sagt Feuerwehrmann Heinrich Pohlmann zu Patricks Vater.

Lüder schlägt die Augen nieder. „Ich hatte keine Wahl, das kannst du mir glauben."

Die anderen Feuerwehrkameraden klopfen ihm tröstend auf die Schulter. „Euer Hof musste im letzten Jahr weiß Gott genug wegstecken! Erst verbrennt die ganze Stroh- und Heuernte und dann ist auch noch Elmar verschwunden."

Lüder nickt langsam. „Das war eine schwierige Zeit."

In mir brodelt es. Der Brief ist tatsächlich ein Erpresserbrief! Jemand hat den Winterfuttervorrat in Brand gesteckt und Elmar ist abgehauen, um seinen Hof vor weiterem Unheil zu schützen. Meine Hand schnellt nach hinten zur Hosentasche, ich ziehe das Papier raus - und stopfe es wieder hinein. Wie soll ich Lüder und den anderen Dorfbewohnern erklären, dass ich in Elmars Zimmer herumgeschnüffelt habe?

Offenbar weiß niemand im Dorf von dem Drohbrief, ich bin die Einzige. Was hat Elmar samstagabends bei Heinrich gemacht? Ich muss die Wahrheit herausfinden!

Soweit ich weiß, ist Feuerwehrmann Heinrich Pohlmann in Mühlbach der einzige Mann namens Heinrich. Er ist Ende sechzig, verheiratet, von Beruf

Klempner und leidenschaftlicher Schachspieler. Ob er mit Elmar samstags Schach gespielt hat? Ich schüttle den Kopf. Damit hätte sich Elmar wohl kaum erpressen lassen. Trotzdem, ich darf nichts unversucht lassen. „Hat Elmar dich öfter besucht, bevor er verschwand?", erkundige ich mich bei Heinrich.

„Elmar? Nein, wie kommst du denn darauf?"

„Samstagabends? Vielleicht habt ihr ja zusammen Schach gespielt", helfe ich ihm auf die Sprünge.

Er guckt mich an, als hätte ich nicht alle Tassen im Schrank. „Samstagabends sitz ich mit meiner Frau vorm Flimmerkasten. Es sei denn, es gibt irgendwas zu feiern."

„Aha", murmele ich. Tausend Gedanken jagen durch meinen Kopf. Allen voran die Schreckensnachricht, dass Gustav ins Altersheim muss, weil neben seinem Hof eine Deponie errichtet wird. Das darf nicht geschehen! Niemals! Was kann ich nur tun?

Aufgewühlt und nachdenklich zugleich überquere ich den Festplatz. Der Erpresserbrief, die Deponie, Gustav ... Was ist bloß in meinem beschaulichen Heimatdorf los? Ich seufze auf. So verwirrend und furchtbar das alles ist - ich bin wegen der Dreharbeiten für eine Fernsehsendung hier. Ich habe einen Job zu erledigen, rufe ich mir in Erinnerung.

Cindy kündigt eine Gesangspause an. Eine gute Gelegenheit, auf sie zuzugehen, ihr Hallo zu sagen und das Kriegsbeil zu begraben. Schließlich werden wir für die nächsten zwei Tage zusammenarbeiten.

Ich erwische sie auf der Rückseite des Anhängers, wo sie per Trittleiter von der Ladefläche steigt. „Hi, Cindy, wie geht's?", erkundige ich mich freundlich.

Ihre Miene gefriert. „Scheiße, was willst du denn hier?"

„Ich bin Producerin für Super Alpha. Meine Crew und ich drehen eure Bauernhochzeit-Sendung", erkläre ich in Businesswoman-Manier. Es kann nichts schaden, ihr gegenüber ein bisschen auf die Sahne zu hauen.

Sie kriegt große Augen. „Du? Nä! Mit dir red ich kein Wort, das kannste dir abwischen."

Ich lasse mich nicht beirren. „Cindy, wir sind jetzt erwachsen, da sollten wir uns auch wie Erwachsene benehmen. Wir vergessen einfach die Vergangenheit und fangen ganz neu an. Einverstanden?"

Ich halte ihr die Hand hin, sie braucht nur einzuschlagen. Aber nichts da. Sie zieht eine Grimasse, als müsse sie sich übergeben, präsentiert mir den Mittelfinger und rauscht davon. So viel zum Thema das Kriegsbeil begraben.

Das Feuerwehrgebäude liegt gleich neben dem Kinderspielkreis. Auf dem angrenzenden Spielplatz ist reger Betrieb. Während die Erwachsenen den Sieg feiern, haben die Kleinen ihren Spaß auf der Rutsche und der Schaukel.

Ich entdecke eine vertraute Gestalt und prompt schlägt mein Herz höher. Sie verteilt kleine Plastikschaufeln und Eimerchen an die Kinder. Auf ihrer Hüfte hockt ein Baby, an ihrem Hosenbein hängt ein kleiner Junge. Ich mache einen Satz vor Freude.

„Hanna!", rufe ich aus und stürme auf sie zu. „Hanna! Wie schön, dich wiederzusehen!" Ich will ihr um den Hals fallen, so wie früher, schließlich ist sie von Kindesbeinen an meine beste Freundin. Aber ihre abweisende Körperhaltung lässt mich zögern. Sie hat die Ellenbogen ausgefahren, ihre dunklen Augen funkeln mich an.

„Ich will auch ne Schaufel", sagt der Junge an ihrem Hosenbein.

Sie beugt sich zu ihm runter. „Aber klar doch, Timmy, hier, bitte schön." Der Kleine nimmt die Schaufel, sie streichelt liebevoll über seinen Haarschopf und er hüpft mit großen Sprüngen in den Sand.

„Erkennst du mich nicht wieder, Hanna? Ich bin's, Kathi! Hey, ich bin für dieses Wochenende hier im Dorf und mache Fernsehaufnahmen", plappere ich.

„Ja, und? Was willst du von mir?", faucht sie.

„Hanna, Mensch, ich war seit sechs Jahren nicht hier …"

„Ganz genau. Du hast dich sechs Jahre lang weder hören noch blicken lassen. Nicht mal zu meiner Hochzeit bist du hergekommen. Weißt du was? Du kannst mich mal!" Sie presst die Lippen zusammen.

Ihre Worte treffen mich wie Faustschläge in die Magenkuhle.

„Hanna, es tut mir leid. Ich wohne jetzt in der Stadt, vier Stunden von hier entfernt, und du weißt doch, dass ich kein Auto fahre seit dem Unfall."

Sie tut so, als hätte sie mich nicht gehört. „Fabian und Rudi, lasst Änne auch mal auf die Wippe", ruft sie zwei Jungen zu.

„Genau, ihr Blödies!", kräht ein kleines, blasses Mädchen. Die Jungs wippen noch ein paarmal auf und ab, dann springen sie runter, strecken dem Mädchen die Zungen raus und entern die Rutsche.

„Hanna, wir sind schon so lange befreundet …", starte ich einen neuen Versuch.

„*Waren*, Kathi. Wir *waren* mal befreundet, aber das ist lange her. Man muss was in eine Freundschaft einzahlen, wenn man sie behalten will."

„Aber …", stammele ich.

Sie streckt das Kinn vor. „Du musst nicht glauben, dass ich seit sechs Jahren sehnsüchtig auf deine

Rückkehr lauere", faucht sie. „Mein Leben hier im Dorf ging auch ohne dich weiter. Mach dir ein schönes Wochenende in deiner alten Heimat, und dann hau gerne wieder ab - wohin auch immer! Aber lass mich dabei bitteschön aus dem Spiel." Sie dreht sich auf dem Absatz um und geht zu der kleinen Änne, die einsam auf der Wippe hockt.

Mir stehen die Tränen in den Augen und mir ist hundeelend. „Es tut mir leid", flüstere ich. „Es tut mir wirklich leid."

Der bohrende Schmerz in meinem Magen scheint Hanna Recht zu geben. Aber verdammt nochmal, unsere Wege haben sich getrennt. Ich wohne weit weg, habe einen neuen Bekanntenkreis und führe ein ganz anderes Leben. Da bleiben alte Kontakte zwangsläufig auf der Strecke. So sehr ich mich auch selbst zu überzeugen versuche, der Schmerz bleibt.

Robert sitzt an einem der Tische, er hat einen Schreibblock vor sich. Benno und Sören hocken ihm gegenüber und schauen mir erwartungsvoll entgegen. „Ihr könnt essen und trinken, so viel ihr wollt", eröffne ich ihnen, und sie schieben ab.

„Kann ich dir helfen?", erkundige ich mich bei Robert und nehme neben ihm auf der Bank Platz.

„Nö. Ich hab die Story im Kopf, zerleg sie in die einzelnen Szenen und mach die Texte für die O-Töne", erklärt er. „Das erleichtert uns morgen die Arbeit. Wir haben dann einen Plan, und ein Plan ist die halbe Miete." Er vertieft sich wieder in seine Arbeit.

Benno und Sören tummeln sich bei den Wagen. Benno stemmt ein großes Bier und Sörens langer Oberkörper ragt über den Tresen in Mannis Imbissbude hinein.

„Soll ich dir was zu essen holen?"

Robert schüttelt den Kopf. „Ich will das hier erst fertig machen. Lass mich in Ruhe, ja? Dann kann ich mich besser konzentrieren."

„Ist es okay, wenn ich Gustav von Holten besuche?"

„Mach nur", murmelt er abwesend.

Ich stehe von der Bank auf und gehe zum Ausgang. Irma kommt mir entgegen, ihr Gesicht ist vor Anstrengung hochrot angelaufen. Sie hat drei Freundinnen aus dem Dorf dabei, sie schleppen Wäschekörbe mit Geschirr heran.

„Braucht ihr Hilfe?", frage ich, aber Irma schüttelt schweratmend den Kopf.

„Hübsch ist sie geworden, die kleine Spatz", sagt eine ihrer Begleiterinnen im Weitergehen. „Man erkennt sie ja kaum wieder!"

„So ein nettes Mädchen. Früher hat sie mir immer sehr leidgetan."

„Sie hat uns allen leidgetan", korrigiert Irma. „Die Kleine kann schließlich nichts für ihre Eltern."

Gustav wohnt außerhalb des Dorfes auf dem wunderschönen Gutshof nahe der Landstraße. Damals war der Gutshof mein zweites Zuhause. Mir dreht sich der Magen um bei dem Gedanken, dass Gustav sein Anwesen verkaufen muss, und ich kann mir gut vorstellen, wie niedergeschlagen er deswegen ist.

Ich könnte mit dem Rad hinfahren, so wie früher. Aber dazu müsste ich erst zurück zu meinen Eltern, und die Chance, in ihrem Schuppen ein intaktes Fahrrad zu finden, geht gegen null. Also mache ich mich zu Fuß auf den Weg. Ich kenne eine Abkürzung, die führt am Waldrand entlang und quer durch die Felder.

Der Lärm der Feier verklingt. Zwischen weißen Wattewolken blitzt die Sonne hindurch und schickt ihre goldenen Strahlen hinunter auf die Sträucher und

Wildblumen am Wegesrand. Die Vögel zwitschern ihr Abendlied, ansonsten ist alles still. Ich atme tief den würzigen Duft nach brauner Erde und saftigem Gras ein.

Zwanzig Jahre lang war die Natur rund um mein Heimatdorf meine gewohnte Umgebung. Wenn etwas zur Gewohnheit geworden ist, dann schaut man nicht mehr so genau hin. Heute, jetzt, in diesem Moment erscheinen mir die weiten Felder, die Wiesen und die dichtbelaubten Bäume auf einmal wie ein Geschenk des Himmels. Wie friedlich es hier ist! Meine Schritte werden leichter, mein Atem fließt tief und gleichmäßig.

Der Gutshof kommt in Sicht. Vor der Industrialisierung kamen die Bauern mit Pferd und Wagen, um ihr Getreide in der Wassermühle zu Mehl mahlen zu lassen. Der Mühlbach fließt direkt am Hofgrundstück vorbei und bildet dort einen malerischen kleinen Stausee. Die Wassermühle ist schon lange nicht mehr in Betrieb, dennoch hat der Gutshof nichts von seiner Imposanz eingebüßt.

Der vierundachtzigjährige Gustav ist der letzte Nachfahre der Gutsbesitzer von Holten. Laut Treatment soll er die Hochzeitskutsche für Patrick und Cindy fahren. Er ist also hoffentlich noch immer bei guter Gesundheit und hat mindestens zwei Pferde auf dem Hof behalten. Inzwischen wird er die Zucht aufgegeben haben und sicherlich auch nicht mehr im Sattel sitzen.

Gustavs Vater war Rittmeister bei der Kavallerie und hat seinen Sohn den sorgsamen Umgang mit dem Kameraden Pferd gelehrt. Gustav weiß so ziemlich alles über Pferde und hatte ein glückliches Händchen bei der Zucht und Ausbildung. Sein einziger „Fehlgriff" war der Kauf des Fohlens Hercules.

Der Hengst versprach ein großkalibriges Pferd mit imposantem Gangvermögen zu werden, aber weder das eine noch das andere trat ein. Hercules blieb unter dem Maß für gekörte Hengste und wurde nicht zur Zucht zugelassen. Wegen seines gedrungenen Körpers waren weder sein Schritt noch sein Trab sonderlich beeindruckend, und sein Temperament war hitzig und unberechenbar. Genau genommen war er wertlos. Gustav ließ ihn kastrieren, um ihn günstig als Reit- oder Kutschpferd zu verkaufen, aber niemand wollte dieses kleine, ungestüme Pferd haben.

Das war mein großes Glück, denn ich liebte Hercules mehr als mein Leben. Ich saß viele Stunden täglich an seiner Koppel, nur um bei ihm zu sein. Als er vier Jahre alt war, begann ich mit seiner Ausbildung. Er setzte mich unzählige Male in den Sand, und bescherte mir ebensoviele blaue Flecken. Von Hercules habe ich vieles gelernt. Er hat mir beigebracht, immer wieder aufzustehen und nicht aufzugeben.

Irgendwann begann er, mir zu vertrauen. Ich erkannte, dass sein größtes Vergnügen darin bestand, in gestrecktem Galopp über die Wiesen zu preschen. Als ich mit dem kleinen, stämmigen Pferd beim jährlichen Stoppelfeldrennen auftauchte, lachten mich die Reiter der schlanken, schnellen Vollblüter aus. Patrick, der mit seiner großrahmigen Hannoveranerstute Marylou stets einen der vorderen Plätze beim Rennen belegte, schien mich wie immer gar nicht zu bemerken.

Nach dem Rennen lachten die anderen Reiter nicht mehr über mich und Hercules, denn wir hatten sie alle besiegt. Und mein heimlicher Schwarm Patrick nahm mich zum ersten Mal wahr.

Ich gehe durch das breite Tor über das

Kopfsteinpflaster zum Innenhof. Mein Herz klopft mir bis zum Hals, gleichzeitig spüre ich ein schmerzhaftes Ziehen im Bauch. Der vertraute herb-süße Geruch nach Pferd steigt mir in die Nase, dieser wunderbare Duft, der wohl für jeden Reiter der schönste aller Gerüche ist. Am Horizont sehe ich ein paar Pferde grasen. Ich höre ein Geräusch und wende mich nach rechts.

„Kathi!", ruft Gustav. „Du bist wieder da!"

Gustav ist kein Mann der großen Worte, aber seine wachen blauen Augen blitzen vor Freude. Er ist auch kein Freund von Rührseligkeit, aber ich umarme ihn trotzdem, ganz kurz und fest. Erstaunt bemerke ich, dass er sich überhaupt nicht verändert hat. Er wirkt kein bisschen gebrechlich, die Arbeit mit den Pferden an der frischen Luft hält ihn offenbar gesund. Wie gewohnt trägt er Arbeitskluft, Schuhe mit Stahlkappen und einen dunklen Cordhut.

Ach du Schreck, Patrick ist auch da! Ein Traktor samt Ladewagen steht neben der großen Scheune, rundherum liegen Heuhalme auf dem Boden. Sein kariertes Hemd hängt über der Anhängerklappe, er arbeitet mit freiem Oberkörper. Die Muskeln an seinen Oberarmen treten hervor, sie sind von einem leichten Schweißfilm bedeckt. Er sticht mit einer langen Heugabel in einen Ballen und befördert ihn aus dem Handgelenk nach oben in die offene Luke. Halme rieseln hinab, ein paar landen in seinem braunen Haar.

Gustav ist meinem Blick gefolgt. „Für den nächsten Winter hab ich ausgesorgt", meint er zufrieden. „Patrick hat mir anständiges Pferdeheu gebracht."

Deshalb ist Patrick also nicht auf dem Dorffest! Er steckt in der Heuernte. Ich wünschte, er wäre nicht hier. Dann könnte ich mich ungestört mit Gustav unterhalten und müsste mir nicht seine prallen Muskeln angucken.

Energisch drehe ich ihm den Rücken zu. „Ich habe von der Deponie gehört", sage ich.

Plötzlich wird Gustavs Gesicht fahl, seine Schultern sacken nach vorn. „Dieser elende Schuft! Der geht über Leichen!", knurrt er. Der Schuft ist der Abbruchunternehmer Bodo Kleinschmidt, der mit der Deponie ein Heidengeld verdienen will, erklärt er mir.

„Sie soll im Mühlental entstehen, nicht wahr?", frage ich niedergeschlagen.

Er nickt, seine Augen haben ihren Glanz verloren. „Bodo Kleinschmidt hat mir ein Heidengeld geboten, damit ich ihm den Gutshof verkaufe. Andernfalls wird mich der Landkreis enteignen, heißt es." Er seufzt geschlagen. „Ich glaub eigentlich nicht an Wunder, aber vielleicht passiert ja doch noch eines."

Gustav scheint die Sache aussitzen zu wollen, sonst würde er wohl keinen Wintervorrat Heu anlegen. Ich würde das an seiner Stelle ganz genauso machen.

Ich kann nicht fassen, dass diese schöne Landschaft verschandelt werden soll. „Wieso unternimmt denn der Gemeinderat nichts dagegen?", frage ich aufgebracht.

„Angeblich hat Horst alles versucht. Ich glaub ihm nicht." In den Siebzigern war Gustav der Bürgermeister des Dorfes. Er hat damals den Bau der Autobahn verhindert und dafür sind ihm die Mühlbacher noch heute dankbar. Mit Horst Obermeier steht er von jeher auf Kriegsfuß, und er hat nie einen Hehl aus seiner Überzeugung gemacht, dass Horst der falsche Mann für das Bürgermeisteramt ist.

„Lüder hat leider wenig Schneid", bedauert er.

Wie kommt er denn jetzt auf Patricks Vater?

„Lüder ist ein ehrlicher und fleißiger Mann. Meine Stimme hat er."

„Deine Stimme wofür?"

„Er kandidiert für das Bürgermeisteramt. Wusstest du das nicht?"

„Nein", entgegne ich überrascht. Vor meinem geistigen Auge erscheint Horst mit seinen Werbezetteln. Ich kann mir beim besten Willen nicht vorstellen, dass Lüder jemals einen solchen Wind machen würde.

„Lüder ist seit vielen Jahren im Gemeinderat, genau wie Horst. Na ja, er hat wohl keine große Chance auf den Posten."

Bürgermeisteramt hin oder her, das Mühlental darf nicht zerstört und Gustav nicht obdachlos werden. „Ich werde alles tun, um die Deponie zu verhindern!", verspreche ich ihm und sehe ein trauriges Lächeln über sein Gesicht huschen.

„Wie willst du das denn machen, hä? Kannst du zaubern?", ertönt Patricks Stimme hinter mir.

Ich fliege herum und begegne seinem vernichtenden Blick. Er hat die Heugabel beiseite gestellt. Ich würde sie ihm am liebsten in den Hintern jagen.

„Auf jeden Fall stecke ich im Gegensatz zu dir nicht den Kopf in den Sand!", gebe ich zurück.

Gustavs Blick geht zwischen Patrick und mir hin und her. „Kommt mit ins Haus, ihr beiden Streithähne, ich hab Getränke im Kühlschrank."

Patrick zieht sein Hemd an und schüttelt sich das Heu aus den Haaren. Warum sieht er nur so verdammt gut aus? Und warum habe ich immer dieses Kribbeln im Bauch, wenn er in meiner Nähe ist? Ich beschließe, seinen Body und das Kribbeln ab sofort komplett zu ignorieren.

„Danke schön für das Angebot", sage ich zu Gustav. „Aber ich würde lieber auf die Koppel gehen und deine Pferde begrüßen. Hast du die alte Bella noch?"

„Natürlich hab ich sie noch, ich geb doch meine

Bella nicht her." Seine Mundwinkel kräuseln sich.

„Und welche Pferde hast du außer Bella? Sag bloß, du hast Belinda und Bernadette behalten!"

Er grinst mich an. „Pfeif doch mal, dann kommen sie her und du kannst sie dir aus der Nähe anschauen."

Ich bezweifle, dass Gustavs Pferde auf meinen Pfiff reagieren, aber ich probier's trotzdem. Ich steige auf einen Querbalken des Gatters, stecke zwei Finger in den Mund und pfeife.

Da ertönt ein schrilles Wiehern. Dieses Wiehern würde ich unter tausenden heraushören. Auf einmal wird mein ganzer Körper von einer Gänsehaut überzogen. Hufe donnern rhythmisch über den Erdboden, das Wiehern erklingt nochmal, lauter jetzt, und da ist er: mein Hercules! Tränen schießen mir in die Augen, ich schluchze auf, klettere im Blindflug über das Gatter, schlinge meine Arme um seinen Hals und schmiege mein Gesicht an sein weiches, schokoladenbraunes Fell.

„Ich hab dich so vermisst", flüstere ich in sein Ohr, während die Tränen meine Wangen hinunterlaufen. „Ich hab dich so schrecklich vermisst."

Er stupst mich sanft mit der Nase an und bläst seinen warmen Atem in meinen Nacken. Die langen Tasthaare an seinen Nüstern kitzeln auf meiner Haut. Die alte Stute Bella, ihre Töchter Belinda und Bernadette und die anderen Pferde umrunden uns neugierig, dann trotten sie ein paar Meter weiter und senken die Köpfe ins Gras. Gustav tritt ans Gatter.

„Du wolltest Hercules verkaufen", krächze ich und wische mir die Tränen aus dem Gesicht.

„Das stimmt."

„Nachdem er dreimal das Rennen gewonnen hat, hättest du einen guten Preis für ihn bekommen."

Eine Zeitlang sagt niemand einen Ton, nur das zufriedene Schnauben der grasenden Pferde ist zu hören. Hercules steht an meiner Seite, er schnuppert vorsichtig an meinem Hosenbein.

„Ich hab gewusst, dass du eines Tages zurückkommen wirst. Deswegen hab ich ihn behalten", sagt Gustav schließlich.

Ich suche nach Worten. Ich will ihm erklären, dass ich nur für dieses Wochenende wiedergekommen bin. „Gustav, ich ...", stammele ich, aber er wendet sich wortlos um und verschwindet im Stallgebäude.

Patrick kommt näher, er hat die Hände in den Taschen vergraben, sein Blick geht in die Ferne. „Es heißt, jeder begegnet nur einmal im Leben einem besonderen Pferd", murmelt er wie zu sich selbst.

Ich werfe ihm einen verstohlenen Blick zu. Er schaut wehmütig drein, bestimmt denkt er an seine Stute Marylou. Ich atme ein paarmal tief durch. In meinem Kopf tobt das Chaos.

Gustav taucht wieder auf, er hat Zaumzeug dabei. „Hercules freut sich schon mächtig darauf, wieder mit dir loszuziehen, nicht wahr, alter Junge?" Er hängt die Trense ans Gatter, dann wendet er sich an Patrick. „Was ist mit dir? Wie lange warst du schon nicht mehr auf dem Pferd?"

„Sehr lange", entgegnet Patrick dumpf.

„Zu lange", bestätigt Gustav, geht noch einmal in den Stall und kommt mit einer weiteren Trense zurück. „Die Zeit auf dem Pferderücken macht mehr aus dem Zustand, den man Leben nennt!"

Patrick hebt abwehrend die Hände. „Gustav, ich sollte jetzt nach Hause fahren. Ich hab noch auf dem Hof zu tun und dann muss ich mich wenigstens für eine halbe Stunde auf dem Feuerwehrplatz blicken lassen."

„Nimm die große Rappstute, sie heißt Diva. Sie ist ein bisschen launisch, aber das haben Divas ja so an sich." Er wirft Patrick das Zaumzeug zu. „Brauchst du einen Sattel?"

Patrick schüttelt den Kopf. Er sieht überhaupt nicht begeistert aus.

Hoffentlich kommt er nicht mit! Ich möchte den Ausritt mit Hercules in vollen Zügen genießen, und das ist in Patricks Begleitung wohl kaum möglich.

Hercules steht ganz still, als ich ihm die Trense anlege. Es scheint, als wolle er unseren bevorstehenden Ritt nicht durch unnötige Zappelei hinauszögern. Ich führe ihn zum Gatter, klettere auf den Querbalken und lasse mich auf seinen blanken Rücken gleiten. Plötzlich habe ich das Gefühl, ich wäre nie fort gewesen. Es ist, als hätte ich erst gestern auf diesem wunderbaren Pferd gesessen. Ich schlinge meine Arme um seinen Hals, vergrabe mein Gesicht in seiner Mähne und wünschte, ich könnte die Zeit anhalten.

Gustav öffnet das Tor, schlüpft hindurch und bedeutet Patrick, ihm zu folgen. Sie legen einer großen schwarzen Stute das Zaumzeug an, was diese mit unwilligem Prusten quittiert. Sie stampft mit dem Vorderhuf auf und schlägt mit dem Schweif.

„Die tut nur so. Du wirst sehen, wenn du draufsitzt, beruhigt sie sich." Gustav blinzelt verschmitzt. „Das hoffe ich zumindest."

Seufzend macht Patrick einen Schritt rückwärts und schwingt sich in einer fließenden Bewegung aufs Pferd. Wow! Wie hat er das denn gemacht? Du meine Güte, er musste nicht mal Anlauf nehmen!

Gustav öffnet das Gatter, ich reite los und Patrick treibt die Stute mit leichtem Druck seiner Schenkel an. Wir lassen die Pferde im Schritt am langen Zügel vom

Hof gehen.

Die Hufe klappern im gleichmäßigen Takt über das Kopfsteinpflaster. Diva hebt den Kopf und stößt ein langgezogenes Wiehern aus, eines der Pferde auf der Weide antwortet. Patrick tätschelt ihr beruhigend den Hals.

Wir biegen in den nächsten Sandweg ein, links neben uns liegt das Mühlental, wo bald LKWs und Schaufelbagger herumkurven sollen, um einen riesigen Haufen Schutt aufzutürmen. Mein ganzer Körper schmerzt bei dem Gedanken, dass dies mein letzter Ritt durch unsere schöne unberührte Natur sein könnte.

Patrick scheint ähnliche Gedanken zu haben. „Meine Eltern hätten das Land nicht verkaufen dürfen, schon gar nicht an diesen Halsabschneider Bodo Kleinschmidt!", knurrt er. Seine blauen Augen blicken finster.

Mir geht durch den Kopf, was ich beim Feuerwehrfest erfahren habe. „Deine Eltern steckten in der Klemme, sie scheinen keinen anderen Ausweg gesehen zu haben."

„Elmar hat sich's schön leicht gemacht! Mitten im größten Schlamassel macht er sich auf und davon!"

Ich könnte ihm von dem Brief zu erzählen, aber dann würde er mich nur wieder als Schnüfflerin beschimpfen.

„Zwei Tage nachdem Elmar weg ist, rennt Bodo Kleinschmidt meinen Eltern die Bude ein. Als hätte er's geahnt!"

Ein Gedankenblitz durchzuckt mich. „Du meinst, Elmar hätte das Mühlental nicht verkauft?"

„Niemals!", ist Patrick überzeugt. „Der hätte sich eher einen Finger abgehackt, als sich von einem Quadratmeter Land zu trennen. Bodo Kleinschmidt hat sich monatelang an ihm die Zähne ausgebissen."

„Elmar musste also verschwinden, damit die Deponie kommen kann", murmele ich und spüre, wie mir ein kalter Schauer über den Rücken läuft. Fröstelnd hebe ich die Schultern.

Wir lassen die Pferde antraben. Ein paarmal rutsche ich ungewollt hin und her, dann habe ich mein Gleichgewicht gefunden.

Patricks Stute schlägt unwillig mit dem Kopf, aber er bleibt so gelassen, als ob gar nichts wäre. Sein Körper passt sich mühelos den Bewegungen des Pferdes an, so als wäre er mit ihm verwachsen.

Es ist das erste Mal, dass ich mit ihm ausreite. Damals als Jugendliche habe ich ihn manchmal in der Ferne reiten sehen und bin dann schnell mit klopfendem Herzen in die andere Richtung abgebogen. Mit ihm auszureiten war jahrelang mein größter Traum, aber ich hätte mich nie getraut, ihn Wirklichkeit werden zu lassen.

Das Leben geht manchmal seltsame Wege.

Ein abgeerntetes Feld liegt vor uns, mein Herz schlägt schneller und ich spüre, wie sich Hercules' Muskeln anspannen. Ich schaue hoch zu Patrick und begegne seinem Blick. Er grinst, und prompt habe ich wieder dieses Kribbeln im Bauch. Lass dich von der niedlichen Stirnlocke, den blauen Augen und dem ansteckenden Lächeln bloß nicht beeindrucken, ermahne ich mich. Denk daran, was er dir damals angetan hat! Du solltest ihn ignorieren, auch wenn's schwerfällt.

„Soll ich dir einen Vorsprung lassen?", erkundige ich mich höflich.

Sein Grinsen wird noch breiter. „Wirklich großzügig von dir. Du scheinst dir ja ziemlich sicher zu sein, dass du gewinnst."

„Das bin ich auch", entgegne ich.

Die braune Erde ist weich, aber nicht zu tief. Ein ideales Geläuf. Hercules senkt den Kopf, so als wolle er dem Luftwiderstand möglichst wenig Angriffsfläche bieten. Ich beuge mich nach vorn, greife mit einer Hand in seine Mähne, lasse ihm genug Zügel, lege meine Schenkel an seinen Leib und er zieht ab.

Die Galoppsprünge der großen Stute sind gewaltig - aber sie hat nicht die geringste Chance. Der Wind zerrt an meinen Haaren, saust in meinen Ohren und treibt mir Tränen in die Augen. Ich glaube, als sich die Menschen noch nicht in die Luft erheben konnten, haben die Pferde ihnen ein Vorgefühl vom Fliegen gegeben.

Mit einem übermütigen Jauchzer erreiche ich das Ende des Felds. Ich zügele den Wallach und lasse ihn im Schritt gehen. Wenig später taucht Patrick neben mir auf.

Er lacht. „Mannomann, Diva ist echt ne Diva! Die hat ein Rodeo veranstaltet und mich beinah runtergeschmissen. Aber jetzt hat sie sich wohl eingekriegt." Er lässt die Zügel aus seinen Händen gleiten, die Stute senkt den Kopf und schnaubt entspannt. „Hercules ist immer noch unglaublich schnell. Hat's dir Spaß gemacht?", fragt er mich.

„Und wie! Ich war schon lange nicht mehr so glücklich", sprudelt es aus mir hervor. Ich räuspere mich verlegen.

„Es ist schon erstaunlich, welche Wunder Pferde bewirken können", meint er.

Wir reiten im Schritt nebeneinander. Aus einem Busch am Wegesrand fliegen zwei Schmetterlinge auf. Sie tanzen vor uns her.

„Du bist Fachtierarzt für Pferde geworden", lenke ich schnell von mir ab.

Ein Leuchten erscheint in seinen blauen Augen, er erzählt mir von seiner Arbeit in der städtischen Klinik: Er hat sich auf Naturheilverfahren spezialisiert und damit große Erfolge erzielt.

Es ist wirklich schade, dass er seinen Beruf an den Nagel gehängt hat. „Die Pferde können sich keinen besseren Tierarzt wünschen", bin ich überzeugt.

Seine Miene verdunkelt sich, er kommt wieder auf seinen Bruder zu sprechen. „Meine Mutter und Horst haben Elmar überredet, den Hof zu vergrößern. Er hat eingewilligt. Statt zweihundert wollte er auf achthundert Kühe aufstocken, der Bauantrag für den Riesenstall und die Fördergelder sind bewilligt."

Er schaut über die Felder, und spricht leise, wie zu sich selbst. „Wenn ich diese Pläne weiterführe, unterschreibe ich einen Pakt mit dem Teufel. Dann mache ich mich zum Sklaven der industriellen Landwirtschaft." Sein Kiefer ist angespannt, eine Ader an seiner Schläfe pocht.

Und durch deine Hochzeit mit Cindy wirst du dich obendrein zum Sklaven von Horst Obermeier machen, denke ich bei mir.

Er lässt die Schultern sinken und streicht mit einer Hand durch Divas Mähne. „Wenn Elmar doch bloß nicht abgehauen wäre!", seufzt er.

„Du hättest nicht zurückkommen *müssen*", sage ich. „Es ist schließlich dein Leben."

Er wirft den Kopf herum und funkelt mich an. „Hast du schon mal was von Verantwortungsbewusstsein gehört? Ein Mann lässt seine Familie nicht im Stich. Niemals!" Er presst die Lippen aufeinander und guckt stur geradeaus.

Huch, da habe ich ihn aber an einem empfindlichen Punkt erwischt!

Wir lassen die Pferde durch den Mühlbach schreiten. An dieser Stelle ist er sehr flach und der Boden fest. Auf einmal wird mir bewusst, dass wir auf meinen Lieblingsplatz zusteuern: Die Anhöhe unter der alten Eiche, von wo aus man über die Felder und Wiesen schauen kann. Der Platz, an dem Patrick mich geküsst hat. Das ist lange her, er erinnert sich bestimmt nicht mehr daran. Davor und danach hat er sicherlich viele andere Frauen geküsst. Hoffentlich hat er sie nicht auch alle nur hereingelegt.

Ich schlage einen unbeschwerten Ton an. „Du bist zurückgekommen und nun heiratest du Cindy. Das ist doch toll." Ich atme tief die klare, würzige Luft ein. Was für ein Unterschied zum Stadtmief!

Er guckt immer noch stur nach vorne. „Ich war verlobt", sagt er in die Stille hinein. „Fiona ist ebenfalls Tierärztin. Kurz vor unserer Hochzeit bin ich dahintergekommen, dass sie was mit meinem besten Freund hat."

Die Tierärztin muss Patrick sehr viel bedeutet haben. Er ist immer noch verletzt, das merke ich ihm an. „Das tut mir leid."

„Cindy hat all die Jahre auf mich gewartet", sagt er.

Hm, wenn er sich da mal nicht täuscht. Cindy hat damals jeden halbwegs passablen Typen angebaggert. Sehr unwahrscheinlich, dass sie in den letzten Jahren zur Nonne mutiert ist.

„Sie liebt mich und sie wird mich niemals betrügen!"

Ich werde seine Überzeugung ganz gewiss nicht infrage stellen.

Mit leichter Hand lenkt er die Stute den kleinen Hügel hinauf. Ich beuge mich nach vorn, um Hercules'

Rücken zu entlasten. Patrick ist als Erster oben und bringt sein Pferd unter den Ästen der alten Eiche zum Stehen. Ich halte neben ihm an.

Schweigend schauen wir über das Land. Die Sonne steht tief am Himmel, sie hat sich ein leuchtendoranges Kleid angelegt. In der Ferne, eingebettet zwischen Wiesen und Feldern, glitzert der Mühlbach.

„Für diesen Blick lohnt es sich, zurückzukommen", sagt er leise. Dann scheint er sich daran zu erinnern, dass er nicht allein auf der Anhöhe ist. Er wendet sich mir zu. „Wie ist es mit dir? Hast du deine Heimat manchmal vermisst?"

Ich hebe in einer unbestimmten Geste die Schultern. Ich werde ihm ganz bestimmt nicht gestehen, dass mich die Sehnsucht manchmal fast umbringt. „Dazu fehlt mir die Zeit", erkläre ich. „Ich hab mein Studium und die Praktika mit Nebenjobs finanziert - und jetzt mache ich Karriere." Sehr gut, nun hab ich das Bild wieder geradegerückt.

Ich werfe ihm einen Seitenblick zu. Seine Schultern sind breiter und sein Kinn kantiger geworden. Damals, als er mich küsste, hatte er noch keinen dunklen Bartschatten. Sag jetzt bloß nichts, beschwöre ich mich. Schau dir die schöne Landschaft an und halt die Klappe!

„Erinnerst du dich noch ans Stoppelfeldrennen am Tag vor deiner Abreise?" Verdammt, warum tue ich mir das an? WARUM? Ich muss diese Sache vergessen, ein für allemal!

Seine Lippen kräuseln sich. „Na klar. Du hast mich um drei Pferdelängen besiegt, das hat meinem Ego ganz schön zugesetzt!"

Schluss jetzt, Kathi, du sagst ab jetzt keinen Piep mehr! Keinen, hörst du?! „Auch an unseren Spaziergang nach dem Ehrentanz?"

„Ja", sagt er, und schaut mich ruhig an. „Und ich erinnere mich auch an den Kuss."

„Hm, hm", mache ich.

„Das war ein schöner Moment." Er sagt das so, als würde er über das gestrige Wetter plaudern.

Ohnmächtige Wut brodelt in mir hoch, sie zischt als kochend heiße Flut durch meine Adern. „Ach ja? Ein schöner Moment also", speie ich. „Die kleine dicke Spatz ist auf dich reingefallen, und du hast dich königlich amüsiert!"

Ihm fällt die Kinnlade runter. „Wie kommst du denn darauf, Kathi?"

Na klar, er tut so, als wüsste er von gar nichts. Das Unschuldslamm höchstpersönlich, ja, ja.

„Wie ich darauf komme?", fauche ich. „Jeder im Dorf wusste am nächsten Morgen von unserem ach-so-romantischen Date! Alle haben sich über mich kaputtgelacht - und mich wie immer bedauert."

„Aber ...", stammelt er fassungslos. „Wir waren doch ganz allein! Und ich hab niemandem davon erzählt!"

Gemeiner Lügner! „Das war mein erster Kuss, und dann krieg ich hinterher zu hören, dass du mich reingelegt hast! Und du besitzt auch noch die Frechheit, mit Blumen vor meiner Tür aufzukreuzen!" Kathi, lass es endlich gut sein, das führt doch zu nichts!

Seine blauen Augen sind so dunkel wie das Meer an einem wolkenverhangenen Tag. „Tut mir leid, ich weiß nicht, was ich dazu sagen soll", sagt er und schaut mich auf eine Weise an, die ich nicht deuten kann.

Ich fahre mit den Händen durch Hercules' weiches Fell und atme ein paarmal tief durch. Pferde lügen nicht. Wer ihre Art, sich auszudrücken, versteht, der weiß das. Sie verstellen sich nicht und sie spielen kein falsches Spiel. Vielleicht liebe ich sie deshalb so sehr.

Patrick richtet sich kerzengerade auf dem Pferderücken auf. „Wir sollten uns auf den Heimweg machen. Cindy wartet auf mich."

Klopf dir den Staub von den Kleidern und rücke deine Krone zurecht, beschwöre ich mich. Wortlos lege ich meine Schenkel an Hercules' Flanken und trabe den Hügel hinunter.

***

Der Bulli parkt auf Gustavs Hof, Robert lehnt mit dem Rücken an der Fahrertür und hält das Handy ans Ohr.

„Da mach dir mal keine Gedanken, mein Schatz. Das Budget halten wir locker. Ich hab schon tolles Material im Kasten und das Script steht. Der Kameramann führt Cutterlisten, damit wir beim Sichten und Schnitt Zeit sparen. Wir ziehen hier voll durch und sind übermorgen wieder zu Hause."

Er hebt den Zeigefinger zum Gruß, während Patrick und ich im Schritt an ihm vorbei zur Koppel reiten. „Ich weiß, dass die Sendung schon am Freitag ausgestrahlt wird. Das ist kein Problem. Sobald ich wieder zuhause bin, fang ich mit dem Schnitt an."

Ich lasse mich von Hercules' Rücken gleiten und taumle, als ich auf dem Boden lande. „Uh, das gibt fiesen Muskelkater", stöhne ich.

Wir kontrollieren die Hufe unserer Pferde, führen sie auf die Weide und nehmen ihnen das Zaumzeug ab. Ich kraule Hercules die Stirn, weil er das besonders gerne mag, und dann gebe ich ihm einen liebevollen Klaps aufs Hinterteil. „Bis morgen, Hercules."

Wir spülen die Trensengebisse unterm Wasserschlauch sauber. Patrick streckt seine Hand aus.

„Gib her, ich bring sie zurück in die Sattelkammer."

„Danke." Ich überreiche ihm die Trense. Für einen kurzen Moment berühren sich unsere Finger. Er zieht seine Hand so blitzschnell weg, als hätte er sich verbrannt. Wie albern ist das denn?!

Robert lässt das Telefon in die Hosentasche gleiten und nähert sich mit federndem Schritt. Er gibt mir einen schmatzenden Kuss auf die Wange und weil ich damit logischerweise nicht gerechnet habe, springe ich vor Schreck ein Stück zur Seite. Was ist denn plötzlich mit dem los? Ich habe ja prinzipiell nichts gegen Wangenküsse einzuwenden, aber bitte nicht von meinem Chef!

„Hallo, meine Schöne." Er zieht mich an sich, sein teures Aftershave hüllt mich ein. Das geht nun wirklich zu weit! Eindeutig!

Ich begegne Patricks Blick, er schaut so dermaßen finster drein, dass es finsterer nicht mehr geht. Ha! Das ist die perfekte Gelegenheit! Jetzt beweise ich diesem gemeinen Lump, dass ich ihn und seinen Kuss längst vergessen habe! Ich setze ein verliebtes Lächeln auf und kuschle mich in Roberts Armbeuge.

Er presst die Lippen zu einem dünnen Strich zusammen, dreht sich wortlos um und stapft rüber zum Pferdestall. Leider bleibt mein erhofftes Triumphgefühl aus, ganz im Gegenteil: Mir ist auf einmal entsetzlich elend zumute. Ich mache mich von Robert los und schaue Patrick hinterher. Mein Herz liegt bleischwer in meiner Brust.

„Wie war der Ritt? Hast du dich amüsiert?", holt mich Robert zurück in die Realität.

Lieb von ihm, dass er sich so für mich interessiert. „Stell dir vor, mein Hercules ist immer noch hier! Gustav hat ihn gar nicht verkauft! Ach, es war so herrlich, wieder mit ihm auszureiten!"

„Das freut mich", sagt er herzlich, fasst nach meiner Hand und geleitet mich zum Bulli. „Ich hab die Gelegenheit genutzt, und mich ein bisschen umgeschaut. Wir werden dort drüben eine Szene drehen." Er zeigt auf das Gutshaus. „Der Eingang mit den Säulen und der breiten Steintreppe gibt eine malerische Kulisse. Das Brautpaar steigt in die Kutsche und sitzt Probe für den Hochzeitstag."

Hoffentlich hat Gustav nicht Diva als Gespannpferd für die Hochzeit eingeplant. Dann wird das eine unruhige Angelegenheit, fürchte ich. Ich schaue mich suchend um, aber von meinem guten alten Freund ist weit und breit nichts zu sehen.

Robert öffnet die Beifahrertür für mich und deutet eine Verbeugung an. „Darf ich bitten?", sagt er und lacht übermütig. „Wir fahren jetzt zurück zum Festplatz, sammeln Benno und den Ton ein und dann gehts ab ins Bett. Wir müssen morgen früh raus."

Plötzlicher Absturz

Beim Feuerwehrfest ist alles wie gehabt: Cindy steht auf dem Treckeranhänger und mimt die Schlagersängerin, und der Rest der Dorfbevölkerung ist in Feierlaune. Wir entdecken Benno und Sören an den Versorgungswagen. Benno steht Arm in Arm mit Lüder Volkens und Horst Obermeier am Tresen. Sie wirken wie Veteranen nach einer Schlacht. Ortsbrandmeister Heidi stützt seine Unterarme auf den Stehtisch, seine Haare stehen wirr vom Kopf ab.

„Oha, da kommt der große Meister!", vermeldet Benno.

„Achtung, stillgestanden!", ruft Lüder gutgelaunt und haut die Hacken zusammen.

Horst schaut uns aus seinen Schweinsäuglein entgegen, er lässt seine Hosenträger fletschen. „Fernsehfritze, komm ran hier und trink einen mit uns!"

Robert gesellt sich zu den Herren am Getränkewagen. „Benno, verabschiede dich, wir wollen los", drängelt er.

„Zur Mitte, zur Titte, zum Sack, zack-zack!" Die vier Männer schütten den Inhalt der Gläser in ihre Rachen und knallen die leeren Gläser auf die Theke. Der Gastwirt stellt ein fünftes dazu und schenkt ein.

Sörens Oberkörper ragt in den Imbiss, er unterhält sich angeregt mit Mannis Tochter Sabine. Manni kümmert sich derweil um die Fleischpeitschen auf dem Grill, hat aber gleichzeitig ein Auge auf seine Älteste. Er greift eine Wurst mit der Zange und hält sie mir vor die Nase. „Willste ne Fleischpeitsche?"

Robert redet auf Benno ein, Horst protestiert und

will ihn zu einem Drink einladen. Ich nicke Manni zu, er legt die Wurst auf eine Pappe und reicht sie mir rüber.

„Ich nehm auch noch eine", schnarrt Sören.

„Scheint so, als hätt der Junge lange nichts mehr zu essen gekriegt", meint Manni. „Das ist seine Achte!"

Sören schlingt die Wurst in einem Atemzug runter. Sabine schaut ihm lächelnd dabei zu.

„Der Junge scheint in Ordnung zu sein. Aber eins sag ich dir: Wenn der was mit meiner Tochter anfangen will, dann muss er sich ne anständige Frisur zulegen. Mit so ner Mädchenmatte kommt der mir nicht ins Haus."

„Na los, nun stell dich nicht an, einen kannste jawohl mittrinken", bölkt Horst Obermeier.

Robert rührt das Glas nicht an und schüttelt den Kopf. „Ich trinke nicht."

„Mach schon, Fernsehmann, wir warten!"

„Benno, nun komm, du hast genug intus", drängt Robert zum Aufbruch.

Horst stemmt die Hände in die Seiten. „Das gehört sich nicht. Wenn man zu Gast ist, dann muss man sich an die Gepflogenheiten halten!" Er kneift die Augen zusammen, sie werden von seinen schwabbeligen Wangen und den wulstigen Augenbrauen verschluckt. „Oder hast du was gegen uns? Hältst du dich für was Besseres, weil du aus der Stadt kommst?"

Robert beeilt sich, die Frage zu verneinen.

„Dann beweis es und trink einen mit!" Horst drückt ihm das Glas in die Hand.

Robert seufzt, Benno, Lüder und Heidi prosten ihm fröhlich zu. Er trinkt das Glas leer, hat die Aufnahmeprüfung bestanden und wird nun offiziell als neues Mitglied der Dorfgemeinschaft willkommen geheißen. Sein Gesicht rötet sich, Schweißperlen glänzen auf seiner Stirn.

„In der Stadt saufen die Leude alleine und auf'm Land zusammen", sinniert Heidi. Sein Feuerwehrjackett steht offen, das Hemd hängt ihm aus der Hose.

„Recht haste!" Erwin Eichelhardt schenkt nach.

Horst hällt Robert einen Werbezettel vor die Nase. „Nächsten Monat ist bei uns Kommunalwahl. Vor dir steht der Kandidat für den Mühlbacher Gemeinderat und den Schönbrunner Kreistag." Er wirft sich in die Brust und lässt die Hosenträger fletschen.

Auf dem Werbeblatt ist Horsts bulleriges Gesicht zu sehen, darunter steht: „Horst Obermeier. Euer Mann - eure Stimme."

„Viel Erfolg", wünscht Robert.

„Die Fernsehsendung kommt wie gerufen, da bau'n wir Wahlwerbung ein. Ich werd' ne tolle Rede halten, das hab ich schon mit deinem Kollegen besprochen."

Ich werfe die Wurstpappe in den Mülleimer und nehme Horst ins Visier. „Was hast du eigentlich unternommen, um die Deponie zu verhindern?", will ich wissen.

Er hebt die Hände wie ein zu Unrecht Angeklagter. „Alles! Ich hab *alles* versucht, aber ich konnte das Schicksal nicht abwenden!", beteuert er.

Etwas in mir ist überzeugt, dass er lügt. Welchen Vorteil könnte er von einer Deponie im Dorf haben?

„Durst!", ruft Heidi ungeduldig und hebt das volle Glas.

„Zur Mitte, zur Titte, zum Sack, zack-zack!" Sie stürzen den Inhalt ihrer Gläser hinunter. Robert schüttelt sich. Auf seinem Gesicht erscheinen dunkelrote Flecken.

„Guckt mal, wer da kommt!", ruft Heidi. „Unser Piedel!"

Besamungstechniker Detlef Pingel ist ein

eingefleischter Junggeselle Anfang dreißig, ein Koloss mit Halbglatze und Bierbauch. Piedel ist im Hause Volkens ein gerngesehener Gast. Er beglückt die Kühe auf dem Hof und ist Elmars bester Freund.

Der Neuankömmling wird großem Hallo begrüßt. Er entdeckt mich, strahlt übers ganze runde Gesicht und drückt mich an seinen Bauch. „Hey, Kathi! Was für ne tolle Überraschung!"

„Sag mal, Piedel", beginne ich.

„Ja, ich hab dich auch vermisst!", tönt er. „Und ja, lass uns heiraten!" Sein massiger Körper bebt.

Ich muss lachen. Piedel will ausnahmslos jede Frau heiraten, und das schon seit vielen Jahren.

„Hohoho!", ruft jemand. „Habt ihr das gehört? Piedel hat unserer kleinen Kathi nen Antrag gemacht."

Ich stelle mich auf die Zehenspitzen. „Piedel!", flüstere ich eindringlich. „Weißt du, wo Elmar steckt?"

Er schaut erstaunt zu mir runter. „Wieso willst du *das* denn wissen?"

„Du bist sein bester Freund. Also: Wo ist Elmar?"

Weibliche Rundungen können ganz nützlich sein. Piedels Blick versinkt in meinem Ausschnitt.

„Hm, er hat mir ne Postkarte geschrieben. Aber erzähl das bloß nicht Irma!"

„Und von wo?"

Robert taumelt an meine Seite. „Ischas was Ernschtes mit dir und dem Piedel?", nuschelt er.

Hoppla, ist Robert etwa nach zwei Gläsern schon betrunken? Das ist doch nicht möglich, oder?

Piedels Oberarme spannen sich an, er wirft Robert einen vernichtenden Blick zu. „Wenn der Lackaffe dir blöd kommt, sag Bescheid."

„Würdest du mir bitte was zu trinken besorgen?", sage ich zu Robert, um ihn loszuwerden, und tatsächlich trollt er sich.

„Mein Chef", erkläre ich entschuldigend, und Piedels Muskeln entspannen sich wieder. „Was ist nun? Hast du Elmars Adresse?"

Er schüttelt den Kopf. „Nö. Und jetzt hör auf, mich auszufragen! Elmar ist weg und er will nicht wiederkommen." Er schiebt sein mächtiges Doppelkinn vor.

„Dann sag mir wenigstens, bei welchem Heinrich er samstagabends war."

Piedel guckt mich verdattert an. „Hä? Ich hab keine Ahnung, wovon du sprichst."

„Hat Elmar mit Heinrich Pohlmann Schach gespielt?" Es könnte ja sein, dass der mich angelogen hat, auch wenn ich das für äußerst unwahrscheinlich halte.

„Elmar und Schachspielen? Ganz bestimmt nicht!"

„Hm, gibt es noch einen anderen Heinrich im Dorf?"

Er macht einen Schritt rückwärts und entlässt mich aus der Umarmung. „Deine Fragerei geht mir auf den Keks."

Robert reicht mir ein Getränk und torkelt zurück zu seinen neuen Kumpels.

Piedel schüttelt grimmig den Kopf. „Dem muss mal einer Manieren beibringen!" Er bestellt bei Erwin eine Runde für alle. „So macht man das hier bei uns auf'm Dorf!", knurrt er Robert an und drückt ihm demonstrativ ein volles Glas in die Hand. Der muss nun beidhändig trinken.

Cindy kündigt eine Gesangspause an, ein paar Gäste applaudieren. Horst stößt einen schrillen Pfiff aus und grölt „Zugabe!".

„Das ist meine Tochter! Sie ist ausgebildete

Sängerin", prahlt er.

Robert stellt seine Gläser ab und klatscht begeistert in die Hände. „Glückwunschhorscht, da kannschu schdolz schein." Er öffnet zwei Knöpfe seines Hemdes und fächelt sich Luft zu.

Cindy rauscht heran, ihre Augen schießen Giftpfeile auf mich ab. „Lass die Finger von meinem Verlobten!", keift sie.

Piedel legt grinsend einen Arm um Cindy. „Hey, ich wusste gar nicht, dass wir verlobt sind."

Sie schüttelt ihn ab. „Die Schlampe macht sich an Patrick ran!", beschwert sie sich bei ihrem Daddy.

Ich hebe die Hände. „Cindy, bitte, davon kann keine Rede sein!"

„Sie ist mit ihm geritten!"

„Holla!", und „Heidewitzka!", grölen die Männer.

Horst bemüht sich, seine Tochter zu beruhigen. „Unsinn, Liebes, die kleine Spatz hat doch gar keine Chance gegen dich."

Ihr Kinn zittert, sie schaut zu ihrem Vater auf und wirkt plötzlich wie ein verstörtes Kind.

Er lässt die Hosenträger fletschen. „Schau mal, Cindylein, da kommt dein Angebeteter!"

Sie wendet sich um, breitet die Arme aus und lächelt ihrem Patrick entgegen. Wenn Cindy lächelt, sieht sie wirklich bezaubernd aus.

„HILFE!", stöhnt Robert schräg hinter mir.

Es rummst und klirrt, ich fliege erschrocken herum, aber zu spät: Robert liegt auf der Erde, seine Haut ist dunkelrot und nass vor Schweiß.

Ein entsetzter Schrei dringt aus meiner Kehle, ich falle neben meinem Chef auf die Knie und nehme sein Gesicht in meine Hände.

Der Blick aus seinen blutunterlaufenen Augen ist

leer. „Isch schterbe", bringt er mit letzter Kraft hervor, dann sackt sein Kopf zur Seite und seine Nase bohrt sich in meinen Schritt.

***

Piedel ist immer noch sauer, weil Robert ihm keinen ausgegeben hat. „Wenn er sowieso stirbt, braucht er keinen Arzt", will er die aufgeregten Feuerwehrleute beruhigen. Doch die Kameraden wollen Robert ins Krankenhaus bringen.

„Kein Artscht. Bett!", keucht Robert in meinen Schoß.

Wenn Robert ins Krankenhaus kommt, können wir die Sendung abhaken.

„Ich rufe meine Mutter an, die ist Ärztin!" Mit bebenden Fingern ziehe ich das Handy hervor und bete, dass ich nicht wieder den dämlichen Anrufbeantworter dran habe. Mein Gebet wird erhört.

„Sie ist gleich da!", rufe ich und ernte erleichtertes Brummen. Inzwischen hat sich eine Menschentraube um uns gebildet. Man diskutiert und zieht Vergleichsfälle heran.

„Erinnert ihr euch noch, wie das mit dem alten Onno zu Ende ging? Der ist auch plötzlich aus den Latschen gekippt, mitten im schönsten Besäufnis." Das war Horst.

„Onno war zweiundneunzig. Der konnte jeden Tag umkippen, so klapprig wie der war!"

„Robert gehört in kompetente Hände!", regt sich Irma auf. „Nimm's mir nicht übel, Kathi, deine Mutter mag sich mit anderen Dingen auskennen, aber eine richtige Ärztin ist sie gewiss nicht."

„Da kommt sie schon!", ruft jemand.

Die Menge teilt sich und Joy weht durch die Schneise. Sie trägt bunte Hippieklamotten, ein im Nacken geknotetes Stirnband und eine runde Sonnenbrille. Ihr spießiger, lederner Arztkoffer will irgendwie nicht ins Bild passen.

„Roberto, du Schlingel, was ist los mit dir?" Sie kniet sich ins Gras und macht sich am Patienten zu schaffen.

Die Dorfleute stehen mit offenen Mündern im Kreis, es herrscht ehrfürchtiges, gespanntes Schweigen.

Sören presst mit schmerzverzerrtem Gesicht eine Hand gegen seinen Kopf, er hat sich vor Schreck am Vordach des Imbisswagens gestoßen. Behände klettert Sabine aus dem Wagen und holt einen Beutel Eiswürfel von Schankwirt Erwin, um die Beule zu kühlen.

Im Augenwinkel sehe ich Patrick und Cindy Arm in Arm und habe plötzlich einen bitteren Geschmack im Mund.

„Schau mal in seinem Portemonnaie nach, ob er einen Allergiepass hat", sagt meine Mutter zu mir.

Ich fasse unter Roberts Hintern, ziehe die Geldbörse raus und finde im Fach hinter seinem Personalausweis ein zusammengefaltetes ärztliches Dokument. „Alkoholintoleranz", lese ich vor.

Ein Raunen geht durch die Menschenschar. Von einer Allergie gegen Alkohol hat hier noch niemand gehört.

„Hab's mir schon gedacht." Meine Mutter zieht das Stethoskop aus den Ohren und klappt den Koffer zu. „Roberto ist betrunken, das ist alles. Ich brauche zwei starke Männer." Sie schaut in die Runde und zeigt auf Patrick und Piedel. „Ihr zwei. Bringt Roberto zu mir nach Hause, da kann er seinen Rausch ausschlafen." Sie gibt mir ein Küsschen auf die Wange und steht auf. „Mach dir keine Sorgen, mein Krümel. Dein Liebster ist nicht krank, er muss nur den Kater auskurieren."

Musste das sein? Jetzt glaubt das ganze Dorf, dass Robert und ich ein Paar sind! Und bestimmt wird dieser dämliche Kosename die Runde machen!

„Krümel!", gackert Cindy übertrieben albern. „Habt ihr das gehört, Leute? Die da heißt Krümel!" Sie zeigt mit dem Finger auf mich.

Was hab ich gesagt?

Patrick bückt sich und fasst unter Roberts Achseln. Dabei berühren sich unsere Arme. Ganz kurz nur, es fühlt sich an wie ein Stromschlag.

„Danke, dass du Robert hilfst." Ich suche seinen Blick.

„Warum säuft der Idiot, wenn er nichts verträgt?", motzt er und nickt Piedel zu, der sich an Roberts Füßen postiert hat. „Zum Feuerwehrauto, dann haben wir's nicht so weit."

„Halt, unser Pokal!", kräht Heidi und stolpert hinterdrein, um die Trophäe vom Führerhaus zu bergen.

„Auf den Schrecken trinken wir erstmal einen", schlägt Erwin Eichelhardt vor.

„Hättet ihr gedacht, dass Joy Spatz wirklich Ärztin ist?", höre ich eine Frauenstimme.

„Niemals!"

„Warum macht sie bloß dieses schmutzige Zeug? Wir könnten eine Arztpraxis im Dorf wirklich gut gebrauchen", schaltet sich Irma ein.

„Und ob! Es gibt nicht mal mehr in Neuenhausen einen Arzt. Wir müssen bis nach Schönbrunn fahren!"

Die beiden Männer verfrachten Robert in den Wagen, ich hocke mich daneben, sein Portemonnaie im Schoß. Er ist zu einem bedauernswerten Häufchen Elend zusammengesunken, ein dünner Speichelfaden rinnt aus seinem Mundwinkel. „Die hammich überredet", nuschelt er.

„Das sagen sie alle", murrt Piedel vom Beifahrersitz.

Patrick schwingt sich hinters Steuer und wir holpern von der Wiese. Ich schaue aus dem Fenster und suche den Spielplatz nach Hanna ab. Sie ist nirgends zu sehen.

In weniger als zwei Minuten sind wir da. Meine Mutter steigt aus ihrem alten Fiesta und mein Vater hält die Eingangstür weit geöffnet. Patrick fährt die Einfahrt hoch und parkt an der Hausecke.

Plötzlich reißt Robert die Augen auf. Sie sind so rot wie die eines Albinos. „Erschähl das bloß nich meiner Frau!", fleht er.

„Nein, das mach ich ganz bestimmt nicht", versichere ich. Vermutlich würde Olivia die Wellnessoase sausen lassen und in Mühlbach aufschlagen, um die Dreharbeiten zu übernehmen. Eine furchtbare Vorstellung!

„Sie darf nich wissen, dassich getrunken hab!"

„Meine Lippen sind versiegelt."

„Ischab Gribbe, hörschu?! Sag ihr, dassich Gribbe hab!"

Patrick öffnet die hintere Tür. „Na los, raus mit ihm!" Die beiden Männer holen Robert aus dem Wagen und tragen ihn ins Haus. Meine Mutter dirigiert sie ins Schlafzimmer, sie legen ihre Fracht auf der rechten Betthälfte ab. Piedel schaut sich neugierig im Liebesnest meiner Eltern um und auch Patrick lässt seinen Blick schweifen.

Irgendwer hat meine Tasche ausgepackt. Auf der linken Seite des Ehebettes liegt mein Nachthemd, und auf dem Fußboden stehen meine Schuhe. Mir schießt das Blut in die Wangen.

An den Wänden hängen Bilder von nackten Menschen in unterschiedlichen Stellungen und überall stehen kopulierende Figuren herum. Der waagerechte Penis einer Gipsskulptur dient als Schmuckständer für bunte Halsketten und auf der Kommode stehen Bücher mit Titeln wie „Scharfer Sex", „Rammeln macht Freude" und „Der 3-Stunden-Orgasmus".

Mit schamrotem Gesicht und bemüht munteren Worten komplementiere ich Patrick und Piedel hinaus. Auf ihrem Weg zur Haustür schlagen sie einen Bogen um die lebensgroße Statue einer nackten Frau.

„Donnerwetter, da drin sieht's aus wie im Puff", sagt Piedel auf der Eingangsstufe zu Patrick.

Ich möchte am liebsten im Erdboden versinken. Warum zum Teufel habe ich nicht ganz normale Eltern? Eltern mit einem Haus voller Zinnteller an den Wänden und einer Bierkrug-Sammlung im Regal. Was hat sich der liebe Gott bloß dabei gedacht, mich bei diesen Leuten abzuladen?

„Jungs, was meint ihr, wollt ihr unseren kleinen Zoo angucken?", fragt mein Vater und hüpft wie ein Kind von einem Bein aufs andere. „Wir haben einen Esel, Ziegen, eine Gans und ein Hängebauchschwein!"

Piedel fängt an zu kichern. „Ein andermal vielleicht."

„Gerne", erwidert Patrick und folgt meinem Vater nach hinten in den Garten. Ob ihm der Anblick der Tiere dabei helfen wird, den des Hausinterieurs zu verarbeiten?

„Kathi? Soll ich deinen Liebsten ausziehen oder willst du das selber machen?", ruft meine Mutter gackernd.

Ich werfe Piedel einen entschuldigenden Blick zu, bedanke mich für seine Hilfe und wende mich um.

„Glaub mir, Kathi, der Lackaffe ist nichts für dich! Heirate mich, dann haste nen richtigen Kerl, der nicht schon beim ersten Schnaps aus den Latschen kippt!"

Dreharbeiten mit Hindernissen

Olivia ruft nun schon zum dritten Mal an. Ich schalte Roberts Handy auf lautlos und lasse es in meiner Hosentasche verschwinden. Vorm Fenster ist es dunkel, ich ziehe die Vorhänge zu und setze mich wieder auf die Bettkante.

Sein markantes Gesicht ist gerötet, auf seiner Stirn liegt ein Kühlpack mit blauer Gelfüllung. Er atmet durch den Mund, alle zwei oder drei Minuten verschluckt er sich an einem Schnarcher.

Sören und Benno sind vor einer halben Stunde vom Feuerwehrfest zurückgekommen: Sören hatte Herzchen in den Augen und schwärmte von Sabine. Benno erweckte trotz der unzähligen Biere einen erstaunlich nüchternen Eindruck. Er macht sich Sorgen, dass Robert nicht fit genug für die Dreharbeiten sein könnte, und meine Mutter bestätigte seine Befürchtung. „Der wird morgen ganz bestimmt noch nicht wieder auf den Beinen sein. Das Entkatern kann bei Alkoholunverträglichkeit durchaus ein paar Tage dauern", erklärte sie.

Die Wände unseres Hauses sind in etwa so dick wie Papier. Ich höre Sören und Benno nebenan im Gästezimmer rumoren.

„So ne Scheiße!", schimpft Benno. „Die Dreharbeiten kannste vergessen und Kohle kriegen wir auch nicht!"

Sören antwortet ihm, aber weil er leise spricht, kann ich nicht viel davon verstehen.

„Ich hatte gleich so ein Scheiß-Gefühl bei dem Typen. 'N Windhund ist das, dachte ich, und was ist?

Ich hatte Recht! Hätte ich bloß auf mein Gefühl gehört!"

Wieder entgegnet Sören irgendwas.

„Und wie zur Hölle sollen wir das hinkriegen? Die Kleine hat doch nicht den geringsten Schimmer."

Mit „Die Kleine" bin ich gemeint, schon klar. Ich hätte jetzt allen Grund, beleidigt zu sein, denn ich habe durchaus mehr als keinen Schimmer. Mein Wissen über die Produktion einer Fernsehsendung hält sich allerdings in überschaubaren Grenzen, schließlich bin ich erst seit sieben Wochen dabei. Aber mal ehrlich, so schwierig kann das doch wohl nicht sein! Ich habe in Praktika und Nebenjobs schon in verschiedenen Unternehmen gearbeitet und dabei folgendes festgestellt: Die meisten Leute machen mehr über ihren Job her, als wirklich dahintersteckt. Das ist im Produzenten-Business gewiss ganz genauso.

Plötzlich habe ich die Erleuchtung. Robert hat das Script vorbereitet, das wird einfach von vorne bis hinten abgearbeitet, und schon ist die Sendung fertig! Ein Produktionsleiter muss also im Grunde genommen nur lesen können. Lesen kann ich richtig gut.

Hey, das ist *die* Chance für eine romantische „Bauernhochzeit"! Ich werde eine gute, ehrliche Sendung machen, ich werde die liebenswerten Dorfleute und die schöne Natur zeigen, und ich werde die Liebesgeschichte von Cindy und Patrick erzählen. In meiner Sendung gibt es weder Schmutz noch Anzüglichkeiten! Das Schicksal hat es gut gemeint und Robert aus dem Verkehr gezogen. Ich werde für ihn einspringen und die „Bauernhochzeit" auf meine Weise drehen, jawohl! Das ist ein großartiger Plan!

Frohgemut springe ich ins Bad, mache mich bettfertig, stelle den Handywecker und schlüpfe unter die Decke. Robert gibt ein schmatzendes Geräusch von sich. Ich rutsche so weit wie möglich von ihm weg, kuschle mich in mein Kissen und male mir meine erste eigene Sendung in den schönsten Farben aus.

***

Um sechs Uhr klingelt der Wecker, ich strecke mich gähnend und davon wacht Robert auf.

„Lass bloß die Vorhänge zu, sonst platzt mir der Kopf", stöhnt er.

Ich schwinge die Beine aus dem Bett, ignoriere den ziehenden Muskelkater in meinen Oberschenkeln, schlüpfe in die Klamotten und fasse meine störrischen Locken zu einem Zopf zusammen. Dann lege ich ein frisches Kühlkissen auf Roberts Stirn und verkünde: „Bleib du nur ruhig liegen und schlaf dich gesund. Ich kümmere mich um die Dreharbeiten."

„Ach du Schreck, die 'Bauernhochzeit'!" Roberts Oberkörper schnellt in die Höhe und kippt im nächsten Moment zurück ins Kissen, als hätte ihm jemand einen Boxhieb verpasst. „Katharina, du rufst sofort Olivia an. Sie muss herkommen und die Sendung machen, sonst sind wir geliefert!"

Ich hebe das Kühlkissen vom Boden auf, drapiere es wieder auf seiner Stirn und schenke ihm ein mildes Lächeln. „Unsinn, Robert. Lass Olivia mal schön im Wellnessurlaub. Ich mach das schon."

„*Du*?", kräht er, verzieht sein Gesicht zu einer schmerzgeplagten Grimasse und presst einen Handballen auf die Stirn. „Das kannst du nicht, Katharina, das wäre der Super-Gau! Dann kriegen wir nie wieder einen Auftrag für Super Alpha! Ruf Olivia an, und zwar sofort!"

Genau das werde ich ganz bestimmt nicht tun. „Wie du meinst", flöte ich, nehme sein Handy, tippe darauf herum und halte es ans Ohr.

Er beobachtet mich aus blutunterlaufenen Augen.

„Hallo, Frau Stolze? Hier ist Katharina Spatz. Ihr Mann liegt mit Grippe flach. Kommen Sie bitte her und übernehmen die Produktionsleitung. Danke. Auf Wiederhören."

Ich nicke Robert aufmunternd zu. „Sie schläft bestimmt noch. Ich hab auf ihre Mailbox gesprochen."

„Fahrt zum Hof und bereitet alles vor, damit es gleich losgehen kann, wenn sie da ist", krächzt er.

„Zu Befehl!", rufe ich vergnügt und sause aus dem Schlafzimmer. Ich klopfe an die Tür zum Gästezimmer und wecke die Kollegen.

In der Küche duftet es nach Kaffee und aufgebackenen Brötchen. Der Tisch ist gedeckt, in der Mitte steht eine kleine Vase mit bunten Sommerblümchen. Draußen vorm Sprossenfenster lassen die ersten Sonnenstrahlen dieses Tages die noch taufeuchte Wiese glitzern. Der einohrige Esel steht dösend unterm Baum, die beiden Ziegen liegen oben auf dem Podest des Klettergerüsts.

Mein Vater ist mit einer Kochschürze bekleidet, sie trägt den Aufdruck „Hier kocht ein Mann mit Liebe". Er steht am Herd und gibt Teig in eine Pfanne. „Guten Morgen, Krümel! Hast du gut geschlafen?"

Eine seltsame warme Woge erfasst mich, ich bleibe im Türrahmen stehen. Es ist genau wie damals. Mein Vater hat jeden Tag das Frühstück für mich gemacht. In meinem Hals bildet sich ein Kloß und mir ist plötzlich ganz rührselig zumute. Ich schlucke.

„Setz dich doch. Möchtest du Kaffee? Oder soll ich dir einen warmen Kakao machen?" Er strahlt mich an.

„Kaffee wär toll", murmele ich und hocke mich hin.

„Hab ich dir eigentlich schon von meiner neusten Erfindung erzählt?", erkundigt er sich und schenkt meine Tasse voll.

„Du meinst, dass das Klofenster aufkippt, sobald man die Spülung drückt? Das ist mir gestern schon aufgefallen."

Er winkt ab. „Nein, nein, ich meine die Augentropfeneinfüllhilfsbrille."

„Die *was*?"

„Du hast richtig gehört", entgegnet er stolz und nimmt die Pfanne vom Herd. „Stell dir vor, du müsstest Augentropfen nehmen. Du kneifst automatisch die Augen zu, das ist ein natürlicher Reflex, aber dennoch musst du die Tropfen nehmen. Ziemlich blöde Sache, nicht wahr? Mit meiner neuen Erfindung ist das ein Kinderspiel. Ich hab Löcher in die Gläser einer Brille gebohrt und winzige Trichter eingesetzt. Man braucht nun nur die Brille aufzusetzen, den Kopf in den Nacken zu legen, die Tropfen in die Trichter zu geben und schon landen sie mitten im Auge. Ist das nicht phänomenal?"

„Wie bist du denn darauf gekommen? Hat jemand aus der Familie Probleme mit den Augen?"

Er schüttelt den Kopf. „Nö, ist mir einfach so eingefallen. Ich glaub, ich werd meine Erfindung patentieren lassen."

Benno kommt in die Küche, Sören stolpert hinter ihm her.

„Guten Morgen, die Herren! Nehmt Platz und lasst euch verwöhnen. Brötchen gefällig, oder lieber Schwarzbrot? Wer möchte Pfannkuchen?" Mein Vater reicht den Brotkorb und den Pfannkuchenteller herum.

„Ey, das ist ja wie im Hotel hier! Besten Dank auch."

Benno und Sören bedienen sich und schmausen einträchtig.

Ich bin von Natur aus mit einem gesunden Appetit gesegnet, aber heute muss ich mich regelrecht zum Essen zwingen. Ich bin so schrecklich aufgeregt, und Aufregung schlägt bei mir meistens auf den Magen.

„Was wird aus den Dreharbeiten?", will Benno wissen.

„Fallen aus. Robert liegt krank im Bett. Das ist höhere Gewalt", antwortet Sören schmatzend.

Benno schnaubt. „Ich verlange Ausfallgeld und ich will jede beschissene Stunde bezahlt haben, und zwar ab dem Moment, wo ich in eure Klapperkiste gestiegen bin!", motzt er mich an.

„Beruhig dich, Benno, die Sendung läuft wie geplant. Ich übernehme die Leitung, bis Olivia kommt."

„Wer ist Olivia?", erkundigt sich Sören.

„Meine Chefin. Sie ist Producerin, genau wie Robert."

Benno verdreht die Augen. „Na das kann ja heiter werden."

Mein Vater schenkt Kaffee nach. „Habe ich dich richtig verstanden, Kathi? Du übernimmst die Dreharbeiten? Wie spannend! Brauchst du Hilfe? Ich bin dabei! Ich wollt schon immer mal ne Fernsehsendung machen!"

Mein chaotischer Vater am Set? Ich hebe abwehrend die Hände. „Nein danke, Papa, du brauchst uns nicht zu helfen, das ist wirklich nicht nötig, wir kommen prima zurecht."

„Natürlich brauchen wir Hilfe, zumindest bis deine Chefin da ist", fällt Benno mir ins Wort. „Super, Hardy, du bist engagiert!"

Mein Vater springt vom Stuhl und reißt sich die

Schürze vom Leib. Er grient übers ganze Gesicht.

„Aber ...", setze ich an und klappe den Mund wieder zu, denn mein Vater hüpft wie ein Frosch durch die Küche. Er reißt bei jedem Hüpfer die Arme in die Höhe und ruft „Hurra!".

Ich kann mir meine Begründung sparen, diese Darbietung ist selbsterklärend. „Schau dir das an", zische ich Benno zu. „Ich wüsste nicht, wie er uns helfen könnte."

Benno prostet mir mit seiner Tasse zu. „Er kann Kaffee kochen. Kaffee ist so ziemlich das Wichtigste am Set, ohne Kaffee läuft gar nichts."

***

Auf dem Hofplatz ist kein Mensch zu sehen, an der Hauswand lehnt ein pinkfarbenes Damenfahrrad. Benno parkt den Bulli rückwärts vor der Dielentür. Eine gute Idee, dann brauchen wir das Equipment nicht so weit zu schleppen. Das Script unter den Arm geklemmt springe ich aus dem Wagen. Die Melkmaschine brummt, aus dem Stall ist das ungeduldige Muhen der Kühe zu hören.

„Auf geht's!", rufe ich munter und öffne die Heckklappe. Mein Vater ist mit einem Satz neben mir, klatscht begeistert in die Hände und hopst auf der Stelle wie ein ungeduldiges Kind. Er trägt ein großgeblümtes Bermudahemd, ausgefranste Shorts, Ringelsocken und offene Sandalen.

Ich fasse nach seinem Oberarm. „Papa, benimm dich ab jetzt bitte ausnahmsweise wie ein vernünftiger Erwachsener."

Er guckt mich mit großen Staunaugen an. „Kathi, ich will dir nur helfen, dich unterstützen, weißt du?"

Ich atme zischend aus. „Dann hör mit dem albernen Kinderkram auf und konzentrier dich, okay?"

„Womit fangen wir an?", will Benno wissen.

„Nun, wir tragen jetzt die Sachen rein, bauen alles auf und dann ..."

„Mit welcher Szene?", unterbricht er mich ungeduldig.

„Ach so." Ich schaue sicherheitshalber nochmal in Roberts Plan nach und entgegne: „Frühstück der Familie in der Küche, der Arbeitstag wird geplant."

„Heute ist Sonntag", merkt Sören an.

„Bauern arbeiten jeden Tag", belehre ich ihn. „Oder glaubst du, dass die Tiere sonntags keinen Hunger haben?"

„Katharina, geh rein und check die Lage", drängelt Benno.

„Hatte ich sowieso gerade vor", schnappe ich und mache auf dem Absatz kehrt. Der soll sich bloß nicht einbilden, dass ich mich von ihm rumkommandieren lasse. Schließlich bin ich hier die Chefin!

Ich durchquere die Diele, klopfe an die Tür zum Wohntrakt und trete ein. Irma und Cindy hocken am Küchentisch und wälzen Zeitschriften. Cindys blonde Haare sind in große Wellen geföhnt, sie trägt ein himmelblaues Chiffonkleid.

„Guten Morgen ihr zwei!", begrüße ich sie fröhlich. „Ist es euch recht, wenn wir gleich mit den Dreharbeiten beginnen?"

„Mit der rede ich nicht", informiert Cindy ihre zukünftige Schwiegermutter und stellt einen Schmollmund zur Schau.

„Irma, könntest du Cindy bitte erklären, dass ich die Producerin eurer Sendung bin? Sie sollte sich kooperativ zeigen. Sonst brauchen wir für die Dreharbeiten viel länger als geplant."

„Mir doch egal, wie lange das dauert", motzt Cindy.

Irma klappt die Zeitschrift zu. Auf dem Hochglanz-Titelblatt trägt ein überglücklicher Mann seine überglückliche Braut über die Türschwelle, oben drüber steht in schnörkeliger Schrift „Traumhochzeit" zu lesen.

„Selbstverständlich können wir beginnen. Ich hab mich extra schick angezogen." Irma trägt ein kurzärmeliges Kleid mit Pepita-Muster und hat sich eine Kette mit großen roten Glaskugeln um den Hals gebunden. „Was meinst du, macht sich das Kleid gut vor der Kamera?"

„Klar doch, Irma, du siehst toll aus!", versichere ich und beschließe, Cindy einfach zu ignorieren. Irgendwann wird sie hoffentlich genug von diesem Kinderkram haben. „Wir fangen mit dem Frühstück der Familie an ..."

„Das geht nicht!", protestiert Irma. „Frühstück gibt's erst, wenn die Stallarbeit fertig ist. Außerdem ist Horst noch nicht da."

Hm, diese Nachricht wird Benno gar nicht erfreuen und Robert erst recht nicht. Am Set kostet jede Minute Geld, das weiß sogar ich. Glücklicherweise bin ich flexibel und auf zack, sonst wäre ich wohl kaum beim Fernsehen, nicht wahr?

Ich schlage die Mappe auf und schaue nach, was als Nächstes dran ist. „Stallarbeit, Cindy soll helfen, aber sie singt nur. Patrick ist sauer auf Cindy. Streit!!! Ist sie die Richtige?", steht dort geschrieben. Ich lese Roberts Anmerkungen: „Patrick ist ein Bauerntrottel, sein Vater ein Vollpfosten (der Apfel fällt nicht weit vom Stamm!), und seine Mutter glänzt durch dämliche Ratschläge." Ich überfliege die geplanten Dialoge, schüttle entrüstet den Kopf und klappe den Hefter zu.

„Wir fangen im Stall an. Kommt ihr mit?"

Irma steht vom Tisch auf. „Na klar kommen wir mit, nicht wahr, Cindy? Ihr werdet das Bauernpaar des Jahres, der Sender zahlt die komplette Feier und die Flitterwochen, und wer weiß? Vielleicht bist du demnächst bei Dieter in der Show!"

Cindys Schmollgesicht erhellt sich. „Ganz genau. Ich werd ihn mit meinem Gesang dermaßen umhauen, dass er zehnmal hintereinander 'hammermäßig!' brüllt."

Die beiden folgen mir durch die Diele, Irma schlüpft schnell in grüne Gummistiefel. Draußen auf dem Pflaster sind Kisten aufgereiht. Benno schaut auf seine Armbanduhr.

„Ich bin die Hilfskraft!", prescht mein Vater vor und schüttelt Irma und Cindy die Hand.

Irma schaut überrascht drein, Hardy war noch nie zu Gast auf ihrem Hof. Cindy präsentiert wieder ihr Schmollmündchen. Ihre Miene verändert sich jedoch schlagartig, als sie Benno erblickt. Sie schenkt ihm ein verführerisches Wimpernklimpern und fährt sich mit der Zungenspitze über die Lippen.

„Wir fangen mit den Dreharbeiten im Stall an, Frühstück gibts später", informiere ich meine Crew.

„Erste Lektion gelernt", meint Benno und blinzelt mir zu. „Immer vorab die Lage checken, das erspart unnötige Arbeit!" Er bückt sich nach einer Kiste.

Irma stapft voraus und öffnet eine Tür zum Stallgebäude. Das laute Brummen der Melkmaschine macht jedes Gespräch unmöglich. Ein schmaler Gang führt an den großen Milchtanks vorbei, Irma öffnet die nächste Tür, dahinter befindet sich der Melkstand. Auf beiden Seiten stehen jeweils zehn Kühe, in der Mitte, eine Etage tiefer, hantieren Patrick und sein Vater mit den Melkgeschirren.

„Patrick! Lass Lüder zu Ende melken. Das Fernsehen ist da!", übertönt Irma die laute Maschine. Sie schiebt die Tür wieder zu und führt uns in den Boxenlaufstall. Ein paar Kühe warten vorm Durchgang zum Melkstand.

Hinter mir schnauft Benno: „Das ist ja alles leer hier. Wo sind denn die Viecher?"

„Unsere Kühe gehen nach dem Melken direkt auf die Weide", erklärt Irma. „In den Wintermonaten sind sie hier im Stall."

„Großartig", motzt er. „Und wo drehen wir?"

„Wie wär's mit dem Kälberstall?" Sie führt uns ins Nachbargebäude, wir werden mit lautem Blöken begrüßt. An einer Längswand befinden sich die Ställe für die kleinen Kälber und an der anderen die Auslaufboxen der größeren Jungtiere. Auf dem Mittelgang liegt ein großer Haufen frisches Gras.

„Och, sind die süß!", quietscht mein Vater und langt über das halbhohe Gitter in eine Kälberbox. Das Kalb macht einen erschrockenen Satz rückwärts.

„Lichtverhältnisse sind okay, aber wir stellen trotzdem Lampen auf", ordnet Benno an und wirft mir einen scheelen Blick zu.

Okay, diese Ansage wäre vermutlich mein Part gewesen, aber meine Güte: Wir sind hier schließlich nicht beim Erbsenzählen, oder?

„Wen haben wir?", will er wissen.

„Bitte sprich in ganzen Sätzen", entgegne ich hoheitsvoll.

Er schnaubt ungeduldig. „Guck ins Script und sag mir, wer in dieser Szene auftritt."

Ich halte seinem Blick stand. „Patrick und Cindy", entgegne ich.

„Also los, Sören. Du kannst Cindy schon mal

verkabeln und pegeln. Hardy, du rollst die Kabel aus, holst die Sachen her und vergiss die Lampen nicht. Hast du Kaffee gekocht?"

Mein Vater salutiert wie ein Soldat und marschiert zum Hofplatz.

„Und du, Irma, bereitest im Haus das Frühstück für die Familie vor, das ist die nächste Szene. Und zieh dir was anderes an, das Kleid geht gar nicht."

„Wie bitte? Ich hab das ganz neu und ich seh richtig gut darin aus, nicht wahr, Kathi?"

„Lass es an, das Kleid ist toll."

Benno stöhnt. „Kleingemusterte Klamotten sind ein No-Go vor der Kamera. Die moirieren."

Ich ziehe eine Augenbraue hoch.

„Sie flimmern wie sonst was", übersetzt er.

„Du hast bestimmt noch andere schicke Kleider, Irma. Zieh dich bitte um", seufze ich geschlagen.

Sie schiebt die Unterlippe vor und stiefelt davon.

„Wie willst du sie haben?", fragt Benno, rollt die Augen und erklärt überdeutlich: „Wo sollen sich die Protagonisten befinden, während wir drehen?"

Ich kratze mich nachdenklich am Kopf. „Die kleinen Kälbchen werden aus dem Nuckeleimer gefüttert. Das sieht zwar niedlich aus, aber dabei steht man sich zu zweit auf den Füßen herum", überlege ich laut. „Die Jungtiere bekommen Gras zu fressen. Da ist's besser."

Benno rennt umher, testet verschiedene Standorte und montiert die Kamera auf einem Stativ. Sören erklärt Cindy, wie sie den Sender an ihrem Rücken und das dazugehörige Mikro im Ausschnitt befestigen soll.

Ich helfe derweil meinem Vater mit den Lampen, wir positionieren sie nach Bennos Anweisung.

Patrick taucht auf. Er sieht zum Anbeißen aus in seinen verwaschenen Jeans und dem karierten

Baumwollhemd. Hach, und diese niedliche Stirnlocke! Kathi!, rufe ich mich zur Ordnung, sowas denkst du bitteschön nie wieder! Patrick wird heiraten und du produzierst eine Sendung, kapito?

Er kommt näher und ich weiß gar nicht, wo ich hingucken soll. Da legt er seine Hand auf meine Schulter - eine kurze und zweifellos rein freundschaftliche Begrüßung. Meine Schulter und der dazugehörige Arm stehen in Flammen.

„Du ... du be-bekommst dein Mikro von Sören", stottere ich.

Cindy ist inzwischen verkabelt und Sören, der einen kleinen Bauchladen mit Knöpfen und Reglern um seine schmale Hüfte trägt, macht den Soundcheck. „Erzähl was", ruft er ihr zu.

Sie berichtet von ihrer frühmorgendlichen Fahrt mit dem Fahrrad. Sören guckt Benno samt Kamera über die Schulter. Sie nehmen Cindy auf Spur eins, was immer das zu bedeuten hat. Spur zwei kriegt Patrick.

„Briefen!", drängelt Benno.

Was bitte ...? Ach so, ich soll den Protagonisten sagen, was sie machen sollen. Patrick steht da wie ein Baum und schaut mich abwartend an. Cindy springt herbei, hängt sich an seinen Arm und gackert albern, so als teilten die beiden ein Geheimnis, das mich nichts angeht.

„Ihr zeigt dem Publikum, dass ihr ein gutes Team seid, schnappt euch Forken und füttert die Jungtiere mit Gras, okay? Dabei guckt ihr euch verliebt an und wenn ihr fertig seid, gebt ihr euch einen Kuss."

„Was ist das denn für ein Schwachsinn?", motzt Benno, wird aber von Cindy übertönt. Sie hat die Arme vor der Brust verschränkt, stampft mit dem Absatz ihrer Highheels auf und krakeelt: „Nix da, ich bin Sängerin!"

Zum Beweis fängt sie an zu singen.

Ich widerstehe dem Impuls, mir die Finger in die Ohren zu stopfen.

„Halt!", ruft Benno. „Cindy, das war toll, mach das gleich nochmal! Sören bist du fertig? Patrick, du schiebst die Unterlippe vor, guckst runter auf deine Schuhe und lässt die Arme hängen. Kamera läuft."

„Hey, ihr müsst die Forken nehmen und ..."

Benno packt mich am Arm und zerrt mich neben sich. „Dein Platz ist hier neben mir und meiner Kamera, Katharina! Du hast im Bild nichts zu suchen."

Patrick schaut verwirrt zwischen uns hin und her.

Benno grient sich einen. „Ja genau, so ist's gut, Bräutigam, guck schön blöd aus der Wäsche!", flüstert er. „Achtung, Kamera läuft. Und Action!"

Ich stürme los zu Patrick und stelle mich mit verschränkten Armen wie ein Schutzschild vor ihn hin. „Pass mal auf, Benno! Ich bin die Producerin und wir drehen die Sendung genau so, wie ich es sage!"

„Cut!", bellt er und richtet sich auf. „Kleine Lagebesprechung, wir sind gleich wieder da." Er zieht mich mit sich durch die Stalltür nach draußen.

Fluchend winde ich mich aus seinem Griff.

„Beeilt euch! Die Kälber warten auf ihr Futter!", ruft Patrick uns hinterher.

„Ich weiß, was Robert geplant hat, also verarsch mich nicht!", motzt Benno. „Wenn du dich nicht ans Script hältst, müssen wir den ganzen Scheiß nochmal drehen, und dann stehen wir nächste Woche noch hier!"

Ich starre ihn böse an. „Die beiden sind ein verliebtes Paar und ein tolles Team. Das will ich den Zuschauern zeigen! Ich werde nicht zulassen, dass Patrick wie ein Trottel rüberkommt!"

„Okay, dann brechen wir jetzt hier ab und warten,

bis deine Chefin da ist", schnauzt er. „Lieber schaukel ich mir drei Stunden lang die Eier, als Material für die Tonne zu produzieren."

Wir stehen uns gegenüber wie Kampfhähne, die Blicke ineinander verhakt. Nicht zwinkern!, beschwöre ich mich, und halte durch, bis meine Augen so doll brennen, dass sie zu tränen anfangen.

Benno setzt ein Siegerlächeln auf. „Was ist nun? Pause? Oder halten wir uns ans Script?"

Ich beiße die Zähne zusammen und balle die Hände zu Fäusten. „Nichts von beidem", knurre ich. „Du kannst dir ja gerne die Eier schaukeln. Aber wenn du deine Stunden bezahlt haben willst, dann schnappst du dir deine Kamera und machst mit mir eine romantische Sendung!" Ich drehe mich auf dem Absatz um und rausche zurück in den Stall.

Patrick steht immer noch da wie ein Baum und Cindy hängt sich wieder an seinen Arm. Ich steche die beiden Forken in den Grashaufen. „Ihr kommt von dort den Gang runter, Hand in Hand. Ihr haltet beim Grashaufen an und Patrick bittet Cindy, ihm heute bei der Arbeit zu helfen. Alles klar?"

„Meinetwegen", meint Patrick, aber Cindy verschränkt schmollend die Arme vorm Busen.

„Nun komm schon!", sagt er und fasst nach ihrer Hand. Ihr Blick geht rüber zu Benno und der nickt ihr aufmunternd zu. Ein Lächeln huscht über ihr Gesicht und nun klackern ihre Absätze auf dem Beton. Die Kälber schauen den beiden hinterher und muhen protestierend. Sie wollen endlich ihr Frühstück haben.

Ich postiere mich neben Benno. „Umdrehen, ihr zwei, und Action!"

Cindy und Patrick schlendern wie Verliebte zum Grashaufen.

Muuuuuuuhhhhhh!

„Würdest du mir heute bitte mal beim Füttern helfen?"

„Nein, Patrick, ich bin Sängerin!"

Verdammte Axt, warum kann sie nicht wenigstens so tun, als würde sie ihm helfen?

Muuuuuuuuhhhhh!!

Cindy fängt an zu singen.

„Stopp, Nebengeräusche", ruft Sören.

Benno hebt die Hand. „Cut! Die Viecher sind zu laut."

„Wir geben ihnen Futter, dann sind sie ruhig, okay?", sage ich zu Benno.

„Solange *ich* sie nicht füttern muss", meint er und bölkt: „Hardy, wo bleibt der Kaffee?"

Ich schnappe mir eine Forke und wende mich an Patrick. „Wir geben ihnen ein bisschen Futter, damit sie was zu kauen haben." Patrick nimmt die andere Forke und wir werfen den Jungtieren das frische Gras hin.

Cindy schaut uns mit schiefem Grinsen zu.

„Bitte spring gleich für einen Moment über deinen Schatten und hilf Patrick, ja? Dann kommt ihr als gutes Team rüber", sage ich. „Du willst doch, dass die Zuschauer für euch anrufen!"

Sie zieht einen Flunsch und hüllt sich in Schweigen.

Lüder taucht auf, er ist mit dem Melken fertig und bereitet die Nuckeleimer für die Kälbchen vor. Sören hilft ihm, die Eimer vor die Boxen zu hängen. Cindy stöckelt rüber zu Benno und trinkt mit ihm Kaffee.

Ruhe im Stall, nur das zufriedene Kauen und Schmatzen ist zu hören. Ich spieße die Forke in den verbliebenen Grashaufen und klatsche in die Hände wie ein Footballtrainer. „So, Leute, wir starten. Nehmt eure Positionen ein!"

Patrick und Cindy begeben sich wieder auf den Posten, Benno und Sören sind ebenfalls startklar. Ich stelle mich neben die Kamera und drücke beide Daumen.

„Achtung! Action!"

Das Paar kommt Hand in Hand die Stallgasse hinunter, Cindy lächelt zu ihrem Liebsten auf. Sehr gut. Der Grashaufen, sie halten an.

„Schnarchfernsehen mit Schlaftablettenwerbung", kommentiert Benno im Flüsterton.

„Cindy, du könntest mir wirklich mal bei der Arbeit helfen! Zu zweit geht's viel schneller."

„Nix da, Patrick! Ich bin Sängerin!"

Oh nein, was macht sie denn da?

Sie breitet theatralisch die Arme aus und schmettert: „Und morgen früh küss ich dich wach ..."

Patrick zuckt die Achseln und macht sich allein an die Arbeit. Er lädt Gras auf die Forke und wirft es den Tieren vor die Nasen.

„Stopp!", rufe ich und flitze zu den Protagonisten. „So geht das nicht, Cindy! Du musst Patrick helfen!"

Ich pese zurück hinter die Kamera. „Achtung! Action!"

Patrick drückt Cindy die zweite Forke in die Hand. „Hör auf zu singen und pack mit an."

Sie lässt auf der Stelle die Forke fallen. „Von wegen! Deine doofe Arbeit kannst du alleine machen. Ich singe!" Sie setzt ihr eben angefangenes Lied fort.

„Was heißt hier doofe Arbeit?", grollt Patrick.

Sie tippt sich an die Stirn. „Du kannst ja gerne Scheiße schieben, aber ich gehöre auf die Bühne! Ich bin ein Star!"

Trallalalala!

„Verdammt nochmal, Cindy, ich hab nicht von dir

verlangt, dass du Scheiße schiebst! Du sollst mir nur ein bisschen beim Füttern helfen."

„Gut so!", wispert Benno zufrieden.

„Stopp!", rufe ich. „Cindy, das ist kein Gesangswettbewerb! Du sollst den Zuschauern zeigen, dass du die richtige Frau für Patrick bist! Ihr seid ein TEAM! Action!"

Cindy streicht kichernd ihr Kleidchen glatt. Lüder stapft ins Bild, schnappt sich wortlos die zweite Forke und schmeißt das Gras vor die Tiere.

„Cut! Was will der denn jetzt hier?", schimpft Benno. „Schick ihn weg!"

Ich laufe zu Lüder und bitte ihn, sich von der Kamera fernzuhalten. „Wir drehen gerade eine Szene, in der nur Cindy und Patrick mitspielen."

„Ach so. Ich wollt helfen, damit die Arbeit fertig wird." Er trollt sich.

Ich sprinte wieder zurück an meinen Platz. „Weiter geht's!"

„Himmel nochmal, Cindy, nun stell dich nicht so an!", sagt Patrick.

Cindy kneift die Augen zusammen. „Was soll das denn jetzt heißen, hä?"

„Partner sollten sich gegenseitig unterstützen, und du unterstützt mich überhaupt nicht."

Ihr Kinn zittert, ihre Nase zuckt und zack, laufen die Tränen aus ihren Augen. „Du bist voll gemein, Patrick! Ich liebe dich so sehr! Ich hab jahrelang auf dich gewartet. Ich dachte, du liebst mich auch!"

Benno rutscht mit der Kamera vor und betätigt den Zoom, um die Gesichter in Nahaufnahme einzufangen.

Patrick schaut betroffen drein, Benno hält ein paar Sekunden drauf und ruft dann: „Danke vorerst!" An mich gewandt sagt er: „Das ist alles total zerhackt. Wir machen jetzt passende Totalen und Schnittbilder, sonst kann kein Mensch was daraus zusammenschneiden. Den O-Ton, wenn Patrick sagt: 'Ich muss mir was einfallen lassen, damit Cindy mir verzeiht' machen wir drinnen."

„Oh nein, so nicht! Die beiden sollen sich nicht streiten! Ich will, dass sie verliebt rüberkommen. Wir wiederholen die Szene."

„Gähn", macht Benno und verdreht gelangweilt die Augen.

Nach etlichen Anläufen habe ich endlich eine brauchbare Sequenz im Kasten. Cindy hat zwar nicht zur Forke gegriffen, aber sie hat Patrick bewundernd bei der Arbeit zugeschaut und anschließend haben sie sich geküsst.

„Wir drehen jetzt eine besonders rührende Szene!", rufe ich euphorisch. „Patrick tauft ein Kalb auf den Namen Cindy."

Benno zieht die Augenbrauen hoch. „Du willst noch mehr für den Mülleimer produzieren? Bitte schön, auf deine Verantwortung!"

Ich richte mich zu voller Größe auf. „Im Script steht, dass Patrick für seine Liebste ein Versöhnungsdinner zubereitet. Die Taufe ist aber viel romantischer. Wir sind jetzt hier im Stall, das passt doch gut, da hängen wir die Szene gleich hintendran."

„Meinetwegen", murrt Benno und schleppt die Kamera samt Stativ ein paar Meter zurück. „Kalb und Protas da drüben vor die Holzwand! Hardy, dekorier die Wand als Hintergrundkulisse: Nimm nen Strohballen und nen Besen und ne Forke. Sören, richte die Lampen aus!", ruft er.

Ich sprinte zum Brautpaar und erkläre ihnen den

Ablauf. „Patrick nimmt ein Kalb aus der Box und tauft es auf den Namen Cindy. Daraufhin ist Cindy sehr gerührt. Ihr schaut euch verliebt in die Augen und dann küsst ihr euch. Okay?"

„Meinetwegen", brummt Patrick. „Welches Kalb soll's denn sein?"

Cindy spaziert an den Boxen entlang, als würde sie einen Schaufensterbummel machen. „Nimm das da! Das hat schöne Augen."

„Papa, besorg uns bitte eine Gießkanne mit etwas Wasser!", rufe ich meinem Vater zu.

„Das ist ein Bullenkalb", merkt Patrick an.

„Egal, ist doch eh nur zur Show", winkt Cindy ab.

Mein Vater bringt die Gießkanne. „Horst Obermeier ist da", informiert er mich.

„Sorg bitte dafür, dass er bei Irma in der Küche bleibt."

Er hebt die Schultern. „Ich bin mir nicht sicher, ob er auf mich hört."

Diese Szene ist genau nach meinem Geschmack. Ich bin voll in meinem Element. „Okay, ihr beide stellt euch hier hin. Patrick, du willst Cindy deine Liebe beweisen, nimmst das Kalb aus der Box und taufst es mit ein paar Tropfen aus der Gießkanne. Daraufhin ist Cindy sehr bewegt und sagt, dass sie dich über alles liebt." Dummerweise begegne ich Patricks tiefblauen Augen und natürlich lösen sie wieder das Kribbeln in meinem Bauch aus. Ich drehe mich schnell um und überprüfe die Dekoration an der Holzwand, obwohl es da gar nichts zu überprüfen gibt.

Lampen und Kamera sind bereit, los geht's. „Und Action!"

Es klappt wie am Schnürchen und ich bin stolz wie Bolle. Patrick sagt zu Cindy, dass er eine Überraschung für sie vorbereitet hat, öffnet die halbhohe Tür der Kälberbox und hebt das kleine Tier heraus. Das schwarz-weiße Kälbchen liegt wie ein Kind in seinen starken Armen und er stellt es behutsam auf der Stallgasse ab. Wie herzergreifend! Es blökt verwirrt und er krault es, damit es sich beruhigt. Hach, mir wird ganz warm ums Herz.

„Ich werde dieses Kalb jetzt auf den Namen Cindy taufen als Beweis, dass ich dich liebe", erklärt er förmlich.

„Das ist wirklich süß von dir, Patrick", säuselt sie.

Er greift nach der Gießkanne, im selben Moment hebt das Kalb den Schwanz. Ein halblautes Pupsen ist zu hören und dann: Plitsch-Platsch!

„Igitt, Kacke!", kreischt sie und springt einen Meter zurück. Bei ihrem Sprung schlägt ihr hellblauer Chiffonrock eine Welle, das Kalb reißt den Kopf hoch und rollt ängstlich die Augen, und Patrick, der ja die Gießkanne in der Hand hält, kann nicht schnell genug eingreifen. Das verschreckte Tier prescht los und Cindy bricht in hysterisches Geschrei aus.

„Hilfe!", kreischt Sören, hangelt sich an einem hölzernen Querbalken hoch und umschlingt ihn mit seinen Füßen. Er hängt wie ein Faultier überm Stallboden.

„Frühstück ist fertig!", höre ich Irmas Stimme und im nächsten Moment stürmt Horst in den Stall. Er wedelt mit seinen Werbezetteln herum und ruft: „Hallo Leute! Ich bin Horst Obermeier. Euer Mann. Eure Stimme!"

Das Kalb stoppt vor Horsts Wahlwerbung, macht eine 180-Grad-Wendung und jagt blindlings zurück durch den Stall. Patrick, Benno und ich versuchen verzweifelt, das wendige Tier einzufangen. Und dann passiert es: In seiner kopflosen Flucht stolpert es über eine der Lampen und rennt geradewegs auf die Kamera zu. Das Stativ kippt um.

„Neiiiiiiin!", brüllt Benno, und kann nur hilflos dabei zuschauen, wie seine vierzigtausend Euro teure Ausrüstung über'n Jordan geht. Doch plötzlich, wie aus dem Nichts, taucht mein Vater auf. Mit einem filmreifen Hechtsprung fängt er die schwere Kamera auf und geht zu Boden wie ein Torwart beim Elfmeter. Er hält die Kamera fest umschlungen.

Mir bleibt die Spucke weg.

„Sie hat keinen Kratzer abgekriegt", sagt er, rappelt sich auf und gibt Benno das Gerät zurück.

Du meine Güte, mein Vater ist ein Held!

Jetzt pirscht er sich an das Kalb heran, es stürmt an ihm vorbei, und er wirft sich wie ein Cowboy an seinen Hals. Das Kalb strampelt und blökt, aber es kann sich nicht aus seinem Griff winden. Im nächsten Augenblick ist Patrick da und gemeinsam schaffen sie das Tier zurück in die Box.

Sören klettert vom Balken runter und Cindy hört auf zu krakeelen. Benno überprüft seine Kamera, sie funktioniert einwandfrei. Horst schwenkt seine Wahlwerbung und Irma ruft erneut zum Frühstück.

Mein Vater legt den Arm um meine Schulter. „Das ist ein Tag ganz nach meinem Geschmack!" Er strahlt mich an.

„Papa, du hast mir gerade echt geholfen", stoße ich hervor und gebe ihm einen Kuss auf die kratzige Wange. „Das werde ich dir nie vergessen." Ich bin ihm unendlich dankbar, so dankbar, dass mir die Worte fehlen. Und plötzlich wird mir bewusst, dass ich zum ersten Mal in meinem Leben stolz auf meinen Vater bin.

Grinsend klopft er den Staub von seinen Shorts.

„Die Taufe drehen wir nochmal, oder?"

Ich schüttle den Kopf. „Nee, lieber nicht."

„Kathi, du machst das wirklich großartig!", sagt er aufmunternd. Dann dreht er sich um und sammelt die Kaffeetassen ein.

Kribbeln im Bauch

„Hey, nimm deine Visage aus'm Bild!", schimpft Benno.

„Stopp!", rufe ich und zupfe an Horsts Ärmel. „Du bist noch nicht dran."

„Allmählich reißt mir der Geduldsfaden! Beim Frühstück durfte ich auch nicht mitmischen, obwohl ich der Brautvater und der Bürgermeister bin!" Sein bulleriges Gesicht ist dunkelrot angelaufen, er schiebt die fleischige Unterlippe vor und lässt die Hosenträger mit einem satten Knall an seinen Bauch fletschen.

„Das Frühstück stand unter dem Thema 'Arbeitsplanung für den Tag', und jetzt soll Patrick ein Liebesmahl für seine Zukünftige kochen", erkläre ich ihm.

„Komm mit nach draußen, Horst! Ich zeig dir ne Übung, wie du dich entspannen kannst."

„Ich *bin* entspannt!", brüllt er meinen Vater an.

„Oh ja, und wie!", gackert Hardy. „Nun komm schon, sonst wirst du disqualifiziert und darfst überhaupt nicht ins Fernsehen!"

„Was? Die würden mich disqualifizieren?", ruft er erschrocken.

„Ja", bestätige ich ernsthaft. „Es ist besser, du gehst mit Hardy nach draußen und machst mit ihm die Übung."

Horst stapft aus der Küche und Benno atmet auf. Sein Blick streift die altmodische Uhr über der Tür. „Deine Chefin ist längst überfällig! Wo bleibt sie nur, reist sie mit dem Fahrrad an?"

„Hm, vielleicht wurde sie aufgehalten", murmele ich.

Sein Blick durchbohrt mich. Ahnt er was? Demonstrativ ziehe ich das Handy aus der Hosentasche und schaue drauf: Aha, vier Anrufe in Abwesenheit. Alle von Olivia Stolze. Ich tippe zweimal auf den roten Hörer, halte den Apparat ans Ohr und bemühe mich, überzeugend zu klingen. „Frau Stolze? Sie sind vermutlich unterwegs und können nicht drangehen. Wir brauchen Sie, bitte kommen Sie direkt zum Hof!" Ich tippe nochmal auf den roten Hörer und verstaue das Handy. „War nur die Mailbox", teile ich Benno mit.

„Was soll ich denn kochen?", wendet sich Patrick an mich. „Spiegeleier? Die krieg ich gerade noch hin."

Ich lächle in mich hinein, weil er so unglaublich süß dreinschaut. „Du bereitest Cindys Lieblingsgericht zu. Was mag sie denn gern?"

Er kratzt sich am Kopf. „Vielleicht Spiegeleier?"

„Heißt das, du weißt nicht, was ihr Lieblingsgericht ist?", erkundige ich mich, und er macht eine unbestimmte Geste. Ich verbeiße mir das Lachen.

Benno blättert Roberts Script durch. „Hier steht, er soll Wurstsuppe kochen."

„Ich hab keine Würstchen im Haus!", kräht Irma. „Dafür hab ich Schnitzel und Kotelett und Braten."

Benno rauft sich die Haare. „Hättest du das vielleicht einen kleinen Tick früher abklären können, Katharina?"

„Ich ruf Sabine an, die bringt uns Fleischpeitschen", verkündet Sören.

„Vorsicht!", rufe ich warnend und er weicht gerade noch rechtzeitig dem Fliegenfänger aus. Beinah wäre er mit seinen langen Haaren darin kleben geblieben. Das Ding baumelt von der Decke und ist nahezu schwarz von Insekten, die an dem fiesen Klebstoff verendet sind.

Ich habe eine schöne Idee. „Irma, hast du

Buchstabennudeln?" Sie holt eilig ein Paket herbei.

„Die kochst du jetzt und nachher legst du daraus *Ich liebe dich*", instruiere ich Patrick.

Irma gibt Wasser in einen Topf und schaltet die Schnellkochplatte an.

„So eine Zeitverschwendung! Ich muss hier wie Hein Blöd am Herd stehen, dabei steck ich mitten in der Heuernte!"

„Mach mal halblang, Bräutigam, du hast einen Vertrag unterschrieben", motzt Benno.

„Keine Sorge, dein Vater erledigt die Arbeit für dich. Hardy hat angeboten, ihm zu helfen." Ich schenke Patrick ein aufmunterndes Lächeln. „Während des Kochens erzählst du uns, wie sehr du dich darauf freust, deine Liebste zu überraschen."

„Sabine ist gleich da!", vermeldet Sören und begibt sich wieder an seinen Platz.

„Achtung! Und Action!"

Patrick schüttet die Nudeln ins Wasser. „Cindy wird sich bestimmt freuen", sagt er mürrisch.

„Cut!", schimpft Benno.

Ich bin mit einem Satz neben Patrick. „Sag das bitte so, als würdest du das ernst meinen, ja?"

Er schaut mich aus seinen blauen Augen an und prompt kribbelt es in meinem Bauch. Oh Mann, solche Augen sollten wirklich verboten werden! Ich weiche seinem Blick aus und verkrümle mich schnell neben die Kamera.

„Action!"

„Heijeijei, was für eine schöne Überraschung ich hier für meine liebe Cindy vorbereite!" Er nimmt einen Kochlöffel, rührt um und lächelt breit in die Kamera. Benno ist zufrieden und ich mache drei Kreuze.

„Jemand zu Hause?", ertönt eine Stimme vom Flur.

„Sabine!", ruft Sören und schnellt wie von einer Tarantel gestochen zur Tür. Jede Warnung kommt zu spät. Sein langes Haar klebt im Fliegenfänger. Er kreischt auf und will das eklige Ding aus seinen Haaren ziehen, macht die Sache aber dadurch nur noch schlimmer. Der Fliegenfänger und seine Haare sind eine lebenslange Verbindung eingegangen. Prompt fängt er an zu heulen.

Sabine betritt die Küche. „Ich hab euch fünf Fleischpeitschen mitgebracht", sagt sie und legt eine Tüte auf den Tisch. „Sören, was ist passiert? Warum weinst du denn?"

Er sinkt auf einen Stuhl und sie nimmt den Schaden in Augenschein. „Da hilft nur Abschneiden", stellt sie fest. „Habt ihr mal ne Schere?"

„Oh nein, meine schönen Haare!", jault er. „Seit vier Jahren lasse ich sie wachsen und ich mach zweimal die Woche ne Pflegekur."

Sabine streichelt ihm die Wange. „Weißt du was, Sören? Es ist Zeit für eine Typveränderung. Ela fand deine langen Haare schick, aber die meisten Frauen stehen auf Männer mit Kurzhaarschnitt."

Er schaut zu ihr hoch wie ein Hündchen. „Ist das wahr? Magst du auch lieber kurze Haare?"

Sie nickt nachdrücklich. „Du wirst toll aussehen, davon bin ich überzeugt."

Ich entdecke eine Haushaltsschere in der Küchenschublade und reiche sie Sabine. „Seid so gut und geht ins Bad, ja? Dann können wir hier weitermachen."

Sören steht auf, schnallt seinen Gürtel ab und legt das Mischerkästchen auf den Tisch. „Patrick ist gepegelt, ihr kommt wohl einen Moment ohne mich klar", murmelt er und dackelt hinter Sabine her.

Benno richtet die Kamera aus.

„Achtung! Action!"

Patrick schneidet die Wurst in Scheiben und kippt die Stücke ins kochende Wasser. „Ich bin ja so gespannt auf Cindys Gesicht. Sie wird sich bestimmt mächtig über das Liebesmahl freuen!", frohlockt er und greift zum Kochlöffel.

Benno gibt mir ein Zeichen.

„Rühr weiter und lächle dabei, Patrick!"

Er rührt und grinst mich an und plötzlich prustet er los. „Das ist einfach zu albern, Kathi! Ich meine, die Zuschauer sehen doch, dass das Fake ist. Die werden sich total verarscht vorkommen."

„Cut!", donnert Benno.

Ich kläre schnell die Lage. „Nein, Patrick, die Zuschauer finden das toll. Lächle versonnen, rühr die Suppe um und sag: 'Dieses Liebesmahl soll etwas ganz Besonderes sein. Ich werde Cindy damit beweisen, dass sie die Frau meines Herzens ist'."

Das Lachen ist ihm vergangen. „Scheiße, Kathi, das ist echt Scheiße."

Ich werfe einen besorgten Blick auf Benno, der wütend die Fäuste geballt hat und wende mich wieder Patrick zu. „Wieso denn? Du liebst Cindy doch, oder?"

„Ja-a-a-a", macht er gedehnt und schaut mir in die Augen. Himmel, Arsch und Zwirn!

„Du solltest das lassen!", zische ich.

„Was denn?", flüstert er zurück.

„Mich so anzugucken!"

„Sagt Bescheid, wenn ihr fertig seid!", schnauzt Benno.

„Du liebst Cindy, und das zeigst du bitteschön dem Fernsehpublikum", sage ich streng und nehme wieder neben der Kamera Aufstellung. „Und Action!"

***

Das Versöhnungsdinner ist ein voller Erfolg. Na ja, fast. Cindy ist Vegetarierin und will partout die Wurst nicht essen. Aber über die Buchstabennudeln freut sie sich sehr. „Patrick, du bist mein absoluter Traummann!", verkündet sie glückstrahlend.

Die beiden umarmen und küssen sich. Dazu eine romantische Unterlegmusik, und die Zuschauer werden dahinschmelzen.

„Das haben wir im Kasten", seufzt Benno, richtet sich auf und reibt sich die Augen. „Was kommt nun?"

„Die Familie im Wohnzimmer, sie sprechen über die Zukunft des Hofes." Ich kratze mich am Kopf. „Eigentlich sollte Lüder mit dabei sein, aber der ist mit der Heuernte beschäftigt."

„Wir machen's ohne ihn. Der kriegt die Zähne ja sowieso nicht auseinander", meint Benno.

Um ihn in Sicherheit zu wiegen, greife ich nochmal zum Handy und tu so, als ob ich meine Chefin anrufe. „Mailbox", sage ich bedauernd und lege auf.

„'N Unding, uns hängen zu lassen!", wettert er, und ich stimme ihm zu.

Sören hat Irma und Horst mit Ansteckmikrofonen ausgerüstet und für die Beleuchtung gesorgt. Die Protagonisten hocken zu viert um den Wohnzimmertisch. Hinter ihnen an der Wand hängen Fotos, Urkunden und Medaillen von Elmar. Sogar eine Bescheinigung über die Teilnahme an einem Lehrgang für Schlepperpflege und sein Seepferdchen-Schwimmabzeichen sind dabei.

In der Mitte des Tisches steht ein Schälchen mit Rollmöpsen. Ich schüttle mich.

„Wie wär's mit Keksen oder kleinen Törtchen auf

dem Kaffeetisch?", schlage ich vor.

Irma schießt vom Sessel hoch. „Benno hat gesagt, ich soll Rollmöpse nehmen. Jetzt hab ich sie aufgemacht, nun werden sie auch gegessen!"

„Okay, okay", sage ich beruhigend.

Sie setzt sich wieder hin.

„Patrick, du erzählst uns gleich, dass du deinen Beruf aufgegeben hast, weil du deine Eltern nicht hängenlassen wolltest", beginne ich. „Irma, du erklärst, wie glücklich du bist, dass Patrick für Elmar eingesprungen ist. Cindy und Horst, ihr freut euch, dass ihr und die Volkens bald eine große Familie seid."

Benno schiebt die Kamera näher heran. „Wir machen zwei Einstellungen. Einmal von hier aus und einmal von da drüben."

Sören prüft den Ton. „Alles Roger!", verkündet er und macht das Daumen-hoch-Zeichen.

Benno mustert ihn sekundenlang. „Deine Freundin hat dir nen Pottschnitt verpasst", stellt er fest.

„Und Action!"

„Elmar hatte große Pläne", verkündet Horst. „Er wollte das Vieh um ein Vierfaches aufstocken und einen großen Stall mit Melkkarussell und eine Biogasanlage bauen. Die Genehmigungen laufen bald ab. Patrick, du musst das genauso machen wie dein Bruder!"

„Was denn? Abhauen?", erkundigt sich sein zukünftiger Schwiegersohn.

Horst hebt die Pranken. „Nein, natürlich nicht. Du sollst Elmars Pläne in die Tat umsetzen."

„Ich lasse meine Eltern nicht im Stich. Aber ich führ den Hof auf meine Weise. Expansion kommt für mich nicht in Frage", stellt er klar.

Ich find's ja gut, dass Patrick so deutlich Position bezieht. Aber: Wieso hält sich hier eigentlich niemand an meine Anweisungen?

„Ist dir der gute Ruf und das Ansehen deiner Familie denn gar nichts wert?", jammert Irma. „Unser Hof könnte der größte weit und breit sein!"

„Die Kredite kriegt ihr nie wieder so günstig", prophezeit Horst. „Du wirst weniger arbeiten müssen und verdienst trotzdem mehr Geld."

„Dann hast du früher Feierabend und mehr Zeit für mich", säuselt Cindy.

„Wenn ihr expandieren wollt, dann ohne mich. Ich hab was gegen Massentierhaltung." Patrick richtet sich auf. „Ich setze auf Qualität statt Quantität. Ab der nächsten Saison wird kein Mais mehr angebaut. Wir gehen zurück auf naturnahe Fütterung und fahren den Einsatz von Kunstdünger und Spritzmitteln auf ein Mindestmaß zurück."

Irma stößt einen gellenden Schrei aus. „Du treibst uns in den Ruin!" Sie fängt an zu heulen. „Ach wär unser Elmar doch noch hier!"

„*Unser Elmar* hat sich aber klammheimlich aus dem Staub gemacht!", giftet Patrick.

„Das hat er nicht!", plärrt sie. „Ihm ist bestimmt was Schlimmes zugestoßen. Er wär niemals von zu Hause fortgelaufen."

Horst tätschelt Irmas Hand. „Das muss sehr schwer für dich sein", sagt er.

Sie versucht ein dankbares Lächeln, aber der Tränenstrom will nicht abreißen.

„Elmar ist Landwirt mit Leib und Seele", proklamiert Horst vor der Kamera. „Er hat die Meisterprüfung mit Bravour abgelegt."

„Aber mit Frauen hat er nichts am Hut", entschlüpft es Cindy.

„Woher weißt du das denn so genau?", fragt Patrick.

Cindys Wangen färben sich hellrot. „Äh, das hab ich gehört."

Ah ja, schon klar!

„Elmar war in seine Arbeit verliebt. In den Hof und in die Tiere. Er war so ein guter Junge", wimmert Irma.

Ich an Patricks Stelle wäre jetzt stinksauer, aber er bleibt ganz ruhig. „Du tust gerade so, als wär er gestorben. Er ist abgehauen und macht sich irgendwo einen feinen Lenz", sagt er zu seiner Mutter.

„Und wenn er nun tot ist? Ich kann nicht mal Blumen auf sein Grab stellen!"

„Elmar ist nicht tot!", entfährt es mir. „Tote schreiben keine Postkarten."

„Cut!", ruft Benno. „Spinnst du? Wieso quasselst du dazwischen? Das lief gerade voll gut auf'n Konflikt raus."

Irma schnellt in die Höhe. „Sag das nochmal, Kathi!"

„Sorry, ist mir nur so rausgerutscht. Wir machen weiter, und bitte streitet euch nicht!"

„Ich will das jetzt wissen!", jault sie. „Was hast du damit gemeint? Wem schreibt er Postkarten? Dir etwa?"

„Nein, nein. Bitte beruhig dich. Das war ein Irrtum."

„Kamera an!", befiehlt Horst, als hätte er hier die Meldung. „Ich habe etwas sehr Wichtiges zu verkünden." Er bläst seine schwabbeligen Wangen auf.

Benno bringt sich in Position. „Denkt dran, da steht was Leckeres auf dem Tisch! Und Action!"

Irma verscheucht eine Fliege vom Rollmops, greift beherzt zu und gibt ein schlürfendes Geräusch von sich.

Horst wölbt die Brust. „Ich möchte betonen, dass ich der Bürgermeister von Mühlbach bin. Am 15. September sind Kommunalwahlen und ich kandidiere erneut auf Gemeinde- und auf Kreisebene." Er wedelt mit seinen Werbezetteln. „Euer Mann. Eure Stimme. Das bin ich! Euer Horst Obermeier."

„Blödes Geschwafel. Schneiden wir raus", flüstert Benno.

Irma reicht die Rollmöpse an Horst weiter.

„Ich find's toll, dass Patrick euch unterstützt", greift Cindy die Fehde wieder auf. „Aber ihr tut gerade so, als würde er als Landwirt nichts taugen."

„Nun, mit Elmar kann er nicht mithalten, das ist ja klar."

„Irma, du könntest ruhig ein bisschen dankbarer sein!", mahnt Cindy.

„Bin ich doch", sagt sie. „Und ich bin froh, dass er dich heiratet."

Horst breitet die Arme aus. „Dann sind wir *eine* Familie!", verkündet er wie ein Pastor. „Die Obermeiers und die Volkens!"

Mit der Hochzeit stärkt Horst seine Position im Dorf. Ich kann mir gut vorstellen, dass er seine Tochter auf Patrick angesetzt hat. Kein schöner Gedanke, aber Cindy ist eine Marionette in seinen Wurstfingern, das war sie schon immer.

„Laber Rhabarber", murrt Benno. „Das reicht. Danke, wir haben's." Er streckt sich. „Was machen wir als nächstes?"

Ich ignoriere seine Frage und bedeute den Protagonisten, auf ihren Plätzen sitzen zu bleiben. „Wir sind noch nicht fertig", erkläre ich. „Ihr habt euch die ganze Zeit gestritten und ich möchte euch als eine glückliche Familie darstellen."

Benno gähnt lauthals.

Ich wiederhole meine Instruktionen und bekomme nach einigen Fehlversuchen endlich eine harmonische Familienszene. Meine Bauernhochzeitsendung wird genauso bewegend, wie ich es geplant habe! Ich muss mir allerdings eingestehen, dass meine Darstellung nicht so ganz der Wahrheit entspricht. Aber was ist falsch daran, die Familie so positiv wie möglich ins Bild zu setzen? Das ist jawohl viel besser, als sie dem Spott preiszugeben!

„So, und nun führen wir die Einzelinterviews", erkläre ich der Runde.

„Wie du meinst", murrt Benno. „Vor der hübschen altdeutschen Schrankwand?"

„Gute Idee." Ich schaue mir die Schrankwand genauer an. „Hier liegen Abzeichen aus dem Ersten Weltkrieg rum."

„Die sind von Lüders Opa", erklärt Irma.

„Weg damit!", befiehlt Benno.

Patrick taucht neben mir auf. „Entschuldige, kann ich dich mal kurz sprechen, Kathi?"

„Muss das sein?", nörgelt Benno.

„Schalt' dein Mikro ab, sonst hören wir mit", empfiehlt Sören.

Patrick fummelt am Gerät an seinem Kragen herum. Ich schlüpfe durch die Tür und folge ihm in den Flur.

„Was war das da eben mit den Postkarten?", will er wissen.

Ich bemühe mich um einen festen Stand und weiche vorsorglich seinem Blick aus. „Das hab ich von Piedel. Er hat eine Karte von Elmar gekriegt."

Er gibt ein Geräusch von sich, das irgendwo zwischen Erstaunen und Resignation liegt.

„Patrick!", beschwöre ich ihn, und nun schaue ich ihm doch in die Augen. „Ich helfe dir, Elmar zu finden! Wenn er zurück nach Hause kommt, kannst du wieder Tierarzt sein! Das wäre doch wunderbar!"

„Würdest du bitte aufhören, dich in mein Leben

einzumischen!?", faucht er. „Und sag um Gottes willen Irma nichts von der Karte!"

Ich zucke betont gleichgültig die Schultern. „Dann eben nicht. Jeder ist seines Glückes Schmied", murmle ich und gehe zurück ins Wohnzimmer.

Cindy sitzt kerzengerade mit übereinandergeschlagenen Beinen vor der Schrankwand und flirtet mit der Kamera. „Ist's so gut, Benno?", fragt sie und senkt das Kinn um einen halben Zentimeter.

„Perfekt! Irma und Horst, ihr habt einen Moment Pause. Setzt euch so lange in die Küche. Patrick, du hockst dich da drüben auf's Sofa, du bist als Nächster dran. Sören?"

„Sag was, Cindy!"

Sie berichtet von ihrem angeblich umjubelten Auftritt vor großem Publikum.

„Ich bin gleich wieder da", brummt Patrick und verdrückt sich.

„Ton steht."

„Okay. Katharina, du bist dran."

„Mit der rede ich nicht", schnappt Cindy. „Wir haben doch schon alles geklärt, oder?" Sie zwinkert Benno vielsagend zu und er zwinkert zurück.

„Prima, dass ihr euch einig seid", sage ich muffelig.

„Cindy, du erzählst uns gleich, warum du dich in Patrick verliebt hast. Und Action!"

Horsts Stimme ertönt, obwohl er gar nicht im Raum ist. „Nach der Hochzeit wird Patrick den Kreditvertrag unterschreiben, dafür wird Cindy schon sorgen. Und den Öko-Unsinn wird sie ihm auch ausreden!"

„Hä? Was war das denn?", frage ich.

„Cut! Sören! Du hast Horst und Irma nicht abgekabelt!" Benno grinst mir zu und Sören flitzt in die Küche.

„Das passiert mindestens einmal pro Drehtermin. Meistens kriegen wir die Geräusche vom Klo mit", erklärt Benno kichernd. „Die Protagonisten vergessen einfach, dass wir sie immer hören, solange sie verkabelt sind."

Sören kommt zurück, legt die Mikros auf den Tisch und begibt sich wieder an seinen Platz.

Horst Worte hallen in meinem Kopf wider. So ein elender Schweinehund! Hab ich's doch gewusst! Er hat die Hochzeit eingefädelt! Damit vergrößert er seine Macht im Dorf und wenn Patrick die Kreditverträge unterzeichnen sollte, streicht er obendrein die Provision für die Kredite ein.

„Und Action!"

Cindy streicht mit sinnlichem Lächeln eine Haarsträhne hinters Ohr. „Ich habe mich für den Richtigen aufgespart. Selbstverständlich hätte ich Gelegenheiten genug gehabt, aber ich wollte keines dieser Mädchen sein, die sich dem Erstbesten an den Hals werfen."

Ah ja! Ich sag nur eins: Garage. Ich unterdrücke einen Würgereiz.

„Ich möchte mich dem Mann hingeben, den ich heirate, und zwar nur ihm." Sie schenkt der Kamera einen gekonnten Augenaufschlag. „Ich freue mich sehr auf die erste Nacht mit meinem Patrick. Aber ich bin auch ein wenig unsicher ..."

„*Hallo!*", rufe ich entgeistert. „Was redest du denn da für einen Müll?"

„Cut! Sehr gut, Cindy! Nun sagst du, dass du dir vorher Rat bei deiner Mutter und deiner Schwiegermutter holen wirst."

„Nä! Meine Mutter frag ich ganz bestimmt nicht!"

„Sagt mal, spinnt ihr? Solchen Quatsch will ich in

meiner Sendung nicht haben!", schimpfe ich und werfe Benno einen vernichtenden Blick zu. „Cindy, du hältst dich bitte an meine Anweisungen!"

„Action!"

„Bevor es soweit ist, werde ich meine liebe zukünftige Schwiegermutter Irma um Rat fragen. Sie ist seit fünfunddreißig Jahren verheiratet und weiß ganz bestimmt, was eine Frau tun muss, um ihren Mann glücklich zu machen." Sie blinzelt neckisch in die Kamera.

Jetzt wäre ein guter Zeitpunkt, mir den Finger in den Hals zu rammen und mich zu übergeben. „Stopp, verdammt nochmal!"

„So. Und nun sag ich dir was, Cindy: Dein Patrick hat was mit einem hübschen Mädchen aus dem Dorf", sagt Benno, als wäre ich Luft. „Action!"

Cindy fängt an zu weinen. „Patrick geht zu einem anderen Mädchen, weil ich mich für ihn aufspare! Vielleicht verliebt er sich sogar in sie! Ich werde alles dafür tun, damit er mich heiratet und keine andere. Er soll mich entjungfern, am besten sofort!"

Mir stockt das Blut in den Adern, ich springe vor die Kamera und fuchtele mit den Armen herum. „Schluss jetzt, verdammt nochmal!"

„Das steht genau so im Script", spielt Benno den Unschuldigen. „Ich wollte endlich mal was drehen, was nicht in der Mülltonne landet."

„Bist du jetzt fertig? Dann würde ich nämlich gerne weitermachen", fauche ich.

Er nickt grinsend.

Eine ganze Weile und etliche Wiederholungen später habe ich Cindy entlockt, was sie an Patrick besonders liebt, und bin zufrieden. Die Zuschauer werden Cindy mögen. Obwohl sie's, eigentlich, nicht verdient hat.

Benno schenkt sich Kaffee nach. „Unser Bräutigam ist dran. Wo steckt er?"

Ich düse in den Flur. Im Bad ist er nicht und in der Küche auch nicht. „Wisst ihr, wo Patrick ist?", erkundige ich mich bei Irma, die mit Horst am Küchentisch hockt.

„Er ist zum Königshain gefahren. Lüder hat angerufen, die Rundballenpresse ist kaputt."

„Aber ...! Er kann doch nicht einfach abhauen! Wir drehen eine Fernsehsendung!", rege ich mich auf.

Benno bleibt erstaunlich gelassen. „Der Drehtag wird sich bis spätabends hinziehen. Wir machen jetzt ne Stunde Pause."

„Okay, meinetwegen", willige ich ein und gehe zurück in die Küche, um Irma und Horst Bescheid zu sagen.

„Wir machen Pause? Das passt mir gut", verkündet Horst. Er setzt eine besorgte Miene auf. „Ich muss nach meiner Frau sehen. Sie ist ja leider etwas unpässlich."

Ich folge ihm nach draußen. Hardy und Lüder sind im Unterstand neben dem Kälberstall zugange, von Patrick ist weit und breit nichts zu sehen.

Lüder sitzt auf dem Frontladertrecker, spießt die Rundballen auf und fährt sie unters schützende Schleppdach. Hardy hüpft in seinem bunten Blumenhemd umher und gibt ihm Handzeichen. Jetzt entdeckt er mich und winkt mir fröhlich mit weitausholenden Gesten zu wie ein Einweiser auf dem Rollfeld. Es kracht. Lüder ist mit dem Frontlader gegen einen Pfeiler gefahren.

„Dein Vater scheint ne Menge Spaß zu haben", stellt Horst in gönnerhaftem Ton fest.

„Horst, ich muss mit dir reden!", sage ich nachdrücklich. Ich bin fest entschlossen, die Wahrheit aus ihm herauspressen. Die Hände in die Hüften gestemmt hole ich tief Luft - aber er lässt mich einfach stehen und geht zu seinem Wagen.

Wie der Blitz ziehe ich an ihm vorbei und springe ihm in den Weg. David gegen Goliath. 1,64 Meter geballte Frauenpower gegen hundertachtzig Kilo schwabbelige Selbstherrlichkeit. Ich zähle im Geiste bis drei und blase zum Angriff.

„Du hast die Hochzeit eingefädelt, damit Patrick dir deine blöden Kreditverträge unterschreibt", werfe ich ihm an den Kopf. „Wie viel Provision kriegst du dafür? Eine Million?" Wohl kaum. Vermutlich würde er seine Tochter auch für deutlich weniger verschachern.

Horst schlägt wieder seinen gönnerhaften Ton an. „Unsinn, Kathi. Cindy und Patrick lieben sich und deswegen wollen sie heiraten. Cindy hat sich all die Jahre für Patrick aufgespart."

Nein, ich werde nicht so weit gehen und ihm von der Garage erzählen.

„Ach ja? Und was war mit Elmar?"

„Der will von Frauen nichts wissen", sagt er wie aus der Pistole geschossen. Ein Flackern erscheint in seinen Augen, ganz kurz nur, als hätte er etwas gesagt, das er besser verschwiegen hätte. Hm, Cindy hat vorhin etwas Ähnliches von sich gegeben. Mir drängt sich der Verdacht auf, dass Horst mehr über Elmars Verschwinden weiß, als er zugibt.

So ein verlogener Schuft! Ich koche vor Wut und steche mit dem Finger nach ihm. „Cindy und du, ihr spielt Patrick und seiner Familie eine Schmierenkomödie vor! Cindy wäre in der Stadt viel besser aufgehoben, aber du würdest sie niemals gehen lassen. Stattdessen lässt du sie wie eine Puppe für dich tanzen."

Er schnappt nach meinem Finger und umschließt ihn mit seiner Pranke. „Pass auf dein loses Mundwerk auf, mein liebes Fräulein! Jahrelang bist du weg vom Fenster und kaum tauchst du wieder auf, schwärzt du deine Leute an! Du bist doch nur neidisch auf Cindy, weil sie alles hat und du hast gar nichts!" Er grinst mich mitleidig an, dann schiebt er sich an mir vorbei, steigt in seinen dicken Wagen und braust vom Hof.

***

In der letzten Szene des heutigen Tages soll es nochmal richtig romantisch werden. Patrick wird seine Liebste musikalisch begleiten.

„Was willst du hier?", murrt er, als ich in der Melkkammer auftauche. Er steht am Waschbecken und schrubbt seine Hände mit Kernseife und einer kleinen Bürste. Seine Hände sind groß und kräftig mit langen, schlanken Fingern.

Ich wünschte, ich müsste ihm nicht sagen, was mir auf der Seele liegt. Ich bin mir sicher, dass er mich dafür hassen wird. Aber ich muss es tun.

„Ihr macht euch total gut vor der Kamera", plappere ich, um etwas Zeit zu gewinnen. „Stell dir nur mal vor, wenn ihr das Bauernpaar des Jahres werdet, dann zahlt euch der Sender die Hochzeitsfeier und die Flitterwochen!"

Er dreht den Wasserhahn aus und trocknet seine Hände. „Cindy und meine Mutter haben mich überredet, an der Sendung teilzunehmen. Wenn ich gewusst hätte, was da auf mich zukommt, hätte ich bestimmt nicht eingewilligt."

„Sag mal, könnte es sein, dass Horst einen ... äh ... klitzekleinen Vorteil davon hat, wenn du Cindy heiratest?", taste ich mich zögerlich vor.

Er schaut mir forschend ins Gesicht und ich gucke schnell runter auf meine Schuhe.

„Wie kommst du denn darauf?", erkundigt er sich.

Kein Mann möchte hören, dass er möglicherweise aus anderen Gründen als aus Liebe geheiratet wird. „Ähem, Horst hat vorhin gesagt, dass du die Kreditverträge unterschreiben wirst, wenn du mit Cindy verheiratet bist."

„Wenn er das glaubt, hat er sich geschnitten."

Ob ich ihm auch von Cindy und Elmar erzählen soll? Nein, lieber nicht, schließlich habe ich keine Beweise. Ach Mensch, ich möchte Patrick nicht wehtun, ganz bestimmt nicht. Warum muss das Leben manchmal so furchtbar kompliziert sein?

„Bist du dir sicher, dass Cindy die richtige Frau für dich ist?"

„Was soll die blöde Frage? Willst du mir Cindy etwa ausreden?", knurrt er.

Ich schüttle den Kopf. „Nein. Ich möchte nur sicher sein, dass du dir das gut überlegt hast. Ihr seid erst fünfeinhalb Monate zusammen."

Er fasst mir unters Kinn, damit ich ihn anschauen muss. Ich bekomme weder einen elektrischen Schlag noch Kribbeln im Bauch, denn seine Berührung fällt nicht gerade sanft aus.

„Du gönnst Cindy nicht, dass sie glücklich mit mir ist!", speit er. „Du hasst sie!"

„Das ist nicht wahr!", protestiere ich. „Sie war mal meine Freundin!"

Eine Ader pocht an seiner Schläfe. „Ich habe ihr ein Versprechen gegeben und das werde ich halten."

„Manchmal ist es besser, ein Versprechen zu brechen, anstatt mit offenen Augen ins Unglück zu rennen."

Er starrt mich sekundenlang mit unbeweglicher Miene an und dann lässt er endlich mein Kinn los. „Misch dich verdammt nochmal nicht in meine Angelegenheiten ein, sie gehen dich nichts an!" Er dreht sich um und stapft aus der Melkkammer. Ich flitze hinter ihm her über den Hofplatz. Am Himmel ziehen graue Wolken auf.

„Patrick, bitte sei mir nicht böse! Ich hab's nur gut gemeint."

Plötzlich rammt er die Füße in den Boden. Er steht so nah vor mir, dass ich seine Körperwärme spüre.

Sein Atem streift mein Haar, seine tiefblauen Augen scheinen mir direkt ins Herz zu schauen. Seine Stimme klingt belegt. „Übermorgen bist du wieder weg", sagt er. „Du hast nur einen Job zu erledigen, und mehr nicht. Daran solltest du denken, bevor du hier alles in Schutt und Asche legst!"

***

„Katharina, bitte sorg dafür, dass sich Irma und Lüder nicht blicken lassen. Cindy und Patrick, ihr setzt euch aufs Bett. Wir beginnen mit dem musikalischen Liebesbeweis", sagt Benno.

Patrick schaut sich mit grimmiger Miene um. „Ihr habt mein Zimmer ja toll hergerichtet. Danke, dass ihr vorher gefragt habt!", motzt er.

„Wir haben weder in die Schubladen noch in die Schränke geschaut", beteuert Cindy. „Wir haben bloß für eine anheimelnde Atmosphäre gesorgt."

„Mit Kuh-Bettwäsche und einer Trecker-Sammlung auf dem Nachtschrank? Sehr heimelig, ich muss schon sagen!"

„Guck mal, ich hab mir ein anderes Kleid angezogen. Findest du mich schön?" Cindy dreht sich im Kreis wie ein Püppchen.

Ich mache mich auf die Suche nach den Brauteltern und finde sie im Wohnzimmer. Irma hat eine Stickarbeit auf den Knien und Lüder döst im Fernsehsessel.

„Würdet ihr bitte hier drin bleiben, bis wir mit den Dreharbeiten fertig sind? Ich geb euch dann Bescheid, ja?"

„Was habt ihr mit der Sprühsahne vor? Wollt ihr einen Kuchen backen?"

Ich habe keine Ahnung, wovon sie spricht und keine Zeit danach zu fragen, weil Benno mich schon wieder ruft. Ich trabe zurück.

„Kann losgehen", versichere ich ihm.

Vorm Fenster donnert es.

„Okay. Beleuchtung ist gut, Ton stimmt auch. Sören, du bist sicherheitshalber zusätzlich mit der Angel dran. Ich bleibe hier auf der Türschwelle, so krieg ich das Bett am besten drauf. Katharina?"

Ich räuspere mich. „Hast du schon die Triangel entdeckt, Patrick? Sie liegt da drüben auf dem Schreibtisch. Cindy wird gleich singen und du begleitest sie. Das ist dein Liebesbeweis."

„Ich bin null musikalisch", merkt er an.

„Das macht gar nichts", versichere ich. „Du sollst Cindy nur zeigen, wie wichtig dir ihre Interessen sind. Morgen läuft das Spiel genau umgekehrt."

„Dann singe ich und sie spielt Triangel?", erkundigt er sich.

„Nein, sie wird aufs Pferd steigen."

Cindy zieht eine Grimasse. „Ich hasse Pferde."

„Also los! Cindy fängt an zu singen, Patrick nimmt die Triangel und entlockt ihr ein paar Töne. Action!"

Ich recke den Daumen.

Benno klemmt sich hinter die Kamera.

Cindy schlägt ein Bein übers andere und umschlingt ihr Knie mit den Händen. Ihr Rock rutscht hoch. „Das ist unser Tag! Der perfekte Taaag!", quäkt sie. „Der allerbeste Augenblick, denn jedes Wunder wird auf einmal waaaaahaaar ..."

Patrick hält die silbern glänzende Triangel an einem Bändchen in die Höhe und schlägt mit einem kleinen Stab dagegen. Plingggg! Das Instrument sieht winzig aus in seinen großen Händen.

Cindy hopst begeistert auf dem Bett herum. „Das ist unser Taaag! Willst Du wissen, ob ich glücklich bin, dann frag, ich sage jahahahaha ..."

Oh mein Gott, wenn sie doch bloß einem anderen Hobby nachgehen würde! Sie könnte Mode-Videos für Youtube machen oder Fingernägel designen, aber doch nicht singen! Trotzdem ist die Szene gelungen. Es ist einfach goldig, wie Patrick sich mit der Triangel abmüht. Benno ist schon nach wenigen Einstellungen zufrieden.

Sören fährt schnell das Mikro ein. „Ich hatte echt Angst, dass mir das Trommelfell platzt", gesteht er erleichtert.

„Wieso das denn?", rätselt Cindy.

„Na, wegen der Triangel."

Benno klatscht in die Hände. „So, Leute, beeilt euch, ich hab Bierdurst. Katharina, dreh die Lampe da drüben um zwanzig Grad nach links."

Er will also doch noch eine weitere Einstellung. Ich sorge für die richtige Beleuchtung und Sören fährt das Mikro wieder aus.

Ein weiterer Donnerschlag vorm Fenster.

„Und Action!"

Cindy nimmt Patrick sanft die Triangel aus der

Hand, sie küssen sich. Erst zaghaft und dann forscher.

Warum tun sie das? Ich habe ihnen keine Anweisung dazu gegeben! Ich mag gar nicht hinsehen und wende mich mit fragendem Blick an Benno. Er formt ein Herz aus seinen Fingern und grinst mich an.

Cindy macht sich von Patrick los und ringt übertrieben um Atem. „Ich will, dass du mich entjungferst!", keucht sie und reißt ihren Rock hoch. „Jetzt!"

„Sag mal, spinnst du?!", schimpft er und springt auf die Füße.

„Stopp!", kreische ich.

Die Scheibe erzittert von einem gewaltigen Donnerschlag.

Flink zieht Cindy einen Behälter Sprühsahne unter der Bettdecke hervor und sprüht den Inhalt auf ihr Dekolleté. „Probier mal, wie süß ich bin!", zirpt sie.

Ich fuchtele mit den Armen, aber ich kriege vor Entsetzen keinen Ton raus.

Sie lässt ein jauchzendes Quieken hören und springt Patrick an wie ein Footballspieler. Er landet rücklings auf der Bettdecke, das Gesicht in ihrem Ausschnitt. Im nächsten Moment strampelt er sich von ihr frei und taucht wieder auf.

Sein Gesicht ist komplett mit Sahne bedeckt, nur die Augen gucken raus. Er sieht aus wie ein Slapstick-Komiker nach einer Tortenschlacht. Mit breitem Grinsen zoomt Benno ihn in die Nahaufnahme. Ich gebe einen erstickten Laut von mir.

Plötzlich ertönt ein Knall und das Licht geht aus.

„Hilfe, der Blitz hat eingeschlagen!", schreit Irma von irgendwoher. „Wir brennen ab!"

„Was? Es brennt?", kreischt Cindy.

„Nur die Ruhe, ich schalte den FI wieder ein", höre

ich Lüders Stimme.

Schon ist es wieder hell im Zimmer..

„Wir packen ein", meint Benno. „Das Material ist gut, da lässt sich was draus machen."

„Das hast du heimlich mit Cindy ausgeheckt!", schnauze ich ihn an. „So was Bescheuertes! Das kannst du gleich wegschmeißen!"

Patrick wischt sein Gesicht im Bettbezug ab. Einen Großteil der Sprühsahne ist er los, aber es sind noch Reste am Kinn, unter der Nase und an den Ohren zu sehen. Die Stirnlocke klebt feucht an seiner Stirn.

Er baut sich wie ein Stier vor Benno auf. Ein kleiner weißer Klecks landet auf dem Teppich.

„Das wird nicht gesendet! Mein Sahnegesicht kommt nicht ins Fernsehen, ist das klar?", schnaubt er.

Benno hebt abwehrend die Hände. „Ich bin raus, ich mach nur die Aufnahmen. Katharinas Firma schneidet die Sendung zusammen, du wendest dich also besser an sie."

Nun baut er sich vor mir auf. „Du versprichst mir sofort, dass du diesen Sahne-Scheiß vernichtest!"

Ich hebe zwei Finger zum Schwur. „Versprochen. Tut mir leid, dass das passiert ist, Patrick! Ich wusste nichts davon."

Seine Augen sind zu schmalen Schlitzen verengt. Wenn Blicke töten könnten, wäre ich jetzt hinüber. „Du wusstest nichts davon?", speit er. „Das kannst du dem Weihnachtsmann erzählen! Wer ist denn hier die große Produzentin, hä?"

„Gott sei Dank, wir brennen doch nicht ab!" Irma taucht im Türrahmen auf. „Das war vielleicht ein Schreck! Patrick, wie siehst du denn aus? Ist das Rasierschaum? Und was ist mit Cindy los? Warum weint sie denn?"

Wir schauen alle gleichzeitig zum Bett, Benno aktiviert schnell seine Kamera. Cindy liegt bäuchlings auf der Decke, das Gesicht im Kissen vergraben, ihre Schultern zucken.

Patrick macht kehrt, hockt sich neben das Bett und rüttelt sanft an ihrem Oberarm. „Cindy, hey, was ist denn?", fragt er.

Sie rollt sich auf den Rücken, ihre Schultern zucken vor Lachen.

„Oh, Patrick, das war so lustig!", keucht sie. „Dein ganzes Gesicht voller Schlagsahne! Huuhh! Zum Schreien komisch!"

„Sahne? Das darf doch wohl nicht wahr sein!" Irma stapft ins Zimmer, taucht ihren Finger in Patricks Ohr und steckt ihn sich in den Mund. „Was fällt euch ein, mit Sahne rumzuschmieren? Pfui, ihr solltet euch was schämen!"

***

Dicke Regentropfen trommeln ans Schlafzimmerfenster meiner Eltern. Robert liegt auf dem Rücken, die Beine sind zugedeckt, sein Oberkörper ist nackt. Im Licht der kleinen, mit buntem Stoff bezogenen Lampe wirkt sein Gesicht eingefallen, so als sei er um viele Jahre gealtert.

Ich ziehe die Vorhänge zu und atme tief durch. Die Aufregung und Anstrengung dieses Tages fällt von mir ab. Ich streife die Schuhe von den Füßen.

„Hallo Katharina", flüstert er mit geschlossenen Augen. „Deine Eltern haben mir berichtet, dass du einen guten Job machst." Er tastet nach meiner Hand.

„Wir haben eine Menge Material", entgegne ich stolz. Dass manches davon auf gar keinen Fall ins

Fernsehen darf, brauche ich ihm ja jetzt noch nicht auf die Nase zu binden.

„Ich hab gewusst, dass was in dir steckt. Du wirst es noch sehr weit bringen."

Ah, tut das gut, so ein dickes Lob vom Chef!

Er rutscht ein Stück höher, so dass er halbaufgerichtet sitzt. Ein dünner Schweißfilm bedeckt sein Gesicht, seine Wangen sind gerötet. „Wo bleibt denn Olivia bloß? Du hast sie doch angerufen!"

„Aber ja, sehr oft sogar. Sie scheint anderweitig beschäftigt zu sein", entgegne ich. „Mach dir keine Gedanken, ich krieg alles prima auf die Reihe."

„Gib mir das Handy."

Oh nein, ganz bestimmt nicht!

„Äh, tut mir leid, das, äh, liegt im Bulli."

„Dann hol es."

„Geht nicht! Benno ist mit dem Wagen unterwegs. Er bringt Sören zu Sabine und anschließend will er bei Eichelhardt Bier trinken."

„Dann ist es wohl nicht zu ändern", seufzt er.

Puh! Nochmal Glück gehabt.

„Katharina?"

„Ja, Robert? Möchtest du was essen? Mein Vater hat einen Auflauf gemacht, der schmeckt sehr lecker."

„Komm zu mir ins Bett." Er strampelt die Bettdecke weg und streckt die Arme nach mir aus.

Um Himmels willen, was hat er denn jetzt vor? Nun, es ist unschwer zu erkennen, was er vorhat. Die Frage sollte also vielmehr lauten: Wie mache ich ihm ein für allemal klar, dass ich nicht sein Betthäschen spielen werde?

Vom Hausflur sind Geräusche zu hören, aber vielleicht ist es auch der prasselnde Regen vorm Fenster. Plötzlich wird die Tür aufgerissen, ich sehe einen schemenhaften Umriss im Türrahmen und erstarre.

Olivia stößt einen schrillen Schrei aus.

„Sie wollte unbedingt sofort zu Robert", höre ich die Stimme meiner Mutter. „Ich konnte sie nicht aufhalten ..."

Mein Vater stürzt sich auf Olivia und zerrt sie aus dem Zimmer. Die Tür schlägt zu, Robert und ich sind wieder allein. Vom Flur sind aufgeregte Stimmen zu hören.

„Lassen Sie mich sofort los!", höre ich Olivia keifen.

Roberts Kopf sinkt zurück ins Kissen. „Sie hätte sich ruhig noch ein bisschen Zeit lassen können."

Das Blut rauscht in meinen Ohren, ich gehe auf wackeligen Beinen zur Tür.

„Hallo Frau Stolze!", krächze ich.

Meine Chefin starrt mich aus kajalumrandeten Augen an. „Habe ich das gerade richtig gesehen, du kleines Flittchen? Machst du dich an meinen Mann ran?", keift sie.

„Nein, so war es nicht, ich ...", stammle ich.

„Wir müssen dringend Ihre Chakren ausgleichen, da ist einiges durcheinander bei Ihnen", sagt meine Mutter. „Am besten kommen Sie gleich mit durch in mein Behandlungszimmer."

„Was ist mit dir, Robert? Bist du krank? Brauchst du einen Arzt?", ruft Olivia ins Schlafzimmer hinein.

„Ich bin Ärztin. Er ist in den besten Händen."

Olivia zieht eine Grimasse. „Ach, und Katharina ist Krankenschwester, wie?"

„Nein, sie ist Producerin", erklärt mein Vater stolz.

Ihr solariumgebräunter Teint wird um einige Nuancen blasser. „P-P-Producerin? Katharina?" Sie fliegt zu mir herum. „Du hast keinen Schiss Ahnung von unserem Business!"

„Und ob!", widerspricht mein Vater. „Kathi macht das ganz hervorragend! Sie können wieder nach Hause fahren."

Das finde ich auch, aber Olivia sieht das leider ganz anders. „Von wegen! Zieh dich warm an, Katharina, ab morgen weht am Set ein anderer Wind. Ich werde alles wieder aufholen müssen, was du versemmelt hast!" Sie stöckelt zum Krankenlager. „Hallo Robert. Ich bin jetzt da und übernehme das Ruder. Was ist denn bloß passiert? Warum bist du nicht ans Handy gegangen?"

„Katharina hat dich angerufen ..."

„Das wüsste ich aber!" Ihr Blick durchbohrt mich. „Du bist wohl größenwahnsinnig, was? Hast du gedacht, du kannst den Job alleine durchziehen und mir obendrein den Mann ausspannen?"

Ich werfe die Schlafzimmertür zu, flüchte den Flur hinunter und verkrümle mich im Wohnzimmer. Meine Eltern hechten hinter mir her.

„Puh, das ist deine Chefin? Die hat negative Vibrations."

„Was du nicht sagst", stoße ich hervor. „So ein verdammter Mist!"

„Ich nehm sie mir gleich mal vor. Die muss erstmal runterfahren", sagt meine Mutter.

„Ich hatte sie im Schwitzkasten! Die hätte mir fast die Augen ausgekratzt", berichtet mein Vater.

Das war nicht seine erste Glanzleistung dieses Tages. Was hätte ich heute bloß ohne ihn gemacht? Bislang habe ich ihn immer für einen Versager gehalten. Das ist er nicht. Mein Vater ist ziemlich durchgeknallt, aber er ist kein Versager.

Ich seufze auf. „Du hast mir heute echt geholfen. Danke Papa!"

„Das hab ich gerne für dich gemacht, Krümelchen."

Er lächelt mich treuherzig an.

***

„Leg dich zu Joy auf die Schlafcouch. Ich mach's mir auf dem Sessel bequem", schlägt mein Vater vor.

„Nein, das ist nicht nötig. Benno hat gesagt, dass er nach der Biersause im Bulli schlafen wird."

„Ich werd Olivia morgen Abend ein zweites Mal behandeln. Die ist ne harte Nuss. Aber ihre Chakren hab ich schon mal ausbalanciert", berichtet meine Mutter und gibt mir einen Gute-Nacht-Kuss.

Ich gehe ins Gästezimmer und erkenne Sörens Bett an der langen Schlafanzughose und dem Metallica-Shirt. Das andere Bett, in dem Benno geschlafen hat, steht unterm Fenster. Ich schlüpfe unter die Decke und verschränke die Hände unterm Kopf.

Es regnet immer noch. Nebenan höre ich Olivia mit Robert schimpfen, weil er Alkohol getrunken hat. Angeblich muss sie den Auftrag und die Firma retten.

Ach, wäre sie doch bloß im Wellnesshotel geblieben …

„Hast du was mit der Kleinen?", stellt sie ihn zur Rede.

Ich kann nicht verstehen, was Robert antwortet.

Sie lacht auf. „Dachte ich's mir doch: Ein junges Ding, das in ihren gutaussehenden Chef verliebt ist!"

Spinnt die jetzt total? Was hat Robert ihr erzählt? Etwa, dass ich mich an ihn rangemacht hätte?

Ich starre an die dunkle Zimmerdecke. Ab morgen werde ich wieder Olivias Laufbursche sein. Ich bin mir ziemlich sicher, dass sie nicht auf Romantik steht. Meine schöne Sendung ist verloren. Alles ist dahin.

Meine Gedanken wandern zu Patrick und mein Herz

droht zu zerspringen. Ich wünschte wirklich, ich würde nichts mehr für ihn empfinden. Wenn ich ihn doch nur endlich vergessen könnte!

Ich wälze mich hin und her und fühle mich schrecklich einsam. Ich sehne mich nach einem Menschen, dem ich mein Herz ausschütten kann. Nach jemandem, der mir zuhört, der mich versteht und mich tröstet. Ich sehne mich nach einer guten Freundin - nach Hanna.

Es gibt Fehler, die sich nicht ausbügeln lassen, auch wenn man sie noch so sehr bereut. Ich habe einen wertvollen Menschen verletzt und unsere Freundschaft achtlos weggeworfen. Meine beste Freundin Hanna will nichts mehr mit mir zu tun haben. Sie wird mich weder verstehen, noch wird sie mich trösten, es ist aus und vorbei mit uns. Aber ich will ihr zumindest sagen, wie leid es mir tut.

An der Garderobe hängt eine Regenjacke, ich werfe sie über und ziehe die Haustür leise hinter mir zu. Draußen ist es stockfinster, in unserem Dorf gibt es keine Straßenlaternen. Ich warte einen Moment, bis sich meine Augen an die Dunkelheit gewöhnt haben und ich Umrisse erkennen kann.

Der Regen rauscht in einem Sturzbach vom Himmel. Die Tropfen klatschen mir ins Gesicht, ich tappe durch die Pfützen der Einfahrt und als ich unsere Straße erreicht habe, sind meine Schuhe schon durchnässt. Ich marschiere durch die Straßen meines Dorfes. Hinter den meisten Fenstern ist es dunkel, die Leute müssen früh raus. Nur hier und da blitzt ein Lichtschein oder der bläuliche Schimmer eines Fernsehers durch einen Vorhangspalt.

Die Außenlampe der Landmaschinenwerkstatt strahlt wie ein einsamer Stern durch die Finsternis. Das

Gebäude selbst liegt dunkel da. Hanna, Fredi und ihre Kinder schlafen längst. Was für eine bescheuerte Idee, um diese Uhrzeit herzukommen! Ich kauere mich unters Vordach. Nur für einen Moment, bevor ich mich auf den Rückweg mache.

Der Regen pladdert auf das Vordach, ich ziehe fröstelnd die Schultern hoch. Plötzlich stößt etwas gegen meinen Oberschenkel. Ich blicke ich in die Augen eines großen Hundes.

„Bist du das, Hermann? Hey, hallo, alter Junge!" Ich streiche ihm mit klammen Fingern über den Kopf. Hermann ist ein gutmütiger Kerl, er gehört schon seit mindestens zehn Jahren zur Familie Harms.

„Hermann? Wo bist du? Komm rein!", höre ich Fredis Stimme.

Der Hund ignoriert den Ruf seines Herrchens. Er schaut zu mir auf und wedelt leicht mit dem Schwanz.

„Er ist hier", sage ich in gedämpftem Ton, um die Familie nicht zu wecken, fasse nach Hermanns Halsband und umrunde das Haus.

In der Hintertür steht Fredi, er trägt nur eine Unterhose. Sein Gesicht und seine Unterarme sind gebräunt, der Rest seines Körpers ist schneeweiß. „Kathi! Was machst du denn hier mitten in der Nacht?"

„Ich wollte zu Hanna. Eine dumme Idee, ich weiß. Tut mir leid, wenn ich dich geweckt habe."

Er winkt ab. „Hermann hat keine Ruhe gegeben, deswegen hab ich ihn rausgelassen. Ist alles in Ordnung mit dir? Weinst du oder ist das der Regen?"

Irgendwo hinter ihm klappt eine Tür. „Ist Kathi da?", höre ich Hanna fragen.

„Woher weißt du das denn?", wundert sich Fredi. „Wir haben ganz leise gesprochen."

Ich erblicke Hanna in einem alten braunen

Herrenbademantel. Ihre Haare stehen vom Kopf ab, ihre Miene zeigt weder Überraschung noch eine andere Regung. „Ich hab irgendwas geträumt, bin aufgewacht und hatte das Gefühl, dass sie kommen würde", erklärt sie ihm.

„Frauen sind seltsame Wesen", meint Fredi. „Dauernd habt ihr diese Gefühle und Ahnungen." Er gibt ihr einen Kuss und verschwindet in einem der Zimmer. Hermann schüttelt den Regen aus seinem Fell und dreht sich ein paarmal um die eigene Achse. Dann legt er sich auf seine Hundedecke.

Hanna zieht ihren Gürtel fester. „Komm rein", sagt sie und tritt beiseite.

***

Wir sitzen in Hannas Küche und trinken Kakao, meine Füße stecken in Schafwollhausschuhen. Auf dem Holztisch steht eine Topfblume mit rosafarbenen Blüten, außerdem ein kleines Polizeiauto und eine Spielzeugwaage, deren Schalen mit Smarties gefüllt sind. Eine ausgebreitete Zeitung dient als Unterlage für bunt bemalte Engelfiguren aus Ton. Hanna hat schon seit der Grundschule ein Faible für Engel.

„Ich hab schon so oft probiert, was anderes zu töpfern, aber irgendwie werden's immer wieder Engel", erklärt sie.

Schweigend rühre ich in meiner Tasse. „Hanna", sage ich schließlich. Meine Stimme ist belegt. „Es tut mir so leid, dass ich mich nie mehr bei dir gemeldet habe. Ich schäme mich so!"

Sie schweigt. Nur das Ticken der Wanduhr durchdringt die Stille.

„Ich hab dir nur eine Karte zur Hochzeit geschickt,

anstatt herzukommen. Und ich wusste noch nicht mal, dass du Kinder hast."

Sie lächelt leicht. „Emma und Timmy. Ich liebe sie über alles."

Meine Hände liegen in meinem Schoß, ich presse die Handflächen aneinander. „Sechs Jahre sind eine verdammt lange Zeit. Ich erwarte nicht, dass du mir verzeihst. Aber ich wollte dir wenigstens sagen, dass es mir unendlich leidtut. Es ist mir damals so schwer gefallen, euch zu verlassen. Das Dorf, meine Eltern, Gustav, die Pferde - und dich. Ich habe geglaubt, ich müsste meine Vergangenheit hinter mir lassen, um in meinem neuen Leben klarzukommen."

Hanna schaut auf die bunten Engel, aber es hat den Anschein, als sähe sie durch sie hindurch. Vom Flur her ist Hermanns Schnarchen zu hören.

„Jetzt, wo ich wieder hier bin, wird mir bewusst, was ich mühsam verdrängt habe: unsere gemeinsame Zeit, die vielen Jahre unserer Freundschaft. Danke, dass ich dir das persönlich sagen durfte." Ich stehe auf und tappe zur Tür. „Alles Gute für dich, Hanna."

„Warte, Kathi!"

Ich drehe mich zu ihr um und bemerke überrascht, dass sie weint. Im nächsten Moment liegen wir uns in den Armen.

„Ich habe dich angelogen", schluchzt sie. „Ich hab gesagt, dass du mir gestohlen bleiben kannst, aber das stimmt nicht. Die Wahrheit ist: Ich habe dich schrecklich vermisst. Du warst meine beste Freundin - und eine beste Freundin ist ein großes Geschenk, das man vielleicht nur einmal in seinem Leben bekommt. Ich bin froh, dass du da bist."

Wir setzen uns wieder an den Tisch. Diesmal halten wir uns an den Händen, wir sind glücklich und wehmütig zugleich. Hanna erzählt mir von ihren Kindern und von Fredi, ihrer großen Liebe. Von ihrer Arbeit im Spielkreis und den Töpferkursen, die sie veranstaltet. Nach einer Weile hält sie inne.

„Ich hab die ganze Zeit geredet, jetzt bist du dran. Du hast was auf dem Herzen. Na los, raus mit der Sprache." Sie streichelt mir über den Handrücken.

Hach, wie sehr ich sie vermisst habe! Sie ist die beste Freundin auf der ganzen Welt. Ich lächle sie dankbar an.

„Ach Hanna, ich weiß gar nicht mehr, wer ich eigentlich bin und wo ich hingehöre", stöhne ich. „Jahrelang hatte ich keinen Plan, was ich beruflich machen soll, und hab zum ersten Mal das Gefühl, endlich am richtigen Platz zu sein. Ich will Produzentin werden und Fernsehsendungen mit Herz und Verstand machen."

„Das ist klasse!", sagt sie und strahlt mich an. „Damit kannst du viel Gutes in die Welt bringen."

„Dann bin ich zurück ins Dorf gekommen und auf einmal ist es, als wäre ich nie fortgewesen. Der Ritt auf Hercules über die Felder und Patrick ..." Ich stocke.

„Du liebst ihn immer noch", stellt sie fest.

„Leider ja."

„Puh, da ist ja einiges los bei dir", murmelt sie und kratzt sich nachdenklich am Kinn.

„Das war nur die Kurzform."

Wir müssen beide lachen. Ach, wie gut das tut!

„Dir wird bestimmt bald klarwerden, was dir wirklich wichtig ist."

Ich hebe mutlos die Schultern. „Sechs Jahre sollten dafür eigentlich ausreichen, oder?"

„Zeit ist nicht wichtig. Die Hauptsache ist doch, dass wir aus jedem Tag das Beste machen."

„In meinem Kopf saust alles durcheinander."

„Hör nicht auf deinen Kopf, sondern auf dein Herz. Es sagt dir in jedem Moment, was richtig für dich ist."

Eine warme Welle strömt durch meine Brust. „Ach, Hanna, es ist so schön, wieder bei dir zu sein! Was auch immer die Zukunft bringt, ich weiß, dass du meine beste Freundin bleiben wirst."

„Vielleicht könntest du ja wenigstens hin und wieder zu Besuch kommen", schlägt sie vor. „Und vielleicht willst du mich auch mal in die Stadt einladen. Meine Schwiegermutter würde bestimmt für zwei Tage auf die Kleinen aufpassen."

Ich umarme sie fest und gebe ihr einen Schmatzer auf die Wange. „So machen wir's!"

Mit einem glücklichen Lächeln auf den Lippen hüpfe ich durch den Regen zurück nach Hause. Kurz vor unserer Einfahrt fällt mir ein Spruch ein, den ich mal irgendwo gelesen habe: „Eine Freundin ist wie ein Engel. Sie hilft dir auf die Beine, wenn deine Flügel vergessen haben, wie man fliegt."

Wahre Worte!

Verhängnisvoller Liebesbeweis

Meine Mutter liegt zu dieser frühen Stunde noch im Bett, mein Vater hat den Tisch gedeckt und reicht den Brötchenkorb herum.

„Wir haben heute ne Menge Arbeit vor uns", verkündet Olivia. Sie trägt ein luftiges Kleid mit farblich passendem Chiffonschal und hat ihre Lippen blutrot angemalt.

„Womit fangen wir an?", erkundigt sich Benno schmatzend.

„Gutshof, Cindy steigt aufs Pferd und anschließend Probesitzen in der Hochzeitskutsche. Danach die große Verlobungsfeier auf dem Bauernhof. Ich will Action und ich will die großen Gefühle. Ihr habt bisher nur langweiligen Schnarchkram gemacht." Sie streicht hauchdünn Butter auf ihr Brötchen.

„Wir haben tolle Szenen gedreht", widerspreche ich.

„So schlecht ist das Material wirklich nicht", stimmt Benno mir zu.

Sören guckt verträumt aus dem Fenster. Er hat die Nacht bei Sabine verbracht.

Olivia verzieht das Gesicht. „Ihr seid nun mal alle keine Profis. Ich bin eine erfahrene Produzentin und ab jetzt machen wir richtiges Fernsehen. Alles hört auf mein Kommando!"

Benno verdreht die Augen gen Zimmerdecke.

„In fünf Minuten starten wir, und wehe, ihr seid dann nicht fertig." Sie steht auf und stöckelt aus der Küche.

„Ich ahne schon, das wird ein Scheiß-Tag", murrt Benno. „Du hättest sie lieber nicht anrufen sollen."

„Robert wollte unbedingt, dass sie kommt, und du hast ebenfalls darauf gedrängt", erinnere ich ihn.

„Hoffen wir das Beste", seufzt er. „Zumindest versteht sie was vom Geschäft."

„Deine Chefin muss unbedingt nochmal auf die Liege", meint mein Vater. „Die steckt ja voll in der Krise."

„Joys Behandlung hat mir echt gutgetan", schwärmt Sören. „Seitdem bin ich ein anderer Mensch."

„Außer deiner Frisur ist mir keine Veränderung aufgefallen", entgegnet Benno. „Ach doch: Du hast einen Sonnenbrand auf der Nase. Sieht ziemlich bescheuert aus."

Auch wenn dieser Tag dank Olivias Anwesenheit unter keinem guten Stern steht, so hat er doch zumindest ein Gutes: Wir drehen auf Gustavs Gutshof. Ein schöneres Arbeitsumfeld kann ich mir nicht vorstellen. Ich bin ganz aus dem Häuschen vor lauter Vorfreude.

Der Himmel ist wolkenlos, die Sonne scheint und die Vögel singen. Vom Erdboden steigt feiner feuchter Nebel auf. Ich würde am liebsten zu Fuß zum Hof gehen, um diesen wunderschönen Morgen auszukosten, aber so viel Zeit habe ich leider nicht. Olivia will sofort aufbrechen.

„Ich fahr nicht in der Schrottkarre mit", erklärt sie, schwingt sich in ihren schneeweißen Schlitten, tippt die Adresse ins Navi, dreht das Radio auf und brettert los.

Benno setzt sich hinters Steuer, Sören und ich steigen ein. Mein Vater stellt einen prall gefüllten Proviantkorb in den Wagen und ich winke ihm zum Abschied zu.

Olivia heizt die Straßen entlang und kommt schlitternd kurz vorm Dorfausgang zum Stehen, weil

Willi Knieriem seine Kuhherde vom Hof auf die gegenüberliegende Wiese treibt. Sie drückt auf die Hupe und fuchtelt mit den Armen herum. Die Kühe bleiben stehen, machen ihr Geschäft und glotzen das Auto an, bevor sie ihren Weg fortsetzen.

Benno lacht sich kaputt. „Hei, ob der schöne BMW gleich wohl voller Kuhscheiße ist?"

Die letzte Kuh trödelt über die Straße, Willi Knieriem kommt hinterdrein und Olivia lässt den Motor aufheulen. Kaum hat der Bauer den Wagen passiert, gibt sie Gas. Braune Matschepampe spritzt hoch.

Fünf Minuten später sind wir da. Benno hält unter der großen Buche neben dem Gutshaus.

Ich recke den Hals und entdecke Hercules zusammen mit zwei anderen Pferden auf der vorderen Koppel. Er hebt den Kopf und wiehert mir zu. Was für ein wunderbarer Morgengruß! Glücklich lächelnd öffne ich die hintere Klappe und wir beginnen mit dem Ausladen der Requisiten. Olivia hat ihr Auto neben die große Scheune gestellt.

„Da ist ein Wasserschlauch!", ruft sie mir zu. „Mach den Dreck von meinem Wagen weg, der frisst sich sonst in den Lack."

Benno und Sören gucken mich an und ich meine, Mitgefühl in ihren Mienen zu erkennen. Zähneknirschend stelle ich die Kabeltrommel auf die Erde und mache mich an die Arbeit.

Gustav kommt aus dem Stallgebäude, wie immer in Arbeitsmontur. Sekundenlang schaut er Olivia zu, die Sören und Benno von einer Ecke in die andere jagt. Dann wendet er sich an mich. „Sieht aus, als hättest du einen Scheiß-Job erwischt."

Ich bin mir nicht sicher, ob er die Autowäsche oder die Fernsehproduktion meint. „Cindy soll sich heute aufs Pferd setzen", erkläre ich.

„Cindy? Die hat doch gar nichts mit Pferden am Hut. Ich dachte, ihr dreht was mit der Hochzeitskutsche."

Ich stelle den Wasserhahn aus und hänge den Schlauch über die Halterung. „Ja, das auch. Aber erst wird Cindy auf einem Pferd sitzen, das ist als Liebesbeweis für Patrick gedacht."

„Aha", macht er und streicht sich übers Kinn. „Dafür nimmst du am besten Bella. Die erschreckt sich nicht mal, wenn neben ihr eine Bombe hochgeht."

Eine gute Entscheidung. Ich schnappe Bellas Halfter vom Haken und nehme den Eimer mit Putzzeug mit. Gustav schlurft neben mir übers Kopfsteinpflaster.

„Das Brautpaar wird gleich hier sein", informiere ich ihn.

„Hauptsache, sie lassen die Großschnauze zu Hause!"

Ich muss grinsen. „Glaubst du wirklich, dass sich unser Herr Bürgermeister einen Auftritt vor der Kamera entgehen lässt?", frage ich ihn und öffne das Gatter.

Hercules kommt mir im gestreckten Galopp entgegen. Er bremst gekonnt kurz vor meinen Füßen und schnaubt mir ins Gesicht.

„Hey, nicht so stürmisch", rufe ich lachend.

Gustav pfeift auf den Fingern, wir warten auf Bella, die von einer der hinteren Wiesen herantrottet. Ich kraule Hercules liebevoll die Stirn.

„Man könnte meinen, Horst hätte Elmar vertrieben", knurrt Gustav.

Meine Streichelhand verharrt. „Wie kommst du denn darauf?"

„Katharina! Komm her und hilf mit!", befiehlt Olivia, als würde ich faul in der Sonne herumsitzen.

„Das Brautpaar wird gleich eintreffen und ich bereite das Pferd vor", erkläre ich ihr.

Sie schaut auf die Uhr, dann wirft sie mir einen strengen Blick zu. „Meinetwegen", sagt sie gnädig.

Bella fällt auf den letzten Metern in Trab. „Braves Mädchen." Gustav tätschelt ihren Hals.

Ich streife das Halfter über ihren Kopf und führe sie von der Koppel zum Anbindeplatz. Hercules steht am Zaun und schaut uns hinterher.

„He, Sie sollten Ihren Wagen lieber wegfahren, sonst könnte er ne Beule kriegen", ruft Gustav.

„Passen Sie doch einfach auf!", erwidert Olivia, ohne einen Finger zu rühren.

Er zuckt die Achseln, nimmt einen Striegel aus dem Eimer und bearbeitet mit kräftigen Strichen Bellas Fell. Ich nehme mir ihre andere Seite vor.

Ein Pferd zu putzen ist eine ruhige, fließende Tätigkeit, für mich fast so etwas wie Meditation. Normalerweise rede ich dabei nicht, aber heute mache ich eine Ausnahme. „Gustav, was hat Horst damit zu tun, dass Elmar abgehauen ist?"

Bella ist ein großes Pferd, ich kann nur den oberen Rand von seinem Cordhut sehen.

Ich höre ihn missbilligend schnaufen. „Beim Preisskat im letzten Herbst tönte er rum, dass seine Cindy Elmar heiraten wird."

Also doch!

„Dann wurde Volkens Winterfutter angesteckt. Sie konnten von Glück sagen, dass sie's draußen unter Planen gelagert hatten und kein Gebäude abgebrannt ist, aber der Schaden war groß."

Sein Striegel fährt in langen Strichen über das Fell des Pferdes.

„Kurz danach ist Elmar verschwunden", ergänze ich

ungeduldig.

„Genau. Lüder und Irma waren verzweifelt, sie wussten nicht, wie's auf dem Hof weitergehen soll. Der Abbruchunternehmer Bodo Kleinschmidt fiel bei ihnen ein, sie verkauften ihm das Mühlental, und wenig später kam Patrick."

Das wusste ich alles schon. „Horst und Elmar waren sich doch einig! Elmar hat zugestimmt, den Hof zu vergrößern, und Horst hat für die Kredite gesorgt. Sie haben nur auf die Baugenehmigung gewartet, dann hätte Elmar die Verträge unterschrieben. Welchen Vorteil sollte Horst also durch Elmars Verschwinden haben?"

Ich höre Gustav seufzen. Bestimmt hat er jetzt waagerechte Falten auf der Stirn, die bekommt er immer, wenn er angestrengt nachdenkt. „Wegen Cindy? Weil Elmar sie nicht heiraten wollte?", schlägt er vor.

Mein Bauchgefühl sagt mir, dass da mehr dahintersteckt. Ich lasse den Striegel sinken und denke laut nach. „Patrick will Cindy heiraten, aber Massentierhaltung will er nicht. Wenn's Horst um die Kredite ginge, hätte er es mit Elmar einfacher gehabt."

„Ich sag ja, es ist wegen Cindy. Volkens sind eine gute Partie, sie haben den größten Hof im Dorf."

Ich bürste Bellas lange Mähne und denke über Gustavs Worte nach. „Ich glaube, er unterschätzt Patrick", sage ich und er stimmt mir zu.

Der mysteriöse Brief! Ich werfe die Mähnenbürste in den Eimer, hole das zusammengefaltete Papier aus meiner Hosentasche und reiche es ihm. „Der anonyme Schreiber hat etwas gewusst, das Elmar verbergen wollte. Er ist abgehauen, um seinen Hof vor einem weiteren Brand zu schützen", sage ich.

Gustav liest sich den Brief mehrmals durch. Er fragt nicht, woher ich ihn habe. „Donnerlüttjen, das ist harter

Tobak! Was soll er denn Schlimmes bei Heinrich gemacht haben?"

„Ich hab Heinrich Pohlmann schon gefragt, der weiß von nichts. Es muss um einen anderen Heinrich gehen."

„Pohlmann ist der einzige Heinrich in Mühlbach." Er lässt den Brief sinken. „Das ist Erpressung."

„Ja, aber zu welchem Zweck?"

Wir schauen uns ratlos an. Gustavs Stirn ist zerfurcht wie ein frisch gepflügter Acker. Bella schlägt träge mit dem Schweif, um eine lästige Fliege zu vertreiben.

Plötzlich macht es Klick in meinem Gehirn, ich habe den Schlüssel gefunden. „Elmar wollte das Mühlental nicht verkaufen. Kaum war er weg, haben seine Eltern unterschrieben."

„Bodo Kleinschmidt hat Elmar erpresst!", stößt Gustav hervor. „Damit er seine verdammte Deponie bei uns bauen kann!"

„Bodo Kleinschmidt - oder Horst", flüstere ich und spüre, wie mir ein eiskalter Schauer über die Haut läuft.

Von der Einfahrt ist ein Motorengeräusch zu hören. Horsts bulliger Wagen ist in Sicht, Patricks Auto folgt ihm. Ich verstaue schnell den Brief in meiner Hosentasche.

„Hast du das Pferd vorbereitet, Katharina?", kräht Olivia.

„Horst hat überall seine Finger drin, womöglich verdient er auch an der Deponie", grübelt Gustav.

Das würde bedeuten, dass Horst den Brand gelegt und Elmar erpresst hat. Und das wiederum würde bedeuten, dass Horst noch skrupelloser ist, als ich es ihm zugetraut hätte.

Ich verschwinde im Stallgebäude und kehre mit dem Sattelzeug zurück. Gustav kontrolliert Bellas Hufe.

Die Fahrertür geht auf, Horst springt mit großem Hallo aus dem Wagen. „Oh, ein neues Gesicht am Set!", bölkt er und schüttelt Olivia die Hand. „Ich bin Horst Obermeier, jetziger und zukünftiger Bürgermeister von Mühlbach." Er setzt ein gewinnendes Lächeln auf. „Euer Mann. Eure Stimme. Wir haben am 15. September Kommunalwahl."

Ich lege den Sattel auf Bellas Rücken, schließe den Bauchgurt und höre zwei weitere Autotüren klappen.

„Horst ist mit allen Wassern gewaschen. Der wird leugnen, was das Zeug hält, und wir haben keine Beweise", sagt Gustav leise.

Der traurige Zug um seinen Mund und die Resignation in seinem Blick lösen das Gefühl der Machtlosigkeit in mir aus. Was nützt einem ein Verdacht, wenn man den Verdächtigen nicht festnageln kann?

Patrick trägt Jeans, Sportschuhe und ein modisches Shirt, das seine breiten Schultern und den muskulösen Oberkörper betont.

Cindy hat sich für ihren Liebesbeweis ein Top mit Strassbesatz, Leggings aus rosa Samt und weiße Schühchen angezogen. „Muss ich das wirklich machen?", mault sie. „Ich finde Pferde echt voll doof."

Olivia ist mit einem Satz neben ihr. „Du willst aber doch, dass die Zuschauer euch zum Bauernpaar des Jahres wählen, oder etwa nicht? Du willst die Feier und die Flitterwochen!", gurrt sie und Cindy nickt nachdrücklich.

„Na also. Rauf auf den Gaul!", feuert Olivia sie an.

Cindy schlägt einen Bogen und nähert sich dem Pferd von vorn. Sie ignoriert mich geflissentlich. „Ist das Kathis Zossen? Mit dem sie damals das Rennen gewonnen hat?"

Gustav schüttelt den Kopf. „Nein, das ist nicht Hercules, das ist meine Stute Bella. Sie hat ein ruhiges Gemüt. Du brauchst keine Angst zu haben, Cindy."

„Ich hab keine Angst", behauptet sie und dreht sich zu Patrick um, der am Gatter lehnt und seinen Blick über die Koppeln schweifen lässt. „Patrick, was würdest du sagen, wenn ich Hercules reite?" Ihre Augen blitzen.

Er schüttelt den Kopf. „Nimm Bella! Hercules ist kein Anfängerpferd."

Sie verschränkt die Arme vor der Brust und präsentiert ihr Schmollmündchen. „Ich will aber nicht diesen alten Klappergaul reiten!"

Sie hat Bella einen Klappergaul genannt! Ich schnappe nach Luft. „Du tickst ja wohl nicht richtig!", rege ich mich auf.

Gustavs Gesicht wechselt die Farbe, aber seine Stimme bleibt unverändert ruhig. „Das ist meine treue Stute Bella. Sie ist ein herzensgutes Pferd und sie war sieben Fohlen eine liebevolle Mutter. Bella ist so gutmütig, dass sie sogar ein dummes Ding wie dich auf ihrem Rücken duldet."

Horst hebt die Hände wie ein Pastor beim Segensspruch. „Ruhig Blut, alle miteinander!" Er wendet sich an seine Tochter. „Das Pferd sieht doch ganz nett aus, und guck mal, es hat einen schönen schwarzen Sattel. Was gefällt dir denn nicht an ihm?"

Ich platze fast vor Wut. Sie sprechen über Bella, als würden sie sich im Einrichtungshaus ein neues Sofa aussuchen.

Cindy wirft Gustav einen hochmütigen Blick zu. „Dieses Pferd ist alt und grau."

Horst schaut Bella ins Gesicht. „Sie hat Recht, es hat wirklich viele graue Haare."

„Lässt sich retuschieren", meint Benno.

„Das kostet zusätzliche Arbeit", hält Olivia dagegen. „Katharina beeil dich, mach den anderen Gaul fertig."

„Nein, Olivia, äh, Frau Stolze!", widerspreche ich. Soll ich sie eigentlich auch duzen so wie Robert? Oder weiterhin beim Sie bleiben?

Cindy stampft mit dem Fuß auf wie ein verzogenes Kind. „Kathi ist voll fies. Die will mich schon die ganzen Dreharbeiten über doof aussehen lassen und jetzt gönnt sie mir nicht, dass ich ihr Pferd reite", beschwert sie sich.

„Du hast sie nicht alle!" Ich tippe mir an die Stirn.

„Das Set ist kein Austragungsort für Zwistigkeiten, Katharina. Bereite dieses Pferd vor, und zwar dalli!"

„Olivia-Frau Stolze, Hercules ist für diesen Zweck völlig ungeeignet. Er braucht einen Reiter, zu dem er Vertrauen hat, sonst ist er unberechenbar."

„Pah, sie will sich nur wichtig machen", schnappt Cindy.

„Er könnte dich runterwerfen", warne ich sie.

„Wird's bald, Katharina?! Du sollst den verflixten Gaul vorbereiten!", brüllt Olivia mich an.

Mit gesenktem Kopf schleiche ich zum Stall, um das Halfter zu holen. Ich höre, wie Gustav und Patrick auf Cindy und Olivia einreden, aber niemand pfeift mich zurück.

Hercules folgt mir wie ein Lamm von der Weide, er schnaubt zufrieden, als ich ihn am Putzplatz anbinde. „Bitte zeig dich von deiner besten Seite", beschwöre ich ihn, während ich zügig sein Fell bürste und ihm Sattel und Trense anlege. „Sei schön brav, sei das bravste Pferd der Welt, ja?"

Er schaut mich aus seinen großen braunen Augen an. Ich hoffe, er hat verstanden.

Cindy und Patrick sind verkabelt, und auch Horst

hat ein Ansteckmikro am Revers. Er soll die Szene eröffnen. Die Kamera ist postiert, es kann losgehen.

Ich führe Hercules über das Pflaster und ahne Fürchterliches.

„Setz Cindy aufs Pferd", befiehlt Olivia.

Natürlich will Cindy sich von mir nicht helfen lassen. Sie hangelt sich am Steigbügel hoch und lässt sich mit ihrem ganzen Gewicht in den Sattel plumpsen. Hercules legt die Ohren an und zieht die Nüstern hoch. Ich kraule beruhigend seinen Hals.

„Erste Einstellung: Horst. Achtung, Action!"

„Ich bin Horst Obermeier, der Bürgermeister von Mühlbach und der Vater der Braut. Meine Tochter Cindy sitzt heute zum ersten Mal auf einem Pferd, um ihrem zukünftigen Gatten Patrick zu zeigen, wie sehr sie ihn liebt." Er macht eine einladende Handbewegung und grinst sekundenlang in die Kamera.

„Cut! Horst, du solltest Nachrichtensprecher werden. Nochmal, du musst natürlicher rüberkommen. Kratz dich im Schritt und lass die Hosenträger fletschen. Action!"

Die Sequenz wird nochmal gedreht. Ein penetranter Brummer kommt Horst zu Hilfe und sorgt für mehr Natürlichkeit. Erst fliegt er ihm ins Ohr und dann ins Nasenloch. Als er auf seinem Bauch landet, haut Horst ihn mit seiner fleischigen Hand platt. Ein Fleck prangt auf seinem Hemd.

„Danke, das war's. Abmarsch, Horst. Jetzt Cindy mit dem Gaul." Olivia winkt ungeduldig.

„Benno, Sören? Okay. Katharina, wo bleibst du?"

Hercules' Bewegungen sind steif. Er folgt mir, weil er mir vertraut, aber ihm ist die Angelegenheit nicht geheuer. Wir gehen an der Kamera und den Menschen vorbei.

„Pah, reiten ist ja total easy!", johlt Cindy vom Sattel aus. Sie macht übertriebene Bewegungen mit dem Becken, als würde sie auf einem Schaukelpferd sitzen.

Ich begegne Patricks Blick, er schaut besorgt drein. „Du hältst ihn gut fest, nicht wahr?", beschwört er mich und ich nicke stumm.

Ich lasse Hercules am vereinbarten Platz anhalten und erkläre Cindy, dass sie absolut still sitzen soll. Sie zieht einen Flunsch.

„So Cindy, nun kommt dein Liebesbeweis. Katharina, gib Cindy diese Dinger da in die Hand und verschwinde."

„Du meinst, ich soll ihr die Zügel geben?", frage ich ungläubig.

„Mach schon. Das kommt sonst nicht authentisch rüber."

„Olivia-Frau Stolze, bitte, das geht nicht!", flehe ich.

„Verdammt nochmal, ich hör den ganzen Tag nichts anderes von dir als 'das geht nicht'! Tu, was ich dir sage, und halt endlich den Schnabel!"

Gustav baut sich vor Olivia auf, sein Gesicht ist von roten Flecken übersät. „Sie bringen das Mädchen in Gefahr!", warnt er.

„Auf meine Verantwortung!", winkt Olivia ab. „Katharina!!!"

„Dann halte ich Hercules fest!", prescht Patrick vor.

„Nix da. Du bist der Bräutigam und wirst gleich sehr überrascht sein, deine Liebste auf einem Gaul sitzen zu sehen. Bleib an deinem Platz und warte, bis du dran bist."

Ich übergebe Cindy die Zügel und entferne mich rückwärts, langsam, Schritt für Schritt. Ich lasse Hercules nicht aus dem Blick, als könne ich dadurch unsere Verbindung halten.

Sein dunkles Fell glänzt in der Sonne. Er schaut mir hinterher, den Kopf hoch erhoben und die Ohren gespitzt. Bitte bleib so stehen, es dauert bestimmt nicht lang, rufe ich ihm im Geiste zu.

„Und Action!"

„Ich will sein, so wie ich bin", fängt Cindy an zu singen. „Der Taaag hat seinen Sinn, ich will nichts mehr überlehehegen ..."

Hercules steht stocksteif da.

Neben mir klatscht Olivia lautlos in die Hände. Was soll das denn, findet sie das Geträller etwa gut? Cindy schaut Olivia an, lässt die Zügel fallen und klatscht den Takt zu ihrem Gesang. Um Himmels willen! Hercules' Ohren fliegen nach hinten. Im Augenwinkel sehe ich Patricks angespanntes Gesicht und seine zum Sprung bereite Haltung.

„Ich spring´ kopfüber rein ins Leeeben, und ich ..."

Plötzlich reißt Olivia ihren Chiffonschal vom Hals und wedelt damit durch die Luft. Was um Teufel ...?

„Es ist so wie fliegen ohne Flüüügel ..."

Hercules steigt kerzengerade in die Luft, Cindys Gesang verliert sich in einem gellenden Schrei, sie stürzt aufs Pflaster, das Pferd dreht sich um die eigene Achse und stürmt davon. Patrick stürzt zu Cindy.

„Ranzoomen", zischt Olivia Benno zu.

„Das sollte mein Liebesbeweis für dich sein", jault Cindy. „Aber er ist gründlich schiefgegangen. Hoffentlich ist das kein böses Omen."

„Oh mein Gott, Cindy, ist alles in Ordnung mit dir? Bist du verletzt?"

Sie schlingt ihre Arme um seinen Hals. „Der verfluchte Gaul hat mich runtergeworfen! Pferde sind voll doof, das hab ich doch schon immer gesagt."

Offenbar scheint sie keine schlimmen Verletzungen

davongetragen zu haben. Olivia verfolgt wie gebannt die Szene und ich laufe Gustav hinterher, der mit Möhrchen und beruhigenden Worten versucht, Hercules einzufangen. Aber das Pferd ist völlig von der Rolle und nimmt Gustav gar nicht wahr. Es stürmt wiehernd am Koppelzaun entlang, macht kehrt und rast wieder zurück. Die Zügel und die Steigbügel fliegen hinter ihm her.

Verzweifelt rufe ich seinen Namen, aber er reagiert nicht. Ein in Panik geratenes Pferd ist im wahrsten Sinne des Wortes kopflos, der Fluchtinstinkt ist übermächtig. Hercules kann nichts für die Dummheit der Menschen, die ihn in diese Situation gebracht haben. Er könnte sich schwer verletzen, wenn er irgendwo mit dem Steigbügel hängenbleibt oder in die Zügel tritt.

Mein Herzschlag hämmert in meinen Ohren, ich renne auf ihn zu, bin genau in seiner Laufbahn, bleibe stehen und reiße die Arme in die Höhe, um ihn zu stoppen.

„Kathi!", brüllt Gustav. „Komm da weg, der sieht dich nicht!"

Aber ich rühre mich nicht vom Fleck. Hercules rast auf mich zu, seine Hufe lassen den Erdboden beben, Schaum fliegt aus seinem Maul. Wenige Meter vor mir wirft er plötzlich seinen Körper herum, schlägt einen Haken, galoppiert über das Pflaster am Anbindeplatz vorbei - und bleibt mit dem Zügel am Außenspiegel des BMWs hängen. Er strauchelt und stürzt zu Boden.

Ich schreie auf und als ich bei ihm ankomme, hat er sich wieder auf die Füße gerappelt. Er zittert am ganzen Körper, an seinem rechten Hinterbein läuft Blut hinunter. An Olivias Auto ist ebenfalls Blut und außerdem eine große Delle.

Ich streichle seinen Hals, spüre seinen schnellen

Herzschlag und befreie seine Zügel vom Spiegel. „Es tut mir so leid, Hercules", stammle ich, während die Tränen meine Wangen hinunterlaufen. „Ich hätte das niemals zulassen dürfen!"

***

Olivia ist wegen der Beule in ihrem Wagen total durchgedreht und verlangt Schadenersatz von Gustav. Sie hat ihren Anwalt angerufen und volle Rückendeckung von ihm bekommen. Diese Frau ist einfach unmöglich! Ich schäme mich regelrecht, dass sie meine Chefin ist.

Glücklicherweise verzichtet sie darauf, die Szene „Probesitzen in der Hochzeitskutsche" zu drehen. Sie ist mit Cindy einer Meinung: Pferde sind doof. Nun will sie spannende Interviews mit der Familie führen und fährt mit Cindy, Horst, Benno und Sören zurück zum Bauernhof. Drei Autos rumpeln vom Hofplatz.

Patrick verarztet Hercules' Bein und ich helfe ihm dabei. Die Wunde ist nicht tief, aber sie muss desinfiziert und geklammert werden, und bekommt zum Abschluss einen schützenden Verband.

Der überstandene Schreck scheint ein Band zwischen Patrick und mir zu knüpfen. Wir arbeiten Hand in Hand wie ein eingespieltes Team. Unser Schweigen ist frei von Feindseligkeiten und stummen Vorwürfen. Eine angenehm friedliche Stille, in der nur die Geräusche der Pferde zu hören sind.

Wann immer sich unsere Finger berühren, durchströmt ein tiefes Glücksgefühl meinen ganzen Körper. Und natürlich kribbelt es wie verrückt in meinem Bauch. Ich bewundere das Geschick seiner schlanken Finger, bin fasziniert von seinem konzentrierten Gesichtsausdruck und schmelze dahin, weil er so liebevoll mit seinem verletzten Patienten umgeht.

Hercules muss für ein paar Tage im Stall bleiben, dann kann die Verletzung besser heilen. Bella steht in die Nachbarbox, damit er sich nicht einsam fühlt. Ich kraule ihm die Stirn, sein Kopf liegt schwer auf meiner Schulter, ihm fallen die Augen zu. Seine Angst und Anspannung weichen neuem Vertrauen.

Hercules ist gut versorgt, wir könnten jetzt eigentlich zum Bauernhof fahren. Aber keiner von uns kann sich aufraffen. Patrick lehnt an der Boxtür, er schaut furchtbar traurig drein.

„Warum hat Olivia das bloß gemacht?", rätselt er. „Es lief doch alles gut, warum hat sie das Pferd mit ihrem Tuch erschreckt?"

Ich kann mir denken, warum sie das getan hat, aber ich behalte meine Vermutung lieber für mich. Wenn ich recht hätte, wäre der Ärger vorprogrammiert, und Ärger habe ich ohnehin schon genug. Cindy hat mir die Schuld am Sturz gegeben und Olivia ist stinksauer auf mich. Hercules ist verletzt und Patrick am Boden zerstört. Eines ist sicher: Ich werde Olivia niemals verzeihen. Diese Frau geht über Leichen, nur um eine spektakuläre Szene zu bekommen!

„Ich hätte darauf bestehen sollen, das Pferd festzuhalten. Cindy ist absolute Anfängerin, sie wusste nicht, worauf sie sich einließ", murmelt Patrick.

„Auch ein Anfänger ohne Pferdeverstand sollte wissen, dass Pferde schreckhafte Tiere sind und man auf ihrem Rücken kein Schlagerkonzert veranstaltet", platzt es aus mir heraus.

Gustav betritt den Stall, er hat eine Flasche Saft und Gläser mitgebracht. „Setzt euch hin", sagt er und deutet auf einen Strohballen.

Ich löse mich behutsam von Hercules, kraule ihm noch einmal die Stirn und verlasse seine Box. Patrick und ich hocken uns nebeneinander auf den Strohballen. Sein Oberschenkel ist nur wenige Zentimeter von meinem entfernt.

„Wir alle sind Schuld daran, dass der Unfall passiert ist", resümiert Gustav und gibt jedem ein Glas in die Hand. „Wir haben uns von Olivia an der Nase herumführen lassen." Er schenkt Saft ein, es ist Apfelmost aus eigener Ernte. „Nun sollten wir froh sein, dass nichts Schlimmeres geschehen ist. Cindy hätte sich schwer verletzen können."

„Hercules auch", schnappe ich.

„Du nimmst Cindy die Aktion übel", stellt Gustav fest.

„Ja, natürlich!", entgegne ich. „Sie hätte sich auf Bella setzen sollen, so wie wir's geplant haben. Da hätte sie sogar einen Handstand im Sattel machen können, ohne dass sich das Pferd einen Millimeter bewegt!"

„Das war ihr aber nicht möglich", behauptet er.

„Hä?", mache ich und auch Patrick scheint nicht zu verstehen, was unser alter Freund meint.

„Ihr hattet Diva beim Ausritt dabei", erklärt er und ich meine, ein kurzes Aufleuchten in Patricks Augen zu bemerken. Vielleicht hat ihm der Ausritt ja genauso viel Spaß gemacht wie mir.

„Ich habe Diva vorm Schlachthof gerettet, weil niemand mit ihr zurechtkam. Inzwischen hat sie sich schon ganz gut eingefügt, aber ihr habt erlebt, wie unberechenbar sie ist."

Ich trinke mein Glas leer, Patrick wirft einen flüchtigen Blick auf seine Armbanduhr. Ich glaube, er zweifelt an Gustavs Geisteszustand. Nun, mit vierundachtzig Jahren darf man schon mal ein bisschen tüdelig sein, finde ich.

„Diva ist eine stolze Stute. Sie ist dominant, auf eine gewisse Weise unnahbar und eine Einzelkämpferin. Sie will Bewunderung und Respekt", erklärt Gustav.

Ich stimme ihm zu, ich schätze die Stute ganz genauso ein.

„Diva wurde als Fohlen zu früh von der Mutter getrennt. Seitdem sitzt tief in ihrem Innern die Angst, wieder verlassen zu werden. Deshalb kann sie nur bedingt vertrauen. Sie wird sich dir niemals vollständig anschließen und keine richtige Bindung eingehen. Sie ist nicht teamfähig." Eine lange Rede für den eigentlich wortkargen Gustav.

„Und was hat Divas Schicksal mit Cindy zu tun?", hake ich nach. Hoffentlich bringe ich ihn nun nicht komplett durcheinander.

„Cindy ist vom Wesen her Diva sehr ähnlich. Sie strebt nach Bewunderung und ist ebenfalls nicht fähig zu einer echten Bindung."

Ich kratze mir nachdenklich den Kopf. Gustav könnte mit seiner Vermutung recht haben.

Er wendet sich Patrick zu. „Du hast Diva geritten, du bist ein Mann mit großem Pferdeverstand und ein erstklassiger Reiter. Glaubst du, dass aus ihr jemals ein Teamplayer werden könnte?"

Patrick schüttelt den Kopf. „Du hast sie schon ganz gut beschrieben: Diva ist eine stolze, unberechenbare Einzelkämpferin."

„Und was ist Cindy?", fragt Gustav und lässt ihn nicht aus den Augen.

Patrick stellt das Glas auf den Boden. „Ein dummer Vergleich! Cindy ist kein Pferd!", entgegnet er schroff und steht auf. „Ich komme morgen wieder, um nach

Hercules zu sehen."

Ich springe auf die Füße. „Würdest du mich bitte zu eurem Hof mitnehmen?"

Sein Nicken fällt verhalten aus.

Ich verabschiede mich von Gustav, Hercules und Bella und gleite auf den Beifahrersitz. Im hinteren Teil des Autos befinden sich anstelle einer Rückbank Kisten und Schubläden mit Medikamenten, Verbänden und Untersuchungsgeräten.

Patrick wendet und wir fahren vom Hof. Das Band, das vorhin im Stall zwischen uns entstanden ist, scheint sich aufgelöst zu haben. Mit grimmiger Miene starrt er durch die Windschutzscheibe.

„Danke, dass du Hercules so gut versorgt hast", versuche ich, ihn aus seinen trübsinnigen Gedanken zu holen.

„Das ist doch wohl selbstverständlich. Ich bin schließlich Tierarzt."

„Stimmt. Du bist Tierarzt und kein Landwirt!", plappere ich. „Na ja, vertretungsweise bist du Landwirt, aber eigentlich bist du Tierarzt."

Er streift mich mit einem Seitenblick. „Du willst dich nicht schon wieder in mein Leben einmischen, oder?"

„Nein, bestimmt nicht, ich hab genug mit meinem Eigenen zu tun. Aber, hey, ich hab doch vorhin erlebt, mit welcher Leidenschaft du dich um Hercules gekümmert hast. Du warst wie ausgewechselt."

Er guckt stur geradeaus. Sein Kiefer ist angespannt, seine Hände umfassen das Lenkrad so fest, dass die Fingerknöchel weiß hervortreten.

„Wenn du nicht Tierarzt für Pferde sein kannst, dann schau doch, dass du wenigstens wieder ein eigenes Pferd hast. Auf eurem Hof ist Platz genug dafür." Gleich wird er mir wieder vorwerfen, dass ich mich in sein Leben einmische. Dabei meine ich es doch nur gut.

Das Ortsschild ist in Sichtweite, er bremst ab und wir kommen zum Stehen.

Seine Augen sind so blau wie der Himmel an einem wolkenverhangenen Tag. „Ich habe unseren Ausritt genossen", sagt er ruhig. „Aber, weißt du, Diva oder jedes andere Pferd ist nicht Marylou."

Ich nicke langsam. „Ich verstehe, was du meinst", sage ich leise. „Man sagt, jeder begegnet nur einmal im Leben einem besonderen Pferd."

✳✳✳

Auf Volkens Hofplatz sind Tische und Bänke aufgebaut. Von der Familie ist niemand zu sehen. Wir betreten das Haus, Patrick biegt in die Küche ab und ich luge ins Wohnzimmer, wo die Crew mit Dreharbeiten beschäftigt ist.

Ich traue meinen Augen nicht. Was zum Henker hat meine Mutter hier zu suchen? Sie sitzt neben Cindy auf dem Sofa und - oh Gott, nein! - sie plaudert vor laufender Kamera über ihr Lieblingsthema. In ihrem reinweißen Flattergewand und mit dem Tuch um den Kopf könnte man sie für eine Wahrsagerin oder für eine dieser spirituellen Lichtarbeiterinnen halten.

Cindy hält sittsam die gefalteten Hände im Schoß, ihr Röckchen bedeckt die Knie. Sie hängt an Joys Lippen, als würde die das neue Evangelium verkünden.

Es ist das erste Mal, dass meine Mutter auf dem Volkens-Hof zu Gast ist. Außerhalb der Dreharbeiten wäre Irma vermutlich nicht im Traum darauf gekommen, sie jemals zu irgendetwas einzuladen.

Joy spricht über das Wurzelchakra, seine Lage und seine Bedeutung.

Olivia verdreht die Augen im Kopf und hebt die Hand. „Danke, wir haben's! Deinen Esoterik-Kram brauchen wir nicht. Aber der Rest war echt prickelnd."

„Vor allem die Tipps, wie ich Patrick heißmachen soll! Die kommen bei den Zuschauern bestimmt gut an", jubelt Cindy.

Ich spüre, dass ich blass werde. „Wie bitte?", keuche ich.

Meine Mutter strahlt mich an. „Olivia hat mich als Expertin in Liebesangelegenheiten angeheuert, damit ich Cindy Ratschläge für ihr erstes Mal gebe."

Mir gefriert das Blut in den Adern. Erst der Sturz vom Pferd und nun das! Was macht Olivia bloß aus meiner schönen romantischen Bauernhochzeitsendung?

„Raus mit dir, Joy, wir machen jetzt ein Einzelinterview mit Cindy. Katharina, hol den Haarschmuck aus der Produktionskiste!", befiehlt Olivia.

Meine Mutter kommt mit mir nach draußen. Sie mustert mich nachdenklich. „Krümel, was ist los? Geht's dir nicht gut? Hast du Hunger? Hardy hat Gemüselasagne vorbereitet, die steht im Backofen." Sie streichelt mir über die Wange.

Die schwelende Wut in meinem Bauch kocht in einem Schwall in mir hoch. „Mama! Warum musst du dich immer mit diesem blöden Sexkram wichtig machen? Warum bist du nicht einfach wie andere Mütter? Strickst Socken, hältst das Haus in Ordnung und bereitest das Essen zu?" Meine Augen sind zu schmalen Sehschlitzen verengt, meine Stimme überschlägt sich. „Aber nein, du kannst nicht mal ein Ei kochen. Du kannst überhaupt nichts, was andere Mütter können!"

Sie mustert mich nachdenklich. „Hört sich an, als

hätte ich auf ganzer Linie versagt", sagt sie schließlich. „Wie kommt es dann, dass ich so eine großartige Tochter habe?"

„Ich bin überhaupt nicht großartig!", schimpfe ich.

Sie fasst mich bei den Schultern und zieht mich zu sich heran. „Doch, Kathi, das bist du! Du bist eine großartige Frau."

Ich schaue ihr nach, wie sie in ihren verrosteten Fiesta steigt. Fluchend suche in der Produktionskiste nach Haarschmuck und gehe zurück ins Wohnzimmer. Ich helfe Sören, die Lampen und die Kamera auf die Schrankwand auszurichten. Olivia kritzelt derweil mit verzücktem Lächeln Notizen auf ihren Block.

„Deine Chefin hat's drauf, das muss man ihr lassen", meint Benno.

Ich glaub, ich hab mich verhört. „Das kann nicht dein Ernst sein! Cindy hätte sich schwer verletzen können, als sie vom Pferd gefallen ist, und …"

„Hat sie aber nicht", unterbricht er mich. „Die Szene ist total emotional geworden. Der Bräutigam, der seiner gestürzten Liebsten zur Hilfe eilt! Das ging echt unter die Haut. Solche Szenen kann man nicht stellen."

Ich tippe mir an die Stirn. „Man muss niemanden in Gefahr bringen, um Emotionen zu erzeugen!"

„Katharina, du hast noch immer nichts begriffen." Er grinst mich mitleidig an.

Cindy nimmt vor der Schrankwand Platz, ich stecke ihr Stoffblumen ins Haar und pudere ihr Gesicht. Sie sitzt da wie eine Puppe und sagt keinen Piep.

„Katharina, komm hinter die Kamera. Cindy, das Publikum möchte mehr über dich erfahren. Erzähl uns, was mit deiner Mutter los ist. Action!"

Sie rutscht unbehaglich auf ihrem Stuhl herum. „Meine Mutter ist krank, so lange ich denken kann. Sie hat Migräne und Depressionen."

Olivia saugt scharf den Atem ein, ihre Augen leuchten. „Nahaufnahme, ich will jede Träne sehen!", zischt sie Benno zu. „Bleib dran."

Sie setzt eine anteilnehmende Miene auf. „Das muss sehr schwer für dich sein, Cindy."

Cindy hat die Augen niedergeschlagen, sie nickt wortlos.

„Ach du Ärmste! Dann hast du ja nie eine richtige Mutter gehabt! Eine richtige Mutter, die dich herzt und dich tröstet, dich bestärkt und dich unterstützt! Jedes Mädchen braucht eine richtige Mutter."

Cindys Unterlippe zittert. Diesmal schauspielert sie nicht. Mein Magen zieht sich zusammen, mir ist hundeelend zumute.

„Schau mich an, Cindy!" Olivia geht langsam zu ihr.

Sie hebt den Blick, ihre Augen schwimmen in Tränen.

Olivia hockt sich neben sie und umarmt sie. „Ich verstehe dich so gut, mein liebes Kind! Meine Mutter hat getrunken und mich geschlagen."

„Das ist ja furchtbar!", stammelt Cindy.

„Vertrau mir. Wir sind hier ganz unter uns. Niemand kann besser verstehen als ich, dass du deine Mutter hasst."

Unter uns? Das soll ja wohl ein Witz sein! Meine Güte, die Kamera läuft!

Sie streichelt sanft über Cindys Rücken. „Sprich es endlich einmal aus! Das wird dir guttun nach all den Jahren des Schweigens und Versteckspiels."

Ich beobachte die Szenerie mit einer Mischung aus Unglauben und Abscheu.

Olivia geht rückwärts aus dem Bild und hält den Augenkontakt.

Plötzlich bricht es aus Cindy heraus. „Ich hasse sie! Ja, ich hasse meine Mutter! Ständig lag sie im dunklen Zimmer und ich musste sie in Ruhe lassen. Nie durfte ich jemanden zu mir nach Hause einladen, nicht mal an meinem Geburtstag. Nie konnte ich ihr was erzählen, diese blöde Kuh war einfach nie für mich da!" Sie schluchzt lauthals.

Sie tut mir so leid! Plötzlich ist sie nicht mehr die Zicke mit den fiesen Sprüchen, sondern ein Mädchen mit einem bedauernswerten Schicksal. Ich muss an Joy denken. Wie oft habe ich mich ihretwegen geschämt! Aber sie war immer für mich da, ganz egal, worum es ging. So spleenig sie auch ist - sie hat mir immer das Gefühl gegeben, hinter mir zu stehen.

„Mein Vater hat mir alles gekauft, was ich haben wollte. Und er hat mich in der Sparkasse untergebracht, obwohl ich so ein schlechtes Zeugnis hatte. Die Ausbildung wurde nichts. Ich bin zu spät gekommen und hab ein paarmal die Berufsschule geschwänzt. Ich wollte lieber Sängerin werden, also hat er mir die Gesangsausbildung bezahlt. Er ist echt ein toller Vater."

„Ja, Cindy, das finde ich auch. Aber ein Vater kann nicht die Mutter ersetzen. Wie war das, als du zum ersten Mal deine Tage bekamst?"

Cindy und ich zucken gleichzeitig zusammen. Ich will „Stopp!" rufen, aber ich kriege kein Wort raus. Mir ist, als hätte mich jemand mit einem Kinnhaken k.o. geschlagen. Ich kann nicht fassen, dass Olivia dem Fernsehpublikum Cindys intimste Angelegenheiten unterbreiten will.

„Ich war durcheinander, ich hatte Bauchschmerzen und irgendwie hatte ich auch Angst. Ich wusste nicht, was ich machen sollte, und schlich ins Zimmer meiner Mutter. Sie hatte schlimme Kopfschmerzen und schickte mich weg."

„Hat sie dir nicht geholfen?", erkundigt sich Olivia.

„Nein", entgegnet Cindy dumpf.

„Sag das nochmal im ganzen Satz."

„Nein, meine Mutter hat mir nicht geholfen, als ich zum ersten Mal meine Tage hatte."

„Und wie war das in der Schule? Hat sie dem Bus hinterhergewunken, als du auf Klassenfahrt gingst? Ist sie jemals mit zum Sportfest gekommen, um dich anzufeuern? Hat sie in der Schulküche beim Weihnachtsbacken mitgeholfen?"

Auf einmal schaut Cindy nicht mehr Olivia, sondern mich an. Ich habe den Eindruck, dass sie mir am liebsten die Gurgel umdrehen würde. „Nein, meine Mutter hat sich nicht ein einziges Mal blicken lassen."

Warum guckt sie mich so hasserfüllt an? Ich kann doch nichts dafür, dass ihre Mutter nie in die Schule kam.

Plötzlich erinnere ich mich, wie Cindy und ich in der zweiten Klasse mächtigen Ärger mit der Lehrerin bekamen, weil wir angeblich Kaugummi ins Klassenbuch geklebt hatten. Meine Mutter eilte herbei, hielt der Lehrerin eine Standpauke und nahm uns mit nach Hause. Kurz nach diesem Vorfall wollte Cindy plötzlich nichts mehr mit mir zu tun haben und seitdem zieht sie im Dorf über mich her.

„Du bist so dämlich, Kathi!", speit sie. „Hast dich dauernd über deine Mutter beklagt und überhaupt nichts geschnallt. *Du* hattest eine Mutter, die immer zur Stelle war, wenn du sie gebraucht hast. Und was hatte ich? Eine jämmerliche Gestalt, die mit Kopfschmerzen in einem dunklen Zimmer lag."

Olivias Blick fliegt zwischen mir und Cindy hin und her. Sie öffnet den Mund, aber sie sagt nichts.

Ich bin total perplex. „Du warst neidisch?", hauche ich. „Deswegen hast du mich gepiesackt und über mich gelästert?"

Cindy fängt an zu schluchzen. „Ey, hast du wirklich geglaubt, dass ich dich wegen deiner Scheiß-Heile-Welt-Familie *bedauern* würde?"

Heile Welt? *Meine* Familie? Ich schlucke.

„Und obendrein warst du gut in der Schule, hattest Hanna als Freundin und deine blöden Pferde. Und was hatte ich? Gar nichts." Jetzt weint sie.

„Dein Vater hat dir alles gekauft. Du warst immer schick angezogen, hattest immer das neueste Fahrrad ..." Ich verstumme. Das, was Cindy fehlte, gibt es nicht zu kaufen.

„Ich musste mit ansehen, wie Patrick *dich* geküsst hat! Patrick Volkens, der Schwarm aller Mädchen!" Sie verzieht die zitternden Lippen zu einem schiefen Lächeln. „Aber weißt du was, Kathi? Ich hab gewonnen! Patrick nimmst du mir nicht nochmal weg. Er wird *mich* heiraten und nicht dich!"

Oh mein Gott! Ich presse beide Hände auf meine Brust. „Du hast uns auf der Anhöhe beobachtet?!", keuche ich.

„Ganz genau. Ich bin euch heimlich vom Festplatz aus gefolgt und hab alles gesehen."

Sternchen flimmern vor meinen Augen. Ich muss mich hinsetzen, ich kann mich nicht mehr auf den Beinen halten. Wie auf einer inneren Leinwand sehe ich Patrick mit einem Strauß Bauernblumen vor meiner Tür stehen. Er wollte sich von mir verabschieden und in den Semesterferien wieder zu mir zurückkommen. Er war völlig ahnungslos, er wusste nichts vom Gerede der Leute.

Es hätte alles ganz anders kommen können. Es hätte

... Aber es sollte nicht sein. Jetzt ist es längst zu spät und nicht mehr zu ändern. Arme, arme Cindy! Sie tut mir furchtbar leid. Ich blicke in ihre verweinten Augen und plötzlich weiß ich, dass kein Mädchen den ehrlichen und treuen Patrick mehr verdient hat als sie. Er wird immer für sie da sein, da kann kommen, was will.

Mein Herz wird auf einmal ganz leicht, ich atme tief durch. In diesem Moment beschließe ich, nie wieder an seine tiefblauen Augen, seine Stirnlocke oder seine kräftigen Hände zu denken. Ich werde mir nie wieder ausmalen, wie es wäre, wenn er in mich anstatt in sie verliebt wäre. Das habe ich mir schon oft vorgenommen, aber diesmal ist es anders. Diesmal kann ich Patrick wirklich loslassen. Patrick soll Cindy heiraten, und ich wünsche den beiden alles Glück dieser Erde für ihre gemeinsame Zukunft! Ich lächle Cindy zu. Am liebsten würde ich sie jetzt in den Arm nehmen.

Olivia lässt zischend ihren Atem entweichen. „Schluss jetzt, Katharina, euren Privatkram könnt ihr später klären. Cindy, sag mal, war deine Mutter denn nie beim Arzt?"

„Doch, klar. Sie war auch manchmal in der Klinik und zur Kur. Inzwischen geht es ihr ein bisschen besser. Sie hat ein Blumenbeet im Garten angelegt. Stundenlang sitzt sie da und guckt ihre Rosen an."

„Dein Vater könnte mit ihr spazierengehen", schlägt Olivia vor.

„Mein Vater? Der interessiert sich schon lange nicht mehr für meine Mutter."

„Ach nein?"

Pass auf, was du sagst!, beschwöre ich sie im Stillen. Aber Cindy hat die Existenz der Kamera offenbar total vergessen.

„Nein. Mein Vater ist mit seiner Sparkasse und

seinem Bürgermeisteramt verheiratet", sagt sie tonlos.

Olivias Augen glimmen. „Aber ein Mann hat doch auch körperliche Bedürfnisse."

Bäh, pfui Teufel! Diese Frau ist einfach nur abstoßend!

Cindy zuckt die Schultern. „Er hat was mit ner Kollegin."

„Und warum trennt er sich nicht von deiner Mutter?"

„Sein guter Ruf? Das Geld? Ich weiß es nicht."

„Danke, wir haben's. Raus mit dir, Cindy!" An Sören, Benno und mich gewandt kräht sie: „Packt zusammen! Eine Stunde Pause, dann geht's nach draußen zur Verlobungsfeier."

Ich japse nach Luft. „Olivia, das, was du gerade mit Cindy gemacht hast, ist gemein und entwürdigend! Das ist ..."

„Doku-Soap", beendet Olivia meinen Satz.

„Nein, das ist unmenschlich!"

Ihr Gelächter klingt hohl. Sie schaut mich nachsichtig an, so wie Eltern das tun, wenn ihr Sprössling etwas besonders Dummes gesagt hat. „Willst du am Erwachsenentisch sitzen, Katharina? Dann benimm dich auch so."

Mir ist speiübel und mir ist schwindelig. Ich lehne mich an die Wand und schließe für einen Moment die Augen. In meinem Kopf überschlagen sich die Gedanken. Robert wollte bedauernswerte Lächerlichkeit, Peinlichkeit, Fremdschämen, Ekelfaktor und nackte Haut. Olivia ist keinen Deut besser, sie riskiert sogar schwere Verletzungen.

Verdammt nochmal, wie naiv bin ich eigentlich? Ich hätte sie ernstnehmen sollen, dann wäre ich jetzt nicht so erschüttert. Stattdessen habe ich mir eingebildet, eine romantische Sendung mit Herz drehen zu können.

Ich mache die Augen wieder auf und sehe das verschlagene Grinsen in Olivias Gesicht. In diesem Moment wird mir klar, dass ich keine Assistentin mehr sein will. Ich werde meinen Namen nicht für eine solche Produktion hergeben. Dieser Entschluss schafft Klarheit in meinem Kopf, aber gleichzeitig reißt er mir den Boden unter den Füßen weg.

Vergeben und vergessen

In der Küche gibt es Eintopf, den Irma mit den kleingeschnittenen Fleischpeitschen aus Patricks Liebesmahl aufgepeppt hat. Lüder nimmt einen Nachschlag und lädt seinem Sohn ebenfalls den Teller voll.

Mir ist der Appetit gründlich vergangen, ich könnte nicht mal Schokoladeneis runterkriegen.

Benno hockt sich neben Horst auf einen Stuhl und lässt sich den Eintopf schmecken. Olivia lehnt ab, sie nippt an einem Glas Wasser.

Sören stürmt herein und schaut sich mit unsicherem Blick um. „Ich komm doch wohl nicht zu spät? Ich war genau eine Stunde weg. So wie's abgemacht war."

„Du bist pünktlich", beruhige ich ihn.

„Marsch, Marsch, nach draußen! Ihr müsst die Verlobungsfeier vorbereiten", befiehlt Olivia.

Ich verlasse die Küche und bleibe unschlüssig im Flur stehen. Wenn ich jetzt hinschmeiße, habe ich mit Olivias und Roberts miesen Produktionsmethoden nichts mehr zu tun. Ich wäre von der Last befreit. Ein verlockender Gedanke. Aber das wäre purer Egoismus. Am Freitag wird die Sendung ausgestrahlt und dann wird sich die halbe Nation über die Mühlbacher Dorfleute lustig machen. Ich schlucke schwer. Ich habe keine Wahl, ich muss bleiben. Es gibt nur eine einzige Möglichkeit, wie ich das Blatt wenden kann.

Auf wackligen Beinen gehe ich nach draußen und helfe Patrick, einen Treckeranhänger auf den Hofplatz zu schieben. Der Anhänger soll Cindy als Bühne dienen. Benno und Sören rollen Kabel aus.

Die widerspenstige Locke fällt ihm in die Stirn, ein dunkler Bartschatten bedeckt sein kantiges Kinn.

„Patrick?"

„Hmm." Er rangiert mit der Deichsel und lässt sie fallen, als der Anhänger am richtigen Platz steht.

„Brich die Dreharbeiten ab!"

Er starrt mich an. „Spinnst du? Wir sind doch fast fertig!"

Ich atme tief durch und schaue ihm geradewegs in die blauen Augen. „Die ganze Sendung ist eine einzige Farce. Ihr werdet lächerlich gemacht und in den Schmutz gezogen."

Seine Augenbrauen schieben sich zusammen. „Ach? Jetzt kommst du mir plötzlich auf diese Tour?" Er lässt ein verächtliches Lachen hören. „Du bist doch nur sauer, dass deine Kollegin die Leitung übernommen hat. Und jetzt soll ich dir dabei helfen, ihr eins auswischen!"

„Du irrst dich!", protestiere ich und bemerke, dass meine Stimme brüchig geworden ist. „Weißt du, was Olivia vorhin …"

„Und außerdem kannst du nicht verknusen, dass ich Cindy heiraten werde!", fällt er mir ins Wort. „Ich sag dir was: Du bist genau wie meine Ex-Verlobte! Machst mit deinem verheirateten Chef rum, nutzt deine Mitmenschen für deine Zwecke aus und lügst, dass sich die Balken biegen!" Er dreht sich auf dem Absatz um.

„Patrick!" Ich fasse nach seinem Arm. „Bitte …"

Er schüttelt mich ab. Seine Lippen sind nur noch ein dünner Strich. „Du hast mir was versprochen, Kathi. Die Szene mit der Schlagsahne wird nicht gesendet."

Ich schlucke hart. „Du kannst dich auf mich verlassen."

„Der Rest der Sendung ist mir egal. Cindy will unbedingt ins Fernsehen, meine Mutter auch und Horst ebenfalls. Lassen wir ihnen den Spaß." Er entfernt sich mit langen Schritten.

Ich verkrümle mich hinterm Anhänger und verberge das Gesicht in meinen Händen. Verflucht, was soll ich jetzt bloß machen?

„Was ist denn mit dir los?"

Ich schaue auf und erblicke Cindy in einem cremeweißen langen Kleid. „Ist das dein Hochzeitskleid?", krächze ich.

„Nein, das ist mein Verlobungskleid. Und nun komm hinterm Anhänger weg, mein Vater will die Anlage aufbauen."

Horsts dicker Wagen steht auf dem Hof. Er lädt Boxen und Kabel aus - und einen Käfig aus Drahtgeflecht.

„Ich hab weiße Tauben besorgt", ruft er Olivia zu. „Die machen sich bestimmt gut vor der Kamera."

Lüder und Irma haben die Stallarbeit erledigt. Melken wollen sie nachher, wenn die Feier zu Ende ist.

„Cindy, du siehst atemberaubend aus!", ruft Irma. „Und Horst, was hast du für einen schicken Anzug an!"

Horst verzieht die wulstigen Lippen zu einem geschmeichelten Lächeln.

„Dann wollen wir uns auch mal fein in Schale werfen, was, Lüder?"

Ihr Gatte brummelt eine Zustimmung, sie verschwinden im Haus.

Erwin Eichelhardt baut seinen Bierwagen auf, kurz danach trifft die rollende Würstchenbude ein. Sören und Sabine begrüßen sich mit einer innigen Umarmung und einem langen Kuss.

„Jetzt haltet mal den Ball flach, das ist echt abstoßend!", poltert Benno.

Die Gäste trudeln ein, ich verteile

Informationsblätter über die Dreharbeiten. Wer nicht ins Fernsehen will, muss wieder nach Hause gehen. Gleichzeitig zermartere ich mir das Hirn, wie ich Olivia stoppen kann.

Hanna kommt auf den Hofplatz, sie hat ihre Kinder dabei, und die sollen nicht vor die Kamera. „Wir sind gleich wieder verschwunden", sagt sie und gibt mir einen schnellen Kuss auf die Wange.

Ich begrüße Emma und Timmy, dann wende ich mich Hanna zu. „Ich muss diesen entwürdigenden Mist stoppen, aber ich weiß nicht, wie", flüstere ich ihr ins Ohr.

„Katharina! Hör auf zu quatschen, hier wartet Arbeit auf dich!", ruft Olivia.

Hanna drückt mich an sich. „Dir fällt bestimmt etwas ein. Dir fällt doch immer was ein!"

„Katharina, verdammt nochmal! Komm her und hilf mit, die Tische zu dekorieren!"

Ich umarme sie fest. „Sorry, ich muss hin. Bis bald!"

„Im Wagen ist Deko. Die verteilst du auf den Tischen!", befiehlt Olivia.

„Irma und Cindy haben doch schon für den Tischschmuck gesorgt", sage ich und zeige auf die kunstvoll mit Schleifenband verzierten Buchsbaumkränzchen.

„Weg damit, der Scheiß taugt nichts."

Ich gehe rüber zum Bulli, der Zündschlüssel steckt, die Heckklappe steht offen. In den Tiefen der Produktionskiste entdecke ich eine Schachtel mit künstlichen Tannenzweigen, auf denen Herzchen und kitschige Figuren in grellbunten Farben befestigt sind. Wie scheußlich! Kein Mensch würde mit diesem schaurigen Ramsch seinen Tisch verschandeln. Vergeblich krame ich in der Produktionskiste nach

Alternativen und halte Olivia schließlich die Schachtel unter die Nase. „Ich finde nichts anderes als das."

„Ganz recht", spielt sie die Geduldige. „*Das* ist unsere Tischdekoration." Sie funkelt mich an. „Und nun sieh zu, dass du den Kram austauschst!"

Ich bin noch immer Teil der Crew und mitverantwortlich für die Sendung. Fieberhaft grüble ich über meine Optionen nach und verwerfe sie gleich wieder. Olivia mitsamt der Kamera in der Güllekuhle zu versenken ist keine wirkliche Option.

Ich stelle die Schachtel ab und werfe einen bedauernden Blick auf die Buchsbaumkränzchen. Mit gesenktem Kopf schleiche ich in die Bauernhausdiele, um im Gerümpel nach einem Behältnis zu suchen, in welchem ich die Kränzchen verstauen kann.

In der Diele treffe ich auf Horst. Er hält in der einen Hand ein Blatt Papier, und mit der anderen macht er große Gesten. „Erlaubt mir bitte einen kleinen Rückblick, liebe Gäste!"

Seine Lippen verziehen sich zu einem teuflischen Grinsen, er schaut aus seinen Schweinsäuglein in die imaginäre Runde. „Ich erinnere mich, als wäre es erst gestern gewesen, dass meine Tochter Cindy in mein Bürgermeisterbüro kam und ..."

Ich blende sein Geschwafel aus und entdecke zwischen den alten Möbeln und Fahrrädern einen Karton.

„Das hört sich doch gut an, oder?", tönt er mit gewölbter Brust. „Cindy kam in mein Bürgermeisterbüro und erzählte mir, dass Patrick ihr einen Heiratsantrag gemacht hat. Dabei leuchteten ihre Augen wie Sterne."

Ich befreie den Karton von einer Staubschicht. „Patrick macht Cindy den Heiratsantrag heute vor der

Kamera. Du solltest diesen Teil deiner Rückschau besser streichen."

Er hakt mit einem Daumen hinter einen Hosenträger und schaut ratlos auf seine vorbereitete Rede. „Das ist dumm. Ich hab da so lange dran rumgefeilt!"

Sein Problem.

Im Vorbeigehen streift mein Blick den Zettel. Er ist mit großen Buchstaben bedruckt.

„Cindy hat mir erzählt, dass Patrick sie zum ersten Mal geküsst hat. Wie wäre das?" Horst lässt den Hosenträger fletschen.

Ich erstarre mitten in der Bewegung. Der Karton rutscht mir aus der Hand und fällt auf den Boden. Mir wird heiß und kalt zugleich. Ich mache zwei Schritte rückwärts und bin wieder neben ihm.

Einfaches Kopierpapier, das in mindestens sechzehn Punkt großer Computerschrift beschrieben ist. Die Schrift ist ungewöhnlich, sie ist weder Times New Roman noch Arial, also kein Standard. Die Buchstaben wirken eckig. Mein Herzschlag setzt aus. Jede Wette, dass Horsts Rede und der Erpresserbrief aus demselben Drucker stammen. Jetzt habe ich den Beweis: Horst hat den Drohbrief an Elmar geschrieben. Meine Hand wandert zu meiner Hosentasche, ertastet den Brief und zieht ihn heraus.

„Vielleicht sollte ich erwähnen, womit ich mich gerade im Bürgermeisterbüro beschäftigt habe. Ein wichtiges Anliegen von ..."

„Gustav?", schlage ich vor und wundere mich, dass meine Stimme so gelassen klingt. „Du hast dich doch bestimmt dafür eingesetzt, dass er seinen Gutshof behalten kann."

Er grient. „Sehr gut!" Mit ausholender Armbewegung proklamiert er: „Erlaubt mir bitte einen kleinen Rückblick, liebe Gäste!"

Ich spüre einen beinah übermächtigen Drang, den als Bürgermeister getarnten Verbrecher hier und jetzt mit seinen schmutzigen Taten zu konfrontieren. Doch stattdessen stopft meine Hand den Brief zurück in die Hosentasche. Ich hebe den Karton auf und gehe langsam zurück auf den Hofplatz.

Piedel sitzt mit ein paar Kumpels aus der Freiwilligen Feuerwehr am Tisch, der Landfrauenverein ist da, außerdem die Mitglieder des Gemeinderats und eine Abordnung des Schützenvereins.

Meine Eltern und Gustav sind ebenfalls mit von der Partie. Die Feuerwehrleute reden auf Hardy ein, sie wollen ihn als neues Mitglied anwerben. Es ist das erste Mal, dass Joy und Hardy offiziell zu einer Feier im Dorf eingeladen sind. Die Dreharbeiten haben also auch etwas Gutes bewirkt.

Ich laufe mit dem Karton und der Schachtel von Tisch zu Tisch und tausche die Dekorationen.

„Wie geht's Hercules?", erkundige ich mich bei Gustav, und fange mir einen mahnenden Blick von Olivia ein.

„Der wird schon wieder, mach dir keine Gedanken."

„Ich komme auf jeden Fall morgen früh zum Gutshof, um mich zu verabschieden", verspreche ich und gehe schnell zum nächsten Tisch.

Meine Mutter umkreist den Käfig. „Zwei Tauben in so einem kleinen Kasten? Das ist Tierquälerei!", ruft sie, und macht sich am Türverschluss zu schaffen.

Horst springt herbei und lächelt sie gewinnend an. „Immer mit der Ruhe, liebe Joy. Diese süßen Täubchen werden Fernsehstars."

„Gib ihnen sofort Wasser!" Sie schaut auf die Uhr.

„Und wenn sie in zwei Stunden immer noch da drin hocken, lasse ich sie frei."

Familie Volkens sitzt am Brauttisch. Patrick trägt einen feinen dunklen Anzug und sieht darin echt klasse aus. Jeans und Karo-Hemd stehen ihm allerdings noch besser, finde ich.

„Ich muss leider die Dekoration austauschen. Anweisung von Olivia."

Er mustert mich skeptisch. Hoffentlich unterstellt er mir keine Intrige oder wirft mir irgendwelche Gemeinheiten an den Kopf.

Irma macht ein betrübtes Gesicht. „Wie schade! Cindy und ich haben tagelang gebastelt und uns so viel Mühe gegeben!"

Ich verstaue den Buchsbaumkranz und lege den geschmacklosen Plastikzweig hin.

„Was soll das denn sein?" Sie rümpft die Nase.

„Das ist kein Schmuck, das ist Geschmacklosigkeit", kommentiert Patrick.

„Tut mir wirklich leid", versichere ich.

Irma fasst mich am Arm. „Komm, Kathi, setz dich zu uns!", lädt sie mich ein.

Olivia presst das Handy ans Ohr, sie hat mir den Rücken zugewandt. Ich hocke mich neben sie auf die Bank.

„Ich finde, du hast ein dickes Lob verdient." Irma legt ihre Hand auf meine und drückt sie. „Du bist wirklich eine gute Fernsehproduzentin. Ehrlich gesagt hab ich dir das erst gar nicht zugetraut."

Wenn sie ahnen würde, was hinter den Kulissen vor sich geht, hätte sie das bestimmt nicht gesagt. „Danke schön, Irma", sage ich und schäme mich furchtbar.

Horst stapft herbei. „Die Sendung wird dafür sorgen, dass ich euer Bürgermeister bleibe", poltert er.

„Ich komme in jeder Szene als Held rüber."

Wenn er sich da mal nicht täuscht.

Ich wende mich Patricks Vater zu. „Lüder, du hast dich ebenfalls zur Wahl gestellt, nicht wahr?"

„Das stimmt", sagt er ruhig.

„Lüder hat nicht das Zeug dazu. Ein Bürgermeister muss Charisma haben und rhetorisch fit sein." Horst lässt die Hosenträger fletschen.

„Ich finde, ein Bürgermeister sollte vor allem ein Ohr für die Leute haben", halte ich dagegen.

Lüder nickt mir zu. „Taten sind wichtiger als Worte."

Horst kneift die Äuglein zusammen. „Was willst du damit sagen, Lüder?", knurrt er. Die Fäuste an seinen Hosenträgern sind geballt.

Lüders Miene bleibt ausdruckslos. „Dass die Straßen immer noch im schlechten Zustand sind. Und dass der Spielkreis saniert werden muss. Da zieht's durch die Fenster."

„Wir haben nicht die finanziellen Mittel."

„Dann sieh zu, dass du sie besorgst. Du kannst doch so gut reden", brummt Patricks Vater.

„Und außerdem sitzt du als Sparkassenmann direkt an der Quelle", fügt Irma lachend hinzu.

Ich wünsche der Familie eine schöne Feier, trage den Karton in die Diele und gehe mit der Schachtel unterm Arm zum Bulli.

Cindy klettert auf die Bühne und greift nach dem Mikro. Benno steht breitbeinig vorm Anhänger und verfolgt sie mit der Kamera.

„So, liebe Leute, jetzt geht's los. Ich eröffne die Feier mit einem wunderschönen Liebeslied." Ein ohrenbetäubendes Kreischen ertönt, Horst hechtet zur Anlage und dreht an den Reglern. Aus seiner hinteren

Hosentasche schaut ein Zettel hervor.

Das Kreischen verstummt und Cindy trällert ihr Liedchen. Die Leute atmen auf. Cindys Gesang ist immer noch besser zu ertragen als die Rückkopplung in den Lautsprechern.

Ich verstaue die Schachtel, schließe die Heckklappe und plötzlich schießt es wie ein Blitz durch meinen Kopf.

Mein Blick geht durch das Seitenfenster zum Zündschlüssel. Obermeiers Haus ist einen Kilometer weit weg, vielleicht auch zwei. Ich muss mich beeilen, ich darf keine Zeit verlieren.

Mit wild pochendem Herzen öffne ich die Fahrertür und gleite auf den Sitz. Prompt bricht mir der Schweiß aus und ich bibbere am ganzen Körper. Der schreckliche Unfall läuft wie ein Film vor meinem inneren Auge ab. Ich ringe nach Luft, mein Hals ist wie zugeschnürt.

Auf einmal bin ich wieder ein Kind, zehn oder vielleicht elf Jahre alt. Ich hocke auf dem Erdboden und heule.

„Du bist runtergefallen. Na und?", fragt Gustav im Plauderton. Er hält ein Pferd am Zügel. „Und was machst du, wenn du runterfällst?"

Ich wische meine Tränen mit dem Handrücken weg, schlucke meinen Schluchzer herunter und klopfe den Sand von meiner Hose. „Wieder aufsteigen natürlich", antworte ich, und klettere mit seiner Hilfe auf den Pferderücken.

Ich richte mich im Sitz auf, trete aufs Kupplungspedal, drehe den Zündschlüssel und kneife die Augen zu. Der Motor springt an, der Bulli schüttelt sich. Zitternd hebe ich meinen Fuß und der Wagen rollt. Ich mache die Augen wieder auf - und fahre!

„*Na siehst du. Angst ist nur dazu da, damit man sie überwindet*", höre ich Gustavs Stimme.

Das Bibbern verebbt, mein Atem fließt. Ein erhebendes Gefühl strömt durch meinen ganzen Körper, es ist groß und sehr machtvoll. Ich bin stolz! Ja, ich bin stolz auf mich, und das fühlt sich richtig, richtig gut an!

Ich lasse den Bulli ausrollen und halte auf dem Grünstreifen an. Der Motor erstirbt mit einem Seufzer.

Ich war vor etwa zwanzig Jahren zum ersten und letzten Mal in Obermeiers Haus, aber ich erinnere mich noch genau daran. In Cindys Zimmer gab es einfach alles, was ein Mädchenherz begehrt, ein Spielwarenladen war nichts dagegen. Und dann die schicken Möbel und rosaroten Vorhänge! Ich war sprachlos vor Staunen.

Wir saßen auf dem Fußboden und spielten mit ihrer Barbie-Ranch, als plötzlich ein Gespenst im Zimmer auftauchte. Ich schrie auf vor Schreck. Das Gespenst war Cindys Mutter, ein kreidebleiches Wesen, dessen Augen tief in dunklen Höhlen lagen.

Nach diesem Tag hatte Cindy immer eine Ausrede parat. Wir verabredeten uns entweder bei mir zu Hause oder wir spielten draußen. In der zweiten Klasse war's aus mit unserer Freundschaft, aber meines Wissens hat Cindy niemals mehr irgendjemanden ins Haus gelassen.

***

„Astrid Obermeier öffnet nach dem fünften Klingeln. Ich bin auf ihren gespenstischen Anblick vorbereitet, aber ich erschrecke mich trotzdem. Ihre Haut ist so durchscheinend blass, dass man meinen könnte, sie hätte gar keine. Der Blick ihrer blassgrauen

Augen ist leer. Hätte ich durch ein Fenster ins Haus geschaut und sie auf dem Sofa liegen sehen, dann wäre ich überzeugt gewesen, Astrid Obermeier sei tot.

„Kann ich Ihnen helfen?", wispert sie kaum hörbar und zieht den Morgenmantel enger um ihren dürren Leib.

Ich bin dankbar für ihr Entgegenkommen. Sie hätte mich ebenso gut vom Grundstück jagen oder mir die Tür vor der Nase zuschlagen können.

„Ich bin Kathi Spatz, Sie erinnern sich bestimmt nicht mehr an mich", setze ich an und ringe im Geiste die Hände. Wie soll ich ihr nur begreiflich machen, was ich von ihr will? Das war so ziemlich die bescheuertste Idee meines Lebens, hierher zu kommen und zu hoffen, dass mich diese todkranke Frau auf eine Party begleiten würde!

„Natürlich erinnere ich mich", widerspricht sie.

Ich räuspere mich und suche nach den richtigen Worten, aber dann wird mir schlagartig bewusst, dass mir die Zeit böse im Nacken sitzt.

„Ja, ich glaube, Sie können mir helfen", greife ich ihre Frage auf. „Ich glaube sogar, dass Sie dem ganzen Dorf helfen können - und ganz besonders Ihrer Tochter."

„Cindy?", flüstert sie. Ein kaum wahrnehmbares Flimmern erscheint in ihren leblosen Augen.

„Allerdings würden Sie damit möglicherweise Ihrem Mann schaden", räume ich ein.

Das Flimmern erstirbt. An seine Stelle tritt ein seltsamer Glanz.

„Du kannst ruhig Du zu mir sagen, Kathi."

„Ja, also, ähem ...", stammele ich. Dieser Ausdruck in ihren Augen macht mich ganz nervös.

„Du sagst, ich würde meinem Mann schaden, wenn

ich dir helfe?", wiederholt sie.

„Möglicherweise."

Ihre schmalen Schultern heben sich. Die Tür schwingt auf. „Komm rein!"

„Auf der Autobahn – mit dreihundert fahr´n, so was kann ich nur mit Dir! Mich total verlier´n – nichts mehr kontrollier´n, das kann ich mit keieieinem Andern!", singt Cindy und winkt Patrick dabei übermütig zu. Er winkt zurück.

Ich öffne die Beifahrertür und helfe Astrid aus dem Wagen. Bei Tageslicht sieht sie noch mitleiderregender aus, obwohl sie jetzt statt des Morgenmantels ein Kleid trägt. Es ist tiefschwarz. Der Kontrast zu ihrer leichenblassen Haut und ihrem schütteren hellblonden Haar könnte nicht krasser sein.

Ich hake sie unter und führe sie zum Hofplatz. Sie schlurft wie eine Hundertjährige.

Horst fallen bald die Augen aus dem Kopf. „Astrid!", ruft er und stürzt uns entgegen.

Alle Köpfe fliegen herum, alle Augen sind auf Astrid Obermeier gerichtet. Benno zoomt sie mit der Kamera ran und Sören springt mit der Mikroangel herbei.

„Hat sie die Einverständniserklärung unterschrieben?", ruft Benno mir zu.

„Liegt im Bulli", antworte ich.

Cindy bricht mitten im Lied ab und steht stocksteif da. Mit offenem Mund beobachtet sie, wie ihre Mutter neben Irma Platz nimmt.

Ein Raunen geht durch die Gästeschar.

„Kathi hat mich mitgebracht", sagt Astrid, als müsse sie ihre Anwesenheit erklären. Ihre Stimme ist jetzt etwas kräftiger.

„Schön, dass du da bist, Astrid!" Irma schüttelt ihr

die Hand. „Wie geht's dir denn?"

Cindy ist von der Bühne geklettert. „Mama! Das gibt's nicht! Du bist zu meiner Verlobungsfeier gekommen!"

Der Anflug eines Lächelns erscheint auf Astrids Gesicht. „Du freust dich ja!" Sie klingt überrascht.

„Und ob!", erwidert Cindy und tupft sich eine Träne aus dem Augenwinkel.

„Das war schön emotional", sagt Olivia zu mir. „Gute Idee, die hätte glatt von mir sein können. Das nächste Mal sprichst du sowas mit mir ab, verstanden?"

Sie klatscht in die Hände. „Horst, du hältst jetzt deine Rede, aber spar dir um Gottes willen deinen Bürgermeisterscheiß, den brauchen wir nicht. Anschließend macht Patrick den Heiratsantrag."

Horst steigt auf den Anhänger, schnappt sich das Mikro und begrüßt mit großem Gebaren die anwesenden Gäste. „Besonders freut es mich, dass meine liebe Frau Astrid heute dabei ist", fährt er fort. „Wie ihr wisst, steht es mit ihrer Gesundheit nicht zum Besten. Trotzdem lässt sie es sich nicht nehmen, die Verlobung unserer Tochter mit uns zu feiern."

Die Gäste applaudieren.

„Ich möchte euch daran erinnern, dass die Kommunalwahlen anstehen. Ich bin euer Mann und eure Stimme, denkt daran! Wählt mich, den Bürgermeister eures Vertrauens!"

„Ich wähl' Lüder!", ertönt eine mir wohlbekannte Stimme aus dem Publikum.

Horst verliert für einen Moment den Faden. „Ähem, ich als euer Bürgermeister ..."

„Horst Obermeier ist nur auf seinen eigenen Vorteil aus!", behauptet Gustav.

Die Gäste tuscheln und Horst hebt beschwörend die

Hände. „Moment, Leute, das ist doch Unfug ..."

„Er steckt mit dem Abbruchunternehmer Bodo Kleinschmidt unter einer Decke und halst uns die Deponie auf!"

Aufruhr im Publikum.

„Ganz im Gegenteil!", beteuert Horst. „Ich habe alles in meiner Macht Stehende getan, um die Deponie zu verhindern!"

Seine Worte gehen im Tumult der Gäste unter.

Benno und Sören springen umher, um das Durcheinander optimal einzufangen.

Horst klopft gegen das Mikro und bemüht sich, die Aufmerksamkeit zurückzugewinnen.

Es ist so weit.

„Astrid?" Ich suche ihren Blick und entdecke Entschlossenheit darin.

Sie stützt sich auf der Tischkante ab und erhebt sich vom Stuhl.

„Schaffst du's allein?", frage ich sie besorgt und sehe sie nicken.

Patrick taucht neben mir auf. „Was hast du vor?", zischt er, die Augen zu Schlitzen verengt.

„Ich will die Deponie verhindern", antworte ich.

Er mustert mich, als könne er in meinem Gesicht lesen. Er sagt kein Wort.

Ich habe nicht die blasseste Ahnung, was in ihm vorgeht.

Plötzlich wendet er sich um, bietet seiner zukünftigen Schwiegermutter seinen starken Arm und führt sie über den Hofplatz.

„Mama? Wo willst du hin?", ruft Cindy ihr hinterher, aber sie bekommt keine Antwort.

„Dranbleiben!", befehle ich Benno und Sören.

Olivia zupft an meinem Ärmel. „Du bist ein

durchtriebenes, kleines Ding!", stellt sie fest und ich meine, Anerkennung in ihrer Stimme zu hören.

Schon schlägt sie wieder ihren üblichen Befehlston an. „Sag mir sofort, was das werden soll! Ich bin deine Chefin, du kannst hier nicht einfach dein eigenes Ding durchziehen!"

Astrids schütteres Haar taucht hinterm Anhänger auf, sie erklimmt die Leiter und stellt sich neben ihren Gatten.

Er starrt sie völlig perplex an. Es ist bestimmt noch nicht oft vorgekommen, dass es ihm die Sprache verschlägt.

Sie nimmt ihm das Mikro aus der Hand und augenblicklich verstummen die Gäste. Es dauert eine kleine Weile, bis sie zu Atem gekommen ist und sprechen kann.

„Ich habe eine wunderhübsche Tochter", sagt sie in die Stille hinein. Ihre Stimme ist so dünn wie ihr Körper.

Sie lächelt traurig. „Es tut mir sehr leid, dass ich dir nie eine richtige Mutter sein konnte, Cindy."

Ich höre Cindy aufschluchzen, Benno schwenkt herum.

„Jetzt könnten wir einen zweiten Kameramann gebrauchen", flüstert mir Olivia bedauernd zu.

„Mein Mann betrügt mich schon seit vielen Jahren." Astrids Worte klingen sachlich, wie eine Feststellung.

Horsts Gesicht läuft dunkelrot an, er schnappt nach Luft.

„Ich erwähne das nur, um deutlich zu machen, dass ich so ziemlich alles über ihn weiß. Ich weiß über seine privaten Belange Bescheid und über seine geschäftlichen."

Horst schwant offenbar, dass die Sache nicht gut für

ihn ausgehen könnte. „Meine Liebe, du bist krank, du überanstrengst dich!", säuselt er und will ihr das Mikro wegnehmen.

Sie umklammert es mit beiden Händen.

„Lass deine Frau ausreden!", verlangt Piedel, und die anderen Gäste stimmen ihm zu.

„Der Abbruchunternehmer Bodo Kleinschmidt will im Mühlental eine Bauschuttdeponie errichten", sagt Astrid.

„Leider, leider! Ich wünschte, ich hätte die Deponie abwenden können!", versichert Horst dem Publikum.

Astrid schaut ihn einen Moment lang schweigend an, dann schüttelt sie den Kopf. „Mein Mann verdient an der Deponie. Er ist Teilhaber der Firma Kleinschmidt."

Die Nachricht wirkt wie ein Donnerschlag. Es dauert eine oder zwei Sekunden, bis die Anwesenden die Tragweite erfasst haben.

„Du hast uns also alle angelogen! Du hast uns die Deponie eingebrockt und überhaupt nichts dagegen unternommen!" Piedel springt wutentbrannt auf.

Horst hat hektische Flecken im Gesicht. „Sie lügt!", brüllt er und reißt seiner Frau das Mikro aus den Händen. „Ich bin euer Bürgermeister, ich habe alles ..."

Niemand hört seine Beteuerungen, alle reden wild durcheinander.

Astrids magere Gestalt taumelt. Zum Glück ist Patrick da, er springt mit einem Satz auf den Anhänger und fängt sie auf.

Sie will noch etwas sagen.

Patrick nimmt Horst das Mikro weg und hält es Astrid hin. Mit einem Schlag sind alle Gäste still.

„Horst ist ein Diktator. Er will, dass alle Leute im Dorf nach seiner Pfeife tanzen. Ich habe sein Spiel lange genug mitgemacht. Ich hab's satt, ich lasse mir von ihm nichts mehr sagen." Ihre Stimme wird brüchig. „Ich werde Mühlbach verlassen", wispert sie. „Macht's gut, ihr Lieben!"

Cindy stößt einen Schluchzer aus und läuft zur Bühne.

Astrid steigt mit Patricks Hilfe die Leiter hinunter, Mutter und Tochter fallen sich in die Arme.

Jetzt ist der richtige Moment gekommen. Mein Puls rast, mein Herz schlägt mir bis zum Hals. Ich klettere auf die Deichsel und winke den verzweifelt um Gehör bettelnden Bürgermeister zu mir heran. Er legt das Mikro beiseite und beugt sich zu mir runter.

„Was willst du?", blafft er mich an.

„Du hast so eine schöne Rede vorbereitet", erinnere ich ihn.

Er schaut mich verwirrt an, dann nickt er nachdrücklich und fasst in seine hintere Hosentasche. „Stimmt. Du meinst, ich sollte ...?"

Er faltet das Papier auseinander - und ich mache dasselbe mit dem Drohbrief.

Ich halte den Brief direkt neben seine vorbereitete Ansprache. Die Schrift ist identisch.

„Was ...?", keucht er.

„Du hast Elmar erpresst und von zu Hause fortgejagt, damit der Weg für die Deponie frei ist."

Für einen Sekundenbruchteil erstarrt er zu Eis, aber schon im nächsten Moment grabscht er nach dem Brief.

Damit habe ich gerechnet und verberge ihn blitzschnell hinter meinem Rücken. „Du hast Volkens Winterfutter angezündet!"

„Hab ich nicht! Du spinnst ja!"

Schon klar, dass er leugnet, und die Polizei wird ihm die Brandstiftung vermutlich nicht mehr nachweisen können. Aber dass er der Verfasser des Drohbriefs ist, wäre ein Kinderspiel für die Ermittler. Selbst wenn Horst inzwischen die Druckerpatrone gewechselt hat.

„Gib mir sofort den Brief her", japst er.

Ich mache mir ein bisschen Sorgen um sein Herzkreislaufsystem. Sein Gesicht ist lila angelaufen und er hat dicke Schweißtropfen auf der Stirn.

Patrick stellt sich an meine Seite. Weil ich oben auf der Deichsel stehe, reicht er mir nur bis zum Bauchnabel.

Er schaut zu mir hoch. „Kann ich dir irgendwie helfen?"

Ich stopfe den Brief zurück in meine Hosentasche und lächle erst ihn und dann den Bürgermeister an. „Horst wird gleich das Mikrofon in die Hand nehmen und vor laufender Kamera verkünden, dass er und sein Kompagnon Bodo Kleinschmidt in Mühlbach keine Deponie errichten werden."

Horst schnappt nach Luft und es ist unschwer zu erahnen, wie es hinter seiner Stirn arbeitet. Ihm ist sehr wohl bewusst, was für ihn auf dem Spiel steht.

„Er wird schwören, dass die Firma Kleinschmidt auf die Deponie verzichtet, und die Genehmigung aufgehoben wird. Familie Volkens bekommt das Mühlental zurück und Gustav darf auf seinem Gutshof wohnen bleiben."

„Und warum sollte er das tun?", fragt Patrick verständnislos.

„Weil ich etwas habe, das ihm gehört."

Horsts Augen glimmen, seine Nasenlöcher schimmern blutrot. Er wirkt wie ein verwundeter Stier. Der Treckeranhänger ist die Arena und auf dem Hofplatz toben die Zuschauer. Aber ich bin nicht der Torero. Seine tödlichen Verletzungen hat er sich selber zuzuschreiben.

Er streckt seine Pranke aus. „Gib her!"

„Erst bist du dran", bestimme ich. „Du hast mein Wort, Patrick ist Zeuge."

Er schickt ein abgrundtief verächtliches Schnauben in meine Richtung, bevor er sich aufrichtet und nach dem Mikro greift. „Ich hab euch was zu sagen", murmelt er. Seine Schultern sind nach vorn gebeugt, die Hosenträger hängen durch.

Patrick bittet die Gästeschar um Ruhe, das aufgeregte Geplapper verebbt.

Ich entdecke Benno mit seiner Kamera schräg links vor der Bühne, er hat sie auf den Bürgermeister gerichtet. Olivia steht hinter ihm und kaut gespannt auf ihrer Unterlippe herum.

Cindy hockt mit ihrer Mutter und Patricks Eltern am Tisch. Wie alle anderen Teilnehmer der Feier blicken auch sie erwartungsvoll auf Horst, der nun die wichtigste Rede in seinem Amt als Bürgermeister hält.

Anschließend bricht ein Jubelsturm los. Die Dorfbewohner können ihr Glück nicht fassen, sie sind total von der Rolle. Horst hat vor der Kamera geschworen, dass die Deponie nicht errichtet wird und Familie Volkens das Land zurückbekommt. Auch auf Gustavs Gutshof alles beim Alten.

Schwer atmend beugt sich der Bürgermeister zu mir runter und streckt seine Hand aus. Sie zittert.

Ich ziehe den Brief aus meiner Hosentasche und überreiche ihn.

Vielleicht hätte ich mehr rausholen können. Vielleicht hätte ich Horst dazu bringen können zu gestehen, dass er Cindys Hochzeit eingefädelt hat. Mit der Hochzeit erhofft er sich mehr Macht im Dorf, die Provision für die Kredite und eine sichere Zukunft. Ein Schwiegersohn wie Patrick verschafft ihm allzeit

Rückendeckung. Patrick steht hinter seiner Familie, ganz gleich, was geschieht.

Ja, vielleicht hätte ich sogar herausfinden können, wer dieser Heinrich ist, bei dem Elmar seine Samstagabende verbringt. Vielleicht, vielleicht aber auch nicht. Ich war noch nie gut im Pokern. Die schöne Mühlbacher Natur bleibt erhalten und Gustav behält sein Zuhause. Ich habe allen Grund, zufrieden zu sein.

Jemand fasst mich bei den Hüften und hebt mich von der Deichsel runter. Es ist Patrick. Seine starken Arme halten mich einen Moment länger fest, als es nötig gewesen wäre. Mein Gesicht ist an seinen Brustkorb gedrückt, ich kann seinen Herzschlag hören und ich rieche seinen köstlich frischen, erdigen Duft.

„Danke, dass du das gemacht hast", sagt er in mein Haar. Dann lässt er mich los und geht mit langen Schritten zum Tisch seiner Familie.

Plötzlich ertönt hinter mir ein Aufschrei, es kracht, ich wirbele herum. Der Anhänger ist leer, Horst liegt auf dem Hofplatz.

Benno ist schon da und hält die Kamera drauf. Meine Mutter untersucht den Verletzten und entscheidet, dass er ins Krankenhaus soll. Zwei Männer laufen los, um eine Trage zu holen.

Olivia klatscht begeistert in die Hände. „Großartig! Das ist eine Verlobungsparty ganz nach meinem Geschmack!", jubelt sie.

Ich suche im chaotischen Gewühl der Gäste nach Cindy und finde sie etwas abseits der Bühne. Regungslos schaut sie zu, wie ihr Vater auf die Trage gehievt und abtransportiert wird. Ihr Gesicht ist eine starre, leblose Maske. Sie scheint mich gar nicht wahrzunehmen. Ich lege behutsam meinen Arm um sie. Ihr Körper ist so steif, als wäre er erfroren. Sie lässt die

Umarmung willenlos über sich ergehen.

Wie dünn und zart und knochig sie ist! Es scheint, als könne sie jeden Moment zerbrechen. Ich streiche ihr über den Rücken, der Stoff ihres hübschen Kleides fühlt sich glatt und kühl an.

„Es wird alles wieder gut", flüstere ich. „Du wirst sehen, alles wird wieder gut." Ich streiche ihr sanft das Haar aus dem Gesicht.

„Er hat mich benutzt", sagt sie tonlos. „Er hat mich nur benutzt."

Schweigend halte ich sie fest. Allmählich gibt ihr Körper etwas von seiner Starre auf und wird ein wenig weicher.

„Er hat mich gedrängt, dass ich Elmar heiraten soll. Jeden Tag hat er auf mich eingeredet. Aber Elmar wollte mich nicht."

Sie atmet tief durch, ich lasse meinen Arm sinken und fasse nach ihrer Hand. Sie ist so schmal und klein wie die eines Kindes.

Ich gehe voraus und führe sie weg von den Leuten, am Haus vorbei zu einer alten Holzbank. Gegenüber der Bank steht ein mächtiger Apfelbaum. Wir setzen uns, ich halte Cindys Hand, mein Blick verliert sich in den Zweigen, Blättern und Früchten des Baumes.

Sie lehnt sich zurück, legt den Kopf in den Nacken und schließt die Augen. „Dann verschwand Elmar, und Patrick kam zurück. Als Jugendliche war ich in ihn verknallt, aber das waren ja alle Mädchen."

Ich betrachte ihr Profil. Sie ist zweifellos eine schöne Frau mit glatter Haut, hohen Wangenknochen und langen, gebogenen Wimpern. Der bittere Zug um ihren Mund wird sich bestimmt nicht weiter ausprägen, denn sie wird mit Patrick sehr glücklich werden.

„Patrick ist für meinen Vater nur zweite Wahl, aber

immerhin ist er aufgeschlossen für weibliche Reize. Es wird allerhöchste Zeit, dass ich unter die Haube komme, sagt mein Vater."

„Was dein Vater will, ist doch gar nicht wichtig. Du liebst Patrick und Patrick liebt dich. Das ist es, was wirklich zählt."

Sie öffnet die Augen. „Trotzdem ist mein Vater ein egoistisches Arschloch. Kein Wunder, dass meine Mutter so krank ist!"

„Ich verstehe, dass du furchtbar wütend auf ihn bist. Er hat Fehler gemacht, aber gib ihm nicht die Schuld an allem."

„Er hat mich benutzt", wiederholt sie. „Er würde mich an jeden Mann verkaufen, wenn dabei nur genug für ihn herausspringt."

Ich nicke. „Das mag sein, Cindy. Aber dennoch liebt er dich. Er liebt dich und er ist sehr stolz auf dich. Und deine Mutter liebt dich ebenfalls, das habe ich vorhin ganz deutlich gespürt."

Zwei Vögel fliegen über das Hausdach und landen im Apfelbaum. Es sind die weißen Tauben. Sie gurren und flattern und wissen mit ihrer plötzlichen Freiheit offenbar noch nicht viel anzufangen.

Cindy strafft die Schultern und versucht ein Lächeln. „Ich werde bald heiraten. Der richtige Zeitpunkt, um mit der Vergangenheit abzuschließen, findest du nicht auch?"

Ich drücke ihre Hand. „Vergeben und vergessen."

„Vergeben? Ich weiß nicht, ob ich ihm jemals vergeben kann." Sie steht auf. „Danke, Kathi. Du hast mir sehr geholfen. Ich hätte das nicht erwartet - nach allem, was war."

Sie umarmt mich kurz und ein bisschen scheu.

„Vergeben und vergessen", entgegne ich lächelnd.

Ein echter Kumpel

„Das war's!", verkündet Benno erleichtert. „Wir können einpacken."

Cindy und Patrick erheben sich von der Holzbank. Die Bank steht jetzt unterm Apfelbaum, in den Ästen hocken noch immer die beiden Tauben. Eine schöne Kulisse für den Heiratsantrag.

„Wir haben eine turbulente Verlobungsfeier im Kasten", resümiert Olivia zufrieden. „Die anderen Bauernpaare werden das ganz gewiss nicht toppen können."

„Dann sehen wir uns also zur Hochzeit wieder?" Sören wirft ihr einen fragenden Blick zu. „Oder willst du dafür ein anderes Team mitnehmen?"

Sie schüttelt den Kopf. „So schnell krieg ich eh keine Leute. Wenn ihr wollt, seid ihr mit dabei."

Benno zuckt die Schultern. Er guckt rüber zu Cindy, ihre Blicke begegnen sich.

„Ich guck mal in meinem Terminkalender nach", murmelt er schließlich.

Olivia schaut über die Äcker bis zum Horizont, der in orange-rotes Licht getaucht ist. „Wer hätte das gedacht? Dieser Auftrag hat mir wieder richtig Lust auf Doku-Soaps gemacht!", verkündet sie. „Ich hatte fast vergessen, was für ein gutes Gefühl das ist."

Ich halte sie für einen Stadtmenschen und wundere mich, dass sie sich plötzlich für die Schönheit der Natur begeistern kann. „Welches Gefühl genau meinst du denn?", hake ich nach.

Sie breitet die Arme aus, als gehöre ihr die ganze Welt. „Grenzenlos mächtig zu sein!", ruft sie euphorisch.

Es kommt darauf an, wie man seine Macht einsetzt. Man kann Gutes damit bewirken, aber man kann sie auch rücksichtslos für die eigenen Ziele missbrauchen.

„Ihr baut jetzt ab und verstaut alles im Bulli. Katharina, du hast die Verantwortung! Ich verabschiede mich."

„Du willst heute noch heimfahren?", erkundige ich mich, aber leider schüttelt sie den Kopf.

„Joy hat mir eine kostenlose Wellnessbehandlung versprochen. Ich werde mich gleich auf ihre Behandlungsliege legen und mich entspannen."

Ich kann mir Olivia beim besten Willen nicht entspannt vorstellen. Wenn meine Mutter nicht inzwischen zur Wunderheilerin mutiert ist, wird alles beim Alten bleiben.

Ich seufze auf und mache mich an die Arbeit. Benno, Sören und Patrick packen mit an. Cindy macht sich auf den Heimweg, sie will zu ihrer Mutter.

Der Wagen ist wieder bis zur Oberkante vollgeladen. Sören setzt sich zu seiner Palme auf die Rückbank, Benno wirft die Heckklappe zu und schwingt sich hinters Steuer.

Von den Wiesen steigt grauer Nebel auf, die Dämmerung hat eingesetzt. Patrick steht mir gegenüber, seine breitschultrige Gestalt zeichnet sich dunkel vorm Abendhimmel ab. Ich kann sein Gesicht nur schemenhaft erkennen.

„Schade, dass du wieder wegfährst", sagt er ruhig.

Ein salziger Kloß bildet sich in meinem Hals, ich muss ein paarmal schlucken.

„Es war schön, mal wieder zu Hause zu sein", entgegne ich und reiche ihm die Hand. „Auf

Wiedersehen, Patrick!"

Er umschließt meine Hand mit seiner. Sie fühlt sich warm und kräftig an.

„Freunde?", fragt er. Ich höre an seiner Stimme, dass er lächelt.

„Freunde!", bestätige ich und lächle ebenfalls.

Er zieht mich zu sich heran und drückt mich an sich, so wie Freunde das nun mal tun. Ich atme seinen Duft ein. Patrick braucht kein Aftershave zu benutzen, er riecht einfach göttlich.

Der Bulli springt an, der Motor poltert, der Auspuff spuckt. Ich löse mich aus der Umarmung, klettere auf den Beifahrersitz und wir rumpeln vom Hof.

Draußen vorm Fenster ist es stockdunkel. Ich liege im Gästebett, Sören übernachtet wieder bei Sabine.

Nebenan im Schlafzimmer meiner Eltern ist der Teufel los. Besser gesagt: Olivia ist los. Sie fällt jauchzend über Robert her, der Lattenrost knarrt in rhythmischem Takt. Ein lustvoller Schrei lässt mich zusammenzucken.

Ein paar Meter weiter raschelt das Bettzeug. „Heilige Scheiße, sind die bald mal fertig?", motzt Benno. „Das ist ja abartig!"

„Du sagst es."

Er knipst die Nachttischlampe an, stützt sich auf den Ellenbogen und schaut zu mir rüber. Seine Haare sind wild durcheinander, er sieht ziemlich nachdenklich aus. „Sag mal, warst du schon mal verliebt? Ich meine, so richtig doll verliebt?"

Was ist denn plötzlich mit dem hartgesottenen Benno los? Ich bemühe mich, mir meine Verwunderung nicht anmerken zu lassen.

„Ja, das war ich", antworte ich wahrheitsgemäß.

Er bleibt eine Weile stumm, das Spektakel nebenan scheint sich dem Höhepunkt zu nähern.

„Das ist doch scheiße." Ein mürrischer Zug erscheint um seinen Mund. „Wie lange dauert das, bis man wieder normal tickt? Einen Tag? Eine Woche?"

Das kann Jahre dauern, denke ich bei mir, aber laut sage ich: „Wie wär's, wenn du dich freust, anstatt dich zu ärgern? Verliebt zu sein ist doch was Schönes."

„Aber nicht, wenn die Betreffende in festen Händen ist", knurrt er.

Ich richte mich im Bett auf. „Du hast dich in Cindy verliebt?!"

„Du behältst das für dich, klaro?"

„Selbstverständlich", versichere ich. „Hast du's ihr gesagt?"

„Natürlich nicht! Wie du weißt, ist sie so gut wie verheiratet." Das klingt wie ein Vorwurf.

Ich hebe in einer hilflosen Geste die Schultern. „Tja, dann bist du unglücklich verliebt. Das tut mir leid."

Er lässt sich seufzend ins Kissen fallen. „Hoffentlich vergesse ich sie ganz schnell."

Armer Benno, ihn scheint's ganz schön erwischt zu haben. „Morgen fahren wir zurück in die Stadt, das wird dich ablenken."

Er seufzt erneut, dann macht er das Licht aus. Nebenan ist Ruhe eingekehrt.

Ich kuschle mich ins Kissen und nehme einen frischen, erdigen Duft in meinen Haaren wahr. Patricks Duft.

Die Ereignisse des Tages ziehen wie ein schneller Film an mir vorbei. Meine Augen fallen zu, ich bin auf einmal hundemüde.

„Katharina?", sagt Benno in die Dunkelheit hinein.

„Hm."

„Dafür, dass du das erste Mal am Set warst, hast du dich gar nicht mal schlecht geschlagen!"

Ich murmele ein Dankeschön. Kurz darauf bin ich eingeschlafen.

Wir wollen zeitig aufbrechen und treffen uns um sechs Uhr zum Frühstück in der Küche. Mein Vater steht am Herd und backt Pfannkuchen, der Tisch ist gedeckt.

Robert und Olivia haben gemeinsam geduscht und turteln rum wie verliebte Teenager.

„Ich bin wieder topfit", erklärt Robert.

„Und wie fit du bist, Roberto! Du hast uns letzte Nacht hinlänglich von deiner Libido überzeugt." Meine Mutter tappt barfuß in die Küche. Sie trägt ein durchscheinendes Nachthemd und nichts darunter.

Hardy gackert. „Mannomann, Robert, das war mindestens ne Doppelvorstellung." Er gibt meiner Mutter einen schmatzenden Kuss.

Benno vergisst zu kauen, er starrt meiner Mutter auf die Brustwarzen.

„Mama, könntest du dir bitte was überziehen?"

Sie setzt sich neben mich an den Tisch und schaut mir forschend ins Gesicht. „Was ist los mit dir, Krümelchen, hast du schlecht geschlafen? Hier, mach mit mir diese Übung, die weitet dein Sonnengeflecht." Sie streckt die Arme nach hinten, wölbt den Rücken und streckt den Bauch nach vorn. Benno fällt der Bissen aus dem Mund.

Robert stapelt drei Wurstsorten und eine Käsescheibe auf seiner Brötchenhälfte. Er beißt hinein und verdreht genießerisch die Augen. Olivia lässt ihre Hand unter den Tisch gleiten und prompt verschluckt er sich an dem Bissen.

„Unser Krümel ist unser ein und alles", verkündet meine Mutter und streicht mir liebevoll eine Locke hinters Ohr.

Mein Vater nickt nachdrücklich und zwinkert mir zu. Er lädt jedem einen Pfannkuchen auf den Teller, auch Olivia, obwohl die keinen wollte. „Wir haben sie geherzt und betüdelt. Wir haben stets versucht, ihr Selbstbewusstsein zu vermitteln. Wir wollten, dass sie glücklich ist."

„Ihr habt's sicherlich gut gemeint", kommentiert Robert.

Mein Vater dreht den Herd aus und setzt sich zu uns an den Tisch. „Im Leben gehts nicht ums Gewinnen oder Verlieren, Robert, sondern um Erfüllung", erklärt er.

„Das hast du wunderbar ausgedrückt, Hardy!" Meine Mutter wirft ihm eine Kusshand zu.

Es klingelt. Mein Vater springt vom Stuhl. „Joy, wusstest du, dass wir eine Klingel haben? Wer benutzt denn hier die Klingel?", ruft er übermütig und hopst wie ein Kind zur Tür.

Hanna und Sören kommen herein. Hanna will sich von mir verabschieden und Sören wird mit uns zurück in die Stadt fahren. „Ich würd am liebsten hierbleiben", jammert er. „Sabine und ich haben uns ineinander verliebt." Sein Kinn zittert und seine Augen schwimmen in Tränen.

„Du könntest Schlachter werden. Oder Fleischereifachverkäufer. Oder Aushilfe im Imbisswagen", schlägt Benno mit schiefem Grinsen vor.

Hanna drückt mir etwas in die Hand, es fühlt sich an wie ein Stein. Ich öffne die Faust und erblicke einen kleinen, bunt bemalten Engel aus Ton. Er hat dieses niedliche, freche Grinsen im Gesicht, das typisch für

Hannas Engel ist.

„Ach wie süß! Danke, Hanna, jetzt hab ich ein schönes Andenken an dich!" Ich drücke sie fest an mich. „Wir sehen uns bald wieder, versprochen!"

„Spätestens nächste Woche bei der Hochzeit. Jede Wette, dass wir das Ding gewinnen!", tönt Olivia.

„Bis dahin werde ich ganz oft an dich denken", flüstere ich in Hannas Ohr.

„Tschüss, Kathi, ich muss los. Fredi wartet zu Hause mit den Kindern. Bis bald!" Sie gibt mir einen Kuss auf die Wange und weht hinaus. Ich winke ihr hinterher, bis sie um die Straßenbiegung verschwunden ist.

„Robert fährt bei mir mit. Wir düsen geradewegs durch ins Büro und fangen mit dem Schnitt an. Benno, du übernimmst den Bulli", bestimmt Olivia.

„Zu viel der Ehre", dienert Benno und macht eine übertriebene Verbeugung. „Na los, Kinder, packt eure Sachen in den Schrotthaufen!", ruft er Sören und mir zu.

So ein Mist, Olivia und Robert wollen ohne mich mit dem Schnitt anfangen!

Ich atme tief durch und stelle mich vor die beiden hin. „Ich habe Patrick versprochen, dass die Sahneszene nicht ins Fernsehen kommt", erkläre ich. „Und bitte: Macht eine ehrliche, wahrhaftige Sendung aus dem Material!"

Meine Mutter legt ihren Arm um meine Schulter. „Kathi hat recht! Ihr solltet den Zuschauern zeigen, was wahre Liebe ist. Kriegt ihr das hin?"

Olivia reibt ihren Busen an Roberts Oberarm. „Mit wahrer Liebe kennen wir uns aus", gurrt sie.

„Die Sendung braucht keine Peinlichkeiten", beharre ich. „Wir haben einige wunderbar romantische Szenen mit dem Hochzeitspaar. Und darüber hinaus vermittelt unsere Sendung eine Botschaft: Wir zeigen den Zuschauern, dass sich der Kampf gegen Unrecht und Zerstörung lohnt! Das Mühlental bleibt eine schöne Wiese und wird nicht zur Deponie. Die Sendung wird den Menschen Mut machen, sich ebenfalls zu engagieren."

Robert schaut Olivia tief in die Augen. „Ich könnt schon wieder", raunt er, woraufhin sie mit dem Zeigefinger an seinem offenen Hemdkragen entlangfährt.

Gute Idee. Amüsiert euch miteinander und lasst euch viel Zeit dabei!

Ich schultere meine Tasche und umarme meine Eltern. „Tausend Dank, dass ihr uns bei euch aufgenommen habt."

„Das war uns ein Vergnügen. Wir haben gerne Gäste im Haus, nicht wahr, Hardy?" Meine Mutter strahlt meinen Vater an und er nickt nachdrücklich.

„Ich hab euch lieb", sage ich und gebe den beiden Abschiedsküsse.

„Die Pfannkuchen waren echt spitze!", ruft Benno und reckt den Daumen.

„Wir dürfen also zur Hochzeit wieder hier wohnen?", erkundigt sich Olivia mit scheelem Grinsen.

„Selbstverständlich", sagt meine Mutter. „Und denk dran, Olivia: Lass deine Hüften kreisen, hülle dich in orange und konzentriere dich auf dein Polaritäts-Chakra."

„Was auch immer das mit diesem Chakka-Chakka auf sich hat, die Wirkung ist phänomenal", schwärmt Robert und kneift seiner Gattin in den Hintern. Sie quiekt albern und haut ihm auf die Finger.

Meine Eltern stehen Arm in Arm auf der

Eingangsstufe. Links ein durchsichtiges Nachthemd und rechts eine Kochschürze. Sie winken uns hinterher, küssen sich, winken wieder und verschwinden im Haus.

Der Bulli rumpelt durch die Straßen und zieht eine schwarze Wolke hinter sich her. Ich presse meine Nase an die Scheibe und sehe die Häuser und die Landschaft meines Heimatdorfs an mir vorüberziehen. Mit jedem Meter wird mir schwerer ums Herz.

Wir passieren das Dorfschild und fahren Richtung Landstraße. Der Gutshof kommt in Sicht.

„Halt bitte bei Gustav an, ja? Ich will nach Hercules schauen, und möchte mich verabschieden."

„Fünf Minuten!", murrt Benno und schaltet den Blinker ein. „Ich hab die Nase voll vom Landleben, ich will nach Hause."

Ich steige aus dem Wagen und gehe über das Kopfsteinpflaster zum Stallgebäude. Noch ein letztes Mal die herrliche Luft einatmen, die Vögel singen hören und über die Wiesen bis zum Horizont schauen ...

Hercules wiehert, noch bevor ich den Stall erreicht habe. Er hat mich an meinem Schritt erkannt.

„Guten Morgen, mein Junge. Wie geht's dir denn heute?" Ich öffne die Boxtür und sehe mir sein Bein an. Der Verband ist noch dran, er belastet den Huf ganz normal. Ich streiche oberhalb und unterhalb der Verletzung an seinen Sehnen entlang, ihm scheint weiter nichts wehzutun.

Allerdings langweilt er sich ganz offensichtlich, denn er stupst mich auffordernd mit der Nase an.

Ich kraule ihm ein letztes Mal die Stirn und verlasse seine Box. Er drängt hinter mir her, aber ich schicke ihn zurück und schließe die Tür. Mein Herz liegt schwer wie Blei in meiner Brust.

Ich klopfe das Heu von meiner Jeans und verlasse

schnell den Stall, ohne mich umzudrehen. Ich weiß genau, dass er mir hinterherschaut, und sein Blick würde mir den Abschied noch schwerer machen.

Gustav taucht auf dem Hofplatz auf, wie üblich in Arbeitskluft und Cordhut. „Schick deine Kollegen nach Hause und bleib hier", sagt er.

Na, der kommt ja auf Ideen!

„Das geht leider nicht", seufze ich. „Ich muss zurück in die Stadt."

Benno schmeißt den Motor an.

Ich reiche ihm die Hand. „Auf Wiedersehen Gustav, bis bald."

„Ich muss dir was beichten", sagt er.

„Und das wäre?"

Er winkt Benno mit dem Arm. „Mach die Karre aus! Du verpestest die Luft!"

Stattdessen drückt Benno auf die Hupe. Sörens blasses Gesicht erscheint am Seitenfenster. Seine Augen sind gerötet, seine Unterlippe zuckt.

Die hintere Tür geht auf und er steigt aus. „Ich bleib hier."

Nun stellt Benno tatsächlich den Motor ab. „Was soll das werden?", motzt er. „Ringelpiez mit Anfassen?"

„Ich will nicht wieder zurück in die Stadt, ich bleib bei Sabine. Sie ist meine Traumfrau."

Benno verdreht die Augen im Kopf. „Sehr praktisch, dass du deinen Hausstand dabei hast, da sparst du die Umzugskosten. Wollen wir den Krempel hier auf dem Hof ausladen?"

„Du könntest mich auch eben direkt zu Sabine bringen, das wär einfacher für mich."

Benno stößt einen langen Seufzer aus. „Großartig, dass dir das jetzt einfällt. Wir fahren also zurück. Ich seh schon, ich komm aus diesem Scheiß-Kaff gar nicht mehr weg!"

„Dann bleib ich so lange hier bei Gustav, und du holst mich ab, okay?", bitte ich ihn.

Sören hüpft wieder ins Auto. „Sabine wird Augen machen!", jubelt er.

„Hauptsache, sie will dich und deine Kartons überhaupt haben. Du solltest sie fragen, bevor wir ausladen."

Der Bulli brummt vom Hof. Ich gehe mit Gustav zum Gutshaus, wir setzen uns auf die Eingangsstufen mit Blick über die Koppeln. Eine ganze Weile genießen wir einfach nur still den friedlichen Morgen.

„Ich habe einen Fehler gemacht, den ich sehr bereue", sagt er schließlich. „Weißt du noch, damals? Du warst jeden Tag bei mir auf dem Hof."

Diese Sache muss ihn sehr beschäftigen, wenn er dafür so weit ausholt. Ich bin neugierig, worum es geht.

„Du wolltest deine Liebe zu den Pferden zu deinem Beruf machen."

Daran erinnere ich mich nur zu gut. Ich wollte Reitlehrerin oder Pferdetrainerin werden. Aber Gustav hatte dagegen argumentiert: schwere körperliche Arbeit, miserable Bezahlung, schlechte Aufstiegschancen. Als ich mit der Schule fertig war, hatte ich eine Vorstellung davon, was ich *nicht* machen sollte, aber keine Ahnung, was ich werden wollte.

„Ich hätte dir das nicht ausreden sollen. Mit den Pferden bist du glücklich."

Ich nicke stumm.

„Du bist eine sehr gute Reiterin, aber was noch viel wichtiger ist: Du erkennst die Pferde."

„Du meinst, dass ich sie gut beobachten kann?"

„Ja, du erkennst ihr Wesen."

Hach, da hat er mein Lieblingsthema erwischt! „Es

ist einfach wunderbar, die Persönlichkeit eines Pferdes zu entdecken. Kein Pferd ist wie das andere", plappere ich freudestrahlend. „Da gibt es den Phlegmatiker, den Ungeduldigen, den Hochsensiblen und viele weitere mehr. Dazu kommen die körperlichen Merkmale und die jeweiligen Stärken und Schwächen. Keine Trainingsmethode ist so umfassend, dass sie jedem Pferdetyp gerecht werden könnte. Deshalb sollte man erst herausfinden, wer da unterm Fell steckt, und daraufhin das Training aufbauen ..."

„Genau das meinte ich", unterbricht er mich.

„Ich hatte einen guten Lehrmeister", entgegne ich schmunzelnd.

„Nun ja, ich hab dir ne Menge beigebracht", gibt er zu.

„Ich meinte eigentlich Hercules", sage ich und grinse breit.

Gustavs Lachen endet in einem Hustenanfall. Als er wieder Luft kriegt, sagt er: „Ich hab dich bei deiner Arbeit fürs Fernsehen beobachtet. Kathi, das ist nichts für dich, du bist nicht glücklich dabei."

Vielleicht hat er recht. Aber ich habe sechs Jahre meines Lebens investiert - und ich habe eine Aufgabe zu erfüllen.

„Ich hätt dich damals nicht von deinen Plänen abbringen sollen. Es ist nie zu spät zum Umkehren. Dein Platz ist hier."

Ein warmer Schauer geht über meine Haut. Mein Herz klopft ein bisschen schneller.

Der Bulli kommt in Sicht. Ich atme aus und schüttle langsam den Kopf. „Ich kann nicht, Gustav. Ich muss zurück."

***

Benno und ich hängen unseren Gedanken nach, nur die Motoren- und die Fahrtgeräusche sind zu hören.

Nach etwa hundertfünfzig Kilometern halten wir an einer Raststätte. Er tankt den Wagen und als er zurückkehrt, wirft er mir einen Schokoriegel in den Schoß. Wir kauen einträchtig. Er knüllt das Papier zusammen und pfeffert es über die Schulter nach hinten.

„Sören ist ein Idiot, aber, Scheiße, irgendwie beneide ich ihn. Ich glaub, er hat das Richtige gemacht."

„Sabine ist ein nettes Mädchen, die beiden werden bestimmt glücklich miteinander." Ich stopfe das Papier in meine Tasche.

Er gibt ein knurrendes Geräusch von sich, startet den Wagen und wir fahren weiter.

Vermutlich will er auf andere Gedanken kommen, denn er wechselt das Thema. „Du solltest dir nicht zu viel von der Sendung versprechen. Die Deponie wird darin nicht zur Sprache kommen."

Mir bleibt die Luft weg. Ich versuche mich zu beruhigen, indem ich mir klarmache, dass Benno das gar nicht wissen kann. „Wie kommst du denn darauf?", hake ich nach.

„Olivia hat das gestern gesagt. Sie will aus der Verlobungsfeier eine ganz andere Story machen."

Das hätte sie wohl gerne! Horst, Astrid und alle anderen Gäste haben gesagt, was sie gesagt haben, und daran gibt's nichts zu rütteln. Ich bin mir ziemlich sicher, dass Olivia nicht zaubern kann, und grinse amüsiert. „Wie soll das denn bitteschön gehen? Du hast doch alles mit der Kamera aufgenommen."

Benno wirft mir einen flüchtigen Seitenblick zu. „Das ist nur das Material. Du hast keine Ahnung vom

Schnitt", stellt er nüchtern fest.

„Ich hab Robert schon mal dabei über die Schulter geguckt. Allerdings nicht lange", gebe ich zu.

„Ich schätze, du wirst ziemlich überrascht sein, wenn du das Ergebnis zu sehen kriegst. Allerdings nicht angenehm überrascht, fürchte ich. Du wirst nicht mehr viel von dem wiedererkennen, was wir gedreht haben."

Er guckt nochmal zu mir rüber, wie um sicherzugehen, dass ich noch da bin. „Ich kenn mich aus, ich bin nämlich nicht nur Kameramann, sondern auch Cutter. Ich wollt' dich nur schon mal vorwarnen."

Meine Synapsen weigern sich, diese Informationen ans Großhirn weiterzuleiten. Mein Mund steht offen und ich glotze meinen Nebenmann sprachlos an.

„Technik macht's möglich, sag ich nur." Er hebt die Schultern. „Es ist wie überall Leben: Man kann die Wahrheit sagen oder lügen."

Ich kriege keinen Ton raus. Ich wünschte, ich würde ihm nicht glauben, aber ich ahne, dass er recht hat.

Er klopft mir freundschaftlich auf den Oberschenkel. „Ey, lass den Kopf nicht hängen. Du hast da echt was Gutes gemacht für die Leute in deinem Dorf. Aber ins Fernsehen kommt das nicht."

Ich fahre wie elektrisiert von meinem Sitz hoch. „Die Wahrheit *muss* an die Öffentlichkeit! Sonst leugnet Horst, was er bei der Feier gesagt hat, und baut die Deponie trotzdem!", kreische ich.

„Das wäre echt mies." Bennos Grinsen fällt ziemlich schief aus.

Ich sinke zurück ins Polster. „Und ich dachte, ich müsste *nur* dafür sorgen, dass Patricks Sahnegesicht und die anderen Peinlichkeiten nicht gesendet werden!", stöhne ich.

„Das Sahnegesicht ist meine Schuld. Und Cindys",

gesteht er. „Zu dem Zeitpunkt war ich noch voll auf dem gewohnten Doku-Soap-Trip. Du weißt schon: je mehr schrägen Scheiß, umso besser."

„Erzähl mir lieber, was ich jetzt machen soll!"

Er streicht sich über den Bart. „Wir könnten unseren eigenen Film machen. Ich hab das Rohmaterial kopiert."

„Wie bitte?"

Ein lahmer Fiat taucht vor uns auf. Benno umfasst das Lenkrad mit beiden Händen, schert aus und treibt den Bulli an. Der spuckt trotzig, kommt gemächlich in die Puschen und hüllt den Fiat in schwarzen Qualm.

„Wir machen unseren eigenen Film. Mit ein bisschen Glück wird unserer gesendet und nicht die Lügen-Version."

Ich bin wie vom Donner gerührt. „Du meinst, Super Alpha TV würde unseren Film senden anstatt den von Olivia und Robert?"

„Mit ein bisschen Glück," wiederholt er.

Mein Gehirn bemüht sich, die neue Option zu erfassen.

„Du willst mir helfen?", frage ich und sehe ihn grimmig nicken. „Warum?"

„Weil die Story gut ist." Er streicht sich wieder den Bart. „Und weil ich will, dass Cindy perfekt rüberkommt. Die Stolzes machen aus ihr ne talentfreie Dorfmatratze."

Er seufzt. „Ich hätt mich nicht von Robert breitschlagen lassen sollen. Das war wirklich das allerletzte Mal, dass ich Doku-Soap mache! Ich hab keinen Bock mehr auf diese elenden Narzissten, Sklaventreiber und Betrüger. Musiker sind mir tausendmal lieber."

„Es muss doch möglich sein, ehrliche und gute Fernsehsendungen zu machen! Ich kapier das einfach nicht!"

Benno schüttelt den Kopf. „Aber nicht mit einer Doku-Soap. Du hast doch mitgekriegt, was da abgeht. Die Protagonisten unterschreiben einen Sklavenvertrag, der sie zu Hampelmännern macht, und dann müssen sie vorgegebene Dinge sagen oder machen, um Emotionen beim Publikum zu erzeugen. Sie werden eiskalt ausgenutzt."

„Das ist einfach abscheulich! Hätte ich mich bloß niemals bei Golden Gloria beworben!", fluche ich.

„Geh zum Samariterbund", meint er lakonisch. „Oder such dir einen Laden, der Heimatfilme produziert."

Ich lehne mich im Sitz zurück und schaue nach vorn durch die Scheibe. Okay. Benno und ich machen also unseren eigenen Film. Robert und Olivia dürfen davon natürlich nichts mitkriegen.

Wie soll ich das denn bitteschön anstellen?

***

Wir müssen uns beeilen. Heute ist Dienstag und am Freitagabend wird die „Bauernhochzeit" ausgestrahlt. Benno schätzt, dass wir mindestens zwei Tage für den Schnitt brauchen werden. Ich kann nicht glauben, dass das so lange dauern soll. Zwei Tage für 20 Minuten Film?!

„Dank der Cutterlisten", ergänzt Benno, als wir die ausgetretenen Treppenstufen zu seiner Wohnung hinaufsteigen. „Sonst kämen wir mit dem Sichten und dem Schnitt in der kurzen Zeit niemals durch."

Ich trage meine Sporttasche unterm Arm und er hat seinen Treckingrucksack umgeschnallt. Mit dem Ding auf dem Rücken sieht er aus wie eine jüngere Ausgabe von Reinhold Messner.

„Wir arbeiten durch, bis wir fertig sind. Mit Kaffee und Schokolade kann man ziemlich lange ohne Schlaf auskommen." Er scheint auf Erfahrungswerte zurückzugreifen.

Wir haben vier Stockwerke hinter uns gebracht und nun schließt er seine Wohnungstür auf. „Guck dich am besten gar nicht um", empfiehlt er und lässt seinen Rucksack im winzigen Flur fallen.

Die Wohnung ist ein Durcheinander aus Musikinstrumenten, undefinierbaren technischen Geräten und Umzugskartons. Benno räumt Klamotten, schmutziges Geschirr, Zeitschriften und Süßigkeitenmüll vom Schreibtisch. Zwei Bildschirme samt Tastatur kommen zum Vorschein.

Ich greife zum Handy und verspüre ein leichtes Ziehen in der Magengegend. Bestimmt wartet Jana schon sehnsüchtig auf meine Rückkehr, sie schreibt in dieser Woche zwei Klausuren.

Aus dem Hintergrund tönt Musik. „Rate, wer hier ist!", flüstert sie aufgeregt, und liefert die Antwort gleich mit. „Alexander! Du wirst es nicht glauben: Der Mann kann sogar kochen! Italienisch, französisch und irgendwas noch!"

„Jana, ich ..."

„Gestern Abend waren wir im Theater. Und morgen früh fahren wir zusammen zur Uni. Ach, und wegen der Klausuren mach dir keine Gedanken, Alex kann den Stoff total gut erklären!"

Donnerwetter, Jana scheint's voll erwischt zu haben! In den Jahren unseres Zusammenwohnens ist es noch kein einziges Mal vorgekommen, dass sie sich öfter als einmal mit demselben Mann verabredet hat.

„Dann ist's also gar nicht schlimm, wenn ich nicht

nach Hause komme", stelle ich erleichtert fest.

„Nee, überhaupt nicht!", versichert sie.

Benno räumt auch den Schreibtischsessel frei, stellt einen Klappstuhl daneben und schaltet den Computer ein.

Ein Ehebett erscheint auf dem linken Monitor. Auf der zerwühlten Bettdecke liegen eine fadenscheinige lange Herrenunterhose, ein hautfarbener Damen-Hüftslip und ein BH, der vom Waschen grau geworden ist. Man benötigt nicht viel Phantasie um anzunehmen, dass die Kleidungsstücke in großer Eile ausgezogen wurden. Und man braucht nur noch ein kleines bisschen mehr Phantasie, um sich auszumalen, was der Grund dafür gewesen sein könnte.

Ich öffne den Mund.

Benno hebt eine Hand. „Schon gut, schon gut, spar dir deinen Kommentar. Ich war's. Ich hab die Szenerie in Irmas Schlafzimmer arrangiert. Olivia und Robert werden sich drüber freuen." Er lässt die Bilder weiterlaufen.

Wir haben eine Unmenge an Material. Allmählich dämmert's mir, dass der Schnitt einer Sendung tatsächlich ein ziemlich zeitaufwändiges Unterfangen ist.

***

Meine Lippen sind taub vor Müdigkeit, ich krieg kaum noch ein vernünftiges Wort raus. Vorm Fenster ist ein neuer Tag angebrochen. Der wievielte Tag? Ich habe keine Ahnung, ich habe jegliches Zeitgefühl verloren.

„Finito. Wir haben's." Benno schaltet den PC aus. Mit den rotgeränderten Augen in den schwarzen Höhlen könnte er fast als Zombie durchgehen.

„Und jetzt?", nuschele ich.
„Jetzt bringen wir die Disk zu Super Alpha."

Um punkt acht Uhr kreuzen wir beim Sender auf. Der Pförtner winkt uns durch, als er den Namen Maik Brunsen hört.

„Maik und ich haben zusammen in 'ner WG gewohnt", erklärt Benno, während wir über den Parkplatz auf den modernen Gebäudekomplex zugehen.

Der Spaziergang durch die frische Luft und die Aussicht, gleich unsere gelungene „Bauernhochzeit" beim Sender abzugeben, verschaffen mir einen Energieschub. Die Müdigkeit verschwindet und macht gespannter Nervosität Platz.

„Er ist inzwischen einer der Programm-Manager bei Super Alpha. Durch seine Empfehlungen bin ich an die Doku-Soap-Aufträge gekommen."

Eine Empfangsdame meldet uns telefonisch bei Bennos Kumpel an. Wir durchqueren die Eingangshalle und gehen durch endlos lange, mit Teppich ausgelegte Flure.

Maik Brunsen ist ein jungenhaft wirkender Hüne mit kupferrotem Haar und Sommersprossen. An seinem rechten Ringfinger glänzt ein goldener Ehering. Auf dem hellen, blankpolierten Schreibtisch stehen gerahmte Fotos von zwei rothaarigen Kindern.

Er freut sich ganz offensichtlich, seinen alten WG-Genossen wiederzusehen, und lädt uns zu einer Tasse Kaffee ein. Ich lehne dankend ab und bitte stattdessen um ein Glas Wasser. Noch einen Tropfen Kaffee, und ich falle tot um.

Nach kurzem Smalltalk kommt Benno auf unser Anliegen zu sprechen.

„Wow", stößt Maik wenig begeistert hervor. „Du

gehst hoffentlich nicht davon aus, dass ich euch dabei helfen könnte?" Er macht ein gequältes Gesicht.

„Das hoffe ich doch." Benno streicht sich das Haar aus der Stirn.

Maik hebt die Hände. „Tut mir echt leid, aber da kann ich nichts machen. Das ist Strunz' Revier." An mich gewandt erklärt er: „Strunz ist der Obermotz von Super Alpha." Er schneidet eine Grimasse. „Der lässt sich kaum dazu herab, mit einem kleinen Wurm wie mir ein Wort zu wechseln."

Für einen kleinen Wurm hat Maik ein ziemlich schickes Büro, finde ich.

Bennos Schultern sinken herab. „Scheiße!", schimpft er. „In dem Ding steckt verdammt viel Arbeit. Und es ist verdammt gut geworden."

„Was können wir denn bloß tun?", frage ich den Programm-Manager.

Er weiß keine Antwort. Sein gleichsam mitfühlender und entschuldigender Blick wandert zur silbernen Uhr auf seinem Schreibtisch. Dann sagt er: „Ich hab noch ne halbe Stunde bis zu meinem ersten Termin. Zeigt mal her, was ihr habt." Er streckt die Hand aus und Benno legt die Disk hinein.

„Musik, Bauchbinden, Verpackung - das Ding ist komplett sendefertig!", verkündet Benno stolz.

Ich schöpfe neue Hoffnung. Vielleicht wird ja doch noch alles gut.

Maik dreht seinen Stuhl so, dass er zum Flatscreen an der Wand schauen kann. Dort erscheint eine friedlich grasende Kuhherde. Im Hintergrund zwitschern die Vögel, sie werden von einer fröhlichen Unterlegmusik unterstützt. Eine Kuh hebt den Kopf und schaut in die Kamera, von links nähern sich Cindy und Patrick, sie schlendern Hand in Hand über die Wiese, bleiben stehen und küssen sich.

Wir lernen das Brautpaar kennen. Cindy, die Sängerin, und Patrick, der Fachtierarzt für Pferde. Benno hat Cindys Gesang ziemlich aufgepeppt. Wenn ihre Bühne kein Treckeranhänger wäre, könnte man sie glatt für einen richtigen Schlagerstar halten.

Es folgen ein paar rührselige Szenen: Cindy und Patrick im Stall, sie streicheln ein Kälbchen. Patrick kocht für seine Liebste, und Cindy erzählt im Einzelinterview, wie sehr sie ihren Zukünftigen liebt.

Szenenwechsel: Der idyllische Gutshof und das Mühlental, Pferde galoppieren über die Koppeln. Dann ertönt ein Donnerschlag, wir erfahren von der geplanten Deponie. Gustav erscheint, er schaut traurig drein. Der alte Mann muss seinen Hof verlassen, heißt es.

Patrick und Cindy wollen die Deponie verhindern, sie sind fest entschlossen, ihr Heimatdorf und den Gutshof retten. Benno hat Stunden damit zugebracht, diese Sequenz zusammenzuschustern. Streng genommen haben wir an dieser Stelle ein bisschen gemogelt, aber das dient einer guten Sache und schadet niemandem.

Nun folgt der romantische Heiratsantrag unterm Apfelbaum mit Schwenk auf die weißen Tauben. Und dann kommt das fulminante Ende: Auf der Verlobungsfeier versichert der Bürgermeister, dass die Deponie nicht errichtet und das Mühlental an Patricks Familie zurückgegeben wird. Patrick und Cindy werden wie Helden gefeiert und Patricks Vater Lüder wird als zukünftiger Bürgermeister gehandelt.

Im Abspann spaziert unser Paar durch die Natur und lächelt ein letztes Mal glücklich in die Kamera.

Maik schaltet den Fernseher aus. „Ne tolle Geschichte." Er lehnt sich auf seinem Schreibtischsessel zurück. „Stimmt das wirklich mit der Deponie?"

„Aber ja!", bekräftige ich. „Deswegen muss unser Film unbedingt gesendet werden! Danach hat Horst keine Möglichkeit mehr, sich rauszureden, und muss zu seinem Wort stehen!"

„Die Zuschauer sollten die Wahrheit erfahren", stimmt Benno mir zu. „Und nicht wieder eine dieser schmutzigen Lügengeschichten vorgesetzt bekommen."

Maik beugt sich vor und rückt die Fotos auf seinem Schreibtisch zurecht. „Meine Frau und ich haben letztes Jahr ein Haus am Stadtrand gekauft. Ruhige Wohngegend, ideal für Kinder." Sein Blick schweift wieder rüber zu den Fotos.

Warum erzählt er uns das?, frage ich mich und zwinge mich, halbwegs ruhig auf dem Stuhl zu sitzen.

Bennos Füße wippen im schnellen Takt auf und ab, er scheint genauso ungeduldig zu sein wie ich.

„Gegenüber unseres Hauses ist ein Wäldchen - noch! Irgendein Idiot ist auf die Idee gekommen, dort einen Discounter zu bauen. Die Bäume werden abgesägt und alles wird asphaltiert. Das ist total hirnverbrannt! Als hätten wir nicht schon genug Einkaufsläden rundherum!"

„Warum gründet ihr keine Bürgerinitiative oder so was?", schlägt Benno vor und fügt im nächsten Atemzug hinzu: „Was ist nun mit unserer Sendung?"

Maiks Blick löst sich von den Fotos. „Strunz würde euch auslachen." Er hebt bedauernd die Schultern und zeigt mit dem Kinn zum Fernseher. „Das ist keine Doku-Soap. Das ist ne Schnulze, und das weißt du auch, Benno."

„Ja, verdammt, das weiß ich." Benno ballt die Fäuste. „Ich hasse Doku Soaps!", schimpft er.

„Ich hasse sie auch", seufzt Maik. „Und Strunz hasse

ich noch mehr."

Der Summer auf seinem Schreibtisch ertönt. Er steht auf, gibt uns zum Abschied die Hand und wünscht uns alles Gute.

Wir schleichen wie geschlagene Krieger durch die Flure des Gebäudes, keiner sagt einen Ton. Unser schöner Film ist für die Katz. Ich könnte auf der Stelle anfangen zu heulen.

Der Pförtner hat die Tageszeitung vor der Nase, er schaut kurz auf, dann liest er weiter.

An der Zufahrtsstraße hat Benno die Sprache wiedergefunden. „Wir laden ihn bei Youtube hoch, das ist besser als nichts." Sein Lächeln fällt ziemlich missraten aus.

„Hmhm", mache ich.

„Unser Film geht gleich nach der Sendung morgen Abend ins Netz. Mal sehen, wie viele Klickzahlen wir kriegen", heuchelt er Euphorie.

Ich habe nicht viel Erfahrung mit Youtube, aber ich gehe davon aus, dass sich die wenigsten Leute mit ihren Filmen so viel Mühe geben wie wir.

„Ich brauch Bier. Ein Bier wird meinen Tag retten", verkündet er. „Es können auch gerne zwei oder drei sein." Er wendet sich mir zu. „Wie steht's mit dir?"

„Nee, besten Dank."

Er zuckt die Schultern. „Hast du ne bessere Idee?"

„Ich gehe jetzt zu Golden Gloria."

Mir ist so elend zumute, dass ich mich übergeben könnte. Alles ist dahin. Meine „Bauernhochzeit", mein Job, mein Leben.

Er mustert mich. „Ey, Mann, das ist Scheiße."

„Du sagst es."

„Dann komm anschließend in die Kneipe", empfiehlt er mir. „Ich geb dir einen aus."

Verlockende Angebote

Olivia springt wie eine Kakerlake über den Flur und reißt Roberts Bürotür auf. „Katharina ist da!", schreit sie.

„Na Gott sei Dank!"

Hä? Was ist hier denn los? Wo ist der Anschiss des Jahrhunderts, weil ich tagelang unentschuldigt gefehlt habe? Wo ist die Kündigung? Die beiden scheinen regelrecht erleichtert zu sein, dass ich wieder auftauche.

„Ich hab schon tausendmal versucht, dich anzurufen! Dein Handy ist ausgeschaltet!"

Mein Schädel brummt, mir ist schwindelig. Klarer Fall von Schlafmangel. Ich presse die Handflächen an meine Stirn. „Olivia, ich ..."

„Die Vorzimmertussi von Strunz hat angerufen!", kreischt sie. „Er kommt hierher! Zu uns!" Sie schnappt nach Luft und wirft die Hände auf ihre Brust. „Der Chef höchstpersönlich besucht Golden Gloria! Und er will, dass du dabei bist!"

Ich muss mich setzen. „Ich? Wieso das denn?"

„Das ist in der Tat ziemlich seltsam. Wieso will der Super Alpha-Boss eine kleine dumme Assistentin dabei haben?", rätselt sie.

„Vielleicht zum Kaffeekochen?", schlage ich vor.

Robert taucht auf, wie immer perfekt gestylt. „Die Frage ist vielmehr, warum Strunz überhaupt herkommt. Es wird sich wohl kaum um eine stinknormale Abnahme handeln. Dafür hat er schließlich seine Leute."

Mir ist's so egal wie sonst was, warum der Typ hier aufschlägt. Für mich ist sowieso alles gelaufen. Ich werde keine Assistentin in der Fernsehproduktion mehr sein. Ich muss nur noch meine Chefs davon in Kenntnis setzen.

„Ich kündige."

Robert stiefelt durchs Büro, er fährt sich mit beiden Händen durch die Frisur. „Es gibt nur zwei Möglichkeiten: Entweder findet er unser Material genial - oder beschissen."

„Entweder, wir kriegen weitere Aufträge, oder er lässt uns verhungern", stimmt Olivia ihm zu.

HALLO? Jemand zu Hause?

Sie zeigt mit dem Finger auf mich. „Du hältst während des Meetings schön die Klappe!"

Robert nickt. „Du wirst Herrn Strunz mit Champagner und Käsehäppchen bedienen, ansonsten bist du nur die Dekoration."

Ich klappe meinen Mund auf, aber plötzlich kommt mir ein großartiger Gedanke: Wenn Strunz tatsächlich die Lügensendung der Stolzes ablehnt, dann ist das *die* Chance für die wahrhaftige „Bauernhochzeit"! Mein Herz macht einen Satz. Sollte das Glück doch noch auf meiner Seite sein?

Super Alpha-Obermotz Strunz ist ein kleines Männlein im schicken Anzug. Seine Glatze ist mit Leberflecken übersät, beim Grinsen entblößt er kleine Stummelzähnchen. Er sitzt in einem breiten Ledersessel, den Robert extra für ihn rangekarrt hat, und schlägt die kurzen Beine übereinander.

Noch wissen wir nicht, warum er hier ist. Er blickt stumm in die Runde und ich glaube, er genießt diesen Moment. Olivia tastet zitternd nach Roberts Hand. Ich hocke abseits auf einem Stuhl, ich soll die Käsehäppchen und die Getränke im Auge behalten.

Strunz faltet die Hände wie zum Gebet. „Die Bauernhochzeit-Gewinner stehen fest", eröffnet er das Meeting.

„Aber die Sendung kommt doch erst morgen und die Zuschauer müssen anrufen ...", stammelt Olivia.

Robert stößt ihr den Ellenbogen in die Seite.

„Ihr Laden hat echt Bockmist gebaut", poltert Strunz.

Ich meine, ein belustigtes Funkeln in seinen Äuglein zu sehen, aber vielleicht täusche ich mich auch.

Olivia zuckt wie vom Blitz geschlagen zusammen, dann wirbelt sie herum und zeigt mit dem ausgestreckten Arm auf mich. „Daran ist nur unsere dumme Assistentin Schuld. Die hat die Dreharbeiten an sich gerissen!"

Robert nickt nachdrücklich. „Ich bin krank geworden", erklärt er hastig, „und Katharina sollte meine Frau anrufen. Das hat sie leider nicht gemacht und sich im Alleingang versucht."

Das kleine Männlein unterdrückt ein Gähnen. „Das hatten Sie bereits zu Ihrer Entschuldigung vorgebracht, als sie das Material eingereicht haben", erinnert er sie. „Deshalb wollte ich, dass die Kleine beim Meeting dabei ist."

„Ein klarer Fall von Selbstüberschätzung", setzt Olivia noch einen drauf.

Na, das läuft ja großartig! Ich atme tief durch. Warte ab, deine Chance wird kommen, rede ich mir selbst gut zu.

Strunz schaut mir einen Moment ins Gesicht, einen weiteren Moment auf den Busen und verharrt in meinem Schoß. „Sie sind ein Naturtalent. Das haben Sie mit dieser Produktion bewiesen."

Hä? Der meint doch wohl nicht mich?

Er wendet sich wieder Olivia und Robert zu. „Wir haben neun Bauernpaare in drei Folgen. Zwei Folgen sind gelaufen und die dritte wird morgen um 20.15 Uhr ausgestrahlt."

Diese Fakten sind jedem im Raum bekannt. Warum holt er so weit aus?

„In der morgigen Sendung sehen wir die drei Bauernpaare Ulrich und Heike, Ernst und Waltraud und zu guter Letzt Patrick und Cindy. Die Storys von Ulrich und Ernst und ihren Weibern sind so austauschbar wie die der vorherigen Bauern. Alles gequirlte Käsekacke."

Olivia kaut nervös auf ihrer Unterlippe herum, Robert wippt mit den Fersen.

Strunz beugt sich im Sessel vor. Das durch die Fenster hereinfallende Sonnenlicht spiegelt sich auf seiner Glatze.

„Aber Patrick und Cindy - und jetzt komme ich zum Grund unserer Zusammenkunft - sind der Brüller." Er haut sich auf die Schenkel und fängt lauthals an zu lachen. „Mit diesem Paar schreiben wir Fernsehgeschichte! Die Zuschauer werden sie lieben und Super Alpha einen Hype bescheren!"

Mein Magen krampft sich zusammen.

„Sie ... äh ... sind also durchaus angetan von unserem Werk?", erkundigt sich Olivia zaghaft.

„Soll das ne Frage sein?" Der Super Alpha-Boss klingt wie ein Lehrer, der von der Dummheit seines Schülers genervt ist.

Olivia und Robert richten sich ein wenig in ihren Sitzen auf und zwinkern sich aufmunternd zu.

„Schauen wir uns erst einmal gemeinsam euer Filmchen an."

Robert schnippt mit den Fingern, ich stehe mit wackligen Beinen auf und lasse die Rollläden runter.

Der Fernseher geht an. Die Anfangsmelodie ertönt.

„Achtung, jetzt geht's los!", ruft Strunz wie ein Karussellbetreiber.

Patrick erscheint in Großaufnahme. Er trägt Jeans, Sportschuhe und ein Hemd - und sein Gesicht ist voller Sahne.

„Ist das geil?!", jubelt der Super Alpha-Boss.

Ich fliege zu Robert und Olivia herum, meine Stimme überschlägt sich. „Ihr habt versprochen, dass ihr das raus schneidest!"

„Ruhe!", schimpft Strunz.

Eine schmissige Melodie ertönt. In der Bauchbinde unter dem Sahnegesicht steht in Schreibschrift „Patrick" zu lesen, im nächsten Moment hängt sich Cindy an seinen Hals und ihr Name wird ebenfalls eingeblendet.

Wie soll ich Patrick jemals wieder unter die Augen treten? Wir sind Freunde, verdammt, und ich habe ihm hoch und heilig geschworen, dass diese Szene rausfliegt. Das wird er mir im ganzen Leben nicht verzeihen.

Ich will aufstehen, den Raum verlassen und mich für immer irgendwo verstecken. Aber mein Körper ist zu Eis erfroren, ich kann mich nicht von der Stelle rühren.

Vogelgezwitscher, ein blökendes Kälbchen und das Lied „Bei uns ist die Welt noch in Ordnung" untermalen Bilder von grasenden Kühen auf sattgrünen Wiesen. Die Stallgebäude tauchen auf, Lüder und Patrick im Melkstand, dann das alte Bauernhaus. Der Sprecher informiert uns über die familiären und wirtschaftlichen Verhältnisse.

Irma erscheint im Bild, mit rotem Gesicht und einer Schürze um den Leib. „Juhu, schaut euch die Fettwachtel an!", ruft Strunz.

Schwenk auf die Krampfadern an ihren stämmigen Beinen.

Strunz prustet los, und Robert stimmt mit ein, als hätte er die Erlaubnis zum Lachen abgewartet.

Wir schauen uns die Räume an, Staubflusen im Regal, Fliegenfänger an der Decke, Elmars Medaillen an der Wohnzimmerwand, das Arrangement aus langer Unterhose, Slip und BH auf dem zerwühlten Bett.

Oh Gott, nein, was werden Lüder und Irma denken, wenn sie das sehen?

Nun sind wir Zeugen des bäuerlichen Mittagessens.

„Der Fraß sieht aus wie Kotze", kommentiert Strunz.

„Wir haben ein bisschen nachgeholfen", gackert Robert.

Patricks Vater lädt sich eine Portion auf den Teller. Er wird vom Sprecher als der leidenschaftliche Landwirt Lüder bezeichnet. Sein Sohn Patrick ist der „patente Pferdekenner".

„Der Alte ist voll die Hohlbirne", meint Strunz.

„Das ist nicht wahr! Lüder ist überhaupt nicht hohl!", schimpfe ich.

Olivia und Robert werfen mir warnende Blicke zu.

„Und warum guckt er dann so dämlich aus der Wäsche?"

Allgemeines Gelächter.

Im Hintergrund singt eine Kinderstimme: „Wenn ich einmal groß bin", der Sprecher erzählt uns vom liebsten Hobby des Jungbauern. Wir sehen Patricks Spielzeugtrecker auf dem Nachtschrank.

„Toll, wie du mit den großen Maschinen umgehen kannst!", lobt Cindy. „Du bist ein Klasse-Bauer!"

Wann hat sie das denn gesagt?

Patrick steht mit hängenden Armen da.

„Sehr gut!", meint Strunz kichernd. „Ich finde, ihr hättet ihm Bügelflicken auf den Klamotten verpassen sollen. Zumindest an den Knien."

Nun kommt die missglückte Taufe des Kalbes. Untermalt von einem Cowboysong unternimmt Patrick erfolglose Versuche, das Kalb einzufangen. Er strauchelt und Robert hat die Szene so zusammengebaut, dass es aussieht, als würde Patrick permanent über die eigenen Füße stolpern.

„Was für ein Trottel!", kommentiert Strunz glucksend.

„Verdammt nochmal, das sieht doch nur so bescheuert aus, weil das so geschnitten wurde! In Wirklichkeit ist Patrick ..."

„Ruhe dahinten!", bellt Strunz mich an.

Horst schwenkt seine Wahlzettel.

„Was ist das denn für einer? Ah, der Schwiegerpapa. Fettwachtels heißer Lover."

Wie bitte???

In der Bauchbinde steht zu lesen „Horst, 51, Schwiegervater und Bürgermeister". Er wird als „heißblütiger Hosenträger" betitelt.

„Geile Story! Der Vater der Braut krallt sich die Mutter des Bräutigams", lobt Strunz.

In der nächsten Einstellung tätschelt Horst Irmas Hand. „Das muss sehr schwer für dich sein", sagt er. Irma lächelt ihn unter Tränen an.

Schwenk auf Lüders grimmige Miene, Schwenk zurück auf Irma und Horst, die tuschelnd die Köpfe zusammenstecken.

Das kleine Männlein klatscht in die Hände und lacht wie Rumpelstilzchen. „Gleich bei der Verlobungsfeier fliegen die beiden auf, und das ganze Dorf steht Kopf!"

Das ist also die Geschichte, die Robert und Olivia aus dem Material gemacht haben. Von der Deponie ist keine Rede, stattdessen dichten sie Irma und Horst eine

Affäre an!

Eine Frau in Flattergewändern erscheint auf dem Bildschirm. Sie wird als Sexualtherapeutin vorgestellt, bei der sich die Dorfbewohner Rat holen, wenn sie im Bett nicht weiter wissen. Oh nein, wie oberpeinlich!

Sie spricht über Chakren und Meridiane, ein Heiligenschein wird über ihrem Kopf eingeblendet, im Hintergrund singt eine hohe Frauenstimme ein Mantra.

„Ihr *müsst* vor der Ehe sexuelle Erfahrungen miteinander machen! Wenn ihr im Bett nicht harmoniert, dann solltet ihr nicht heiraten!", sagt Joy eindringlich.

Ich möchte bitte jetzt sofort sterben.

„Holla, holla! Erika Berger in Action!", tönt Strunz.

„Hast du Kondome da?", fragt Cindy ihren Liebsten.

Der hält einen Spielzeugtrecker in der Hand und antwortet nicht.

Sie zuckt die Achseln. „Okay, dann frag ich eben deinen Vater."

„Na, der hat garantiert nen ganzen Schrank voll!", johlt Strunz.

O-Ton von Cindy vor der Schrankwand: „Heute will ich mich für meinen Patrick nackig machen. Hu, ich bin gespannt, wie er reagieren wird!"

Wann hat Cindy bitteschön gesagt, dass sie sich nackig machen will?

Patrick sitzt wie ein bockiger Junge mit verschränkten Armen auf der mit Kuhgesichtern bedruckten Bettdecke.

Mit geheimnisvollem Lächeln schüttelt Cindy die Dose, nimmt den Deckel ab und sprüht den Inhalt auf ihr Dekolleté. „Probier mal, wie süß ich bin!", zirpt sie.

„Muha! Kein Mensch glaubt der Kleinen, dass die noch Jungfrau ist! Keiner außer diesem Stoffel", grölt

Strunz.

Olivia gackert albern.

Patrick rutscht unbehaglich auf der Bettdecke herum und schaut zu Boden. Dann sagt er: „Cindy, ich möchte jetzt lieber mit meinen Treckern spielen."

Kameraschwenk auf den Nachtschrank mit den Spielzeugfahrzeugen.

„Das hat er gar nicht gesagt!", krächze ich.

Cindy springt Patrick an, er fliegt rücklings aufs Bett, sein Gesicht verschwindet in ihrem Ausschnitt.

„Amore mio, Amore mio", singt eine erotische Männerstimme. Wie von Geisterhand schließt sich die Zimmertür.

„Schade, dass wir nicht zeigen dürfen, wie sie poppen", bedauert Strunz.

„Sie haben nicht ...", stammle ich tonlos. Die Sendung ist noch viel schlimmer, als ich sie mir in meinen schlimmsten Phantasien ausgemalt habe.

Die Tür schwenkt wieder auf, Cindy zupft ihr Kleid zurecht und Patrick sieht aus, als hätte er eine Tortenschlacht hinter sich.

Irma rauscht ins Zimmer, taucht geradewegs ihren Finger in Patricks Ohr und steckt ihn sich in den Mund. „Was fällt euch ein, mit Sahne rumzuschmieren? Pfui, ihr solltet euch was schämen!"

Strunz, Robert und Olivia liegen vor lauter Lachen fast unterm Tisch.

Ich bin nur noch körperlich anwesend. Ich bin eine leere Hülle inmitten von schadenfroh lachenden Gestalten. Der Rest von mir ist für immer auf eine einsame Insel geflohen, wo sich die Bewohner von Kokosnüssen ernähren, in Bambushütten wohnen und noch nie von einem Ding namens Fernseher gehört haben.

Cindy singt, Patrick spielt die Triangel, und nach der gemeinsamen Musikstunde serviert er die Buchstabensuppe.

Nun kommt Cindys Liebesbeweis zu Pferd, Black-Beauty-Filmmusik setzt ein. Hercules steht stocksteif da, die Ohren angelegt, während Cindy ihre Faxen auf seinem Rücken macht. Und dann steigt er kerzengerade in die Luft. Warum er das macht, wird natürlich nicht erwähnt. Im Gegenteil: Er wird vom Sprecher als widerspenstiges Wildpferd bezeichnet.

Ohnmächtige Wut kocht in mir hoch und verwandelt sich in eiserne Entschlossenheit. Ich springe auf, schalte den Fernseher aus und stelle mich mit geballten Fäusten direkt davor.

„He, was soll das denn?"

„Katharina! Mach sofort den Bildschirm wieder an!"

„Diese Sendung ist eine einzige schmutzige Lüge", fauche ich die drei Gestalten an.

Strunz schaut verwirrt von mir zum Fernseher. „Ich dachte, das wär *dein* Werk."

„Nein, damit habe ich nichts zu tun!", speie ich. „In *meiner* Sendung siegt das Gute über das Böse."

„Die durchgeknallte Therapeutin ist ihre Mutter ...", erklärt Olivia entschuldigend.

Robert mustert mich. „*Deine* Sendung? Was soll das heißen?"

„Benno und ich haben unsere eigene 'Bauernhochzeit' gemacht." Ich wittere eine klitzekleine Chance und wende mich an Strunz. „Sie ist romantisch und schön und wahr. Und sie vermittelt eine wichtige Botschaft an die Zuschauer!"

Der Glatzkopf unterdrückt ein Gähnen. „Jemand sollte dir den Unterschied zwischen Doku-Soap und Grimms Märchen erklären." Er macht eine scheuchende

Handbewegung. „Verschwinde aus dem Bild, Kleine. Deine Chefs haben ein Meisterstück produziert, das solltest du dir anschauen, dann lernst du was."

Olivia und Robert klatschen die Handflächen aneinander, als hätten sie ein Match gewonnen.

Mit abgrundtiefem Abscheu schaue ich den Dreien ins Gesicht, einem nach dem anderen. „Sie treten die Gefühle anderer Menschen mit Füßen. Sie missbrauchen die Protagonisten, um Ihre Scheiß-Quoten zu kriegen. Ihr Business ist an Skrupellosigkeit nicht zu überbieten. Ich kündige!"

Die Drei machen große Augen.

Ich drehe mich auf dem Absatz um und stapfe zur Tür.

Robert und Olivia überschlagen sich mit Entschuldigungen für mein unmögliches Verhalten. Angeblich haben sie längst erkannt, dass ich für diesen Job nichts tauge, und haben mich nur aus reiner Menschenfreundlichkeit beschäftigt.

Ich werfe die Tür hinter mir zu und stürme aus dem Gebäude. Die Hitze des Tages lässt den Asphalt flimmern.

Ich überquere den Parkplatz und muss an den vergangenen Samstagmorgen denken. Da war ich genauso schnell über den Parkplatz gelaufen, einem verrosteten Bulli und zwei Männern entgegen. Ich hatte einen Tontechniker organisiert und war wahnsinnig gespannt auf das bevorstehende Abenteuer. Das ist erst ein paar Tage her, aber es kommt mir vor, als wären seitdem Jahre vergangen.

***

Mitten in der Nacht werde ich von Hercules'

Wiehern geweckt. Ich schieße im Bett hoch und schaue mich verwirrt um. Durch die Jalousie fallen die Lichter der Stadt ins Zimmer: die Straßenlaternen, die gelbe Leuchtreklame des Bettenfachmarkts gegenüber und die Scheinwerfer der vorüberfahrenden Autos. In der Stadt ist es nie dunkel, da haben es die Sterne schwer, den Lichtmüll zu durchdringen.

Ich erkenne die Umrisse meines Kleiderschranks und der Grünpflanze auf der Fensterbank. Ich bin in meinem kleinen Zimmer und habe nur geträumt. Seufzend lasse ich mich zurück ins Kissen fallen.

Was war das für ein Traum, aus dem mich das Wiehern geweckt hat? Hercules spielte eine Rolle darin, er stand hinterm Zaun, warf seinen Kopf in die Luft und wieherte.

Wie es ihm wohl geht? Ob er mich vermisst?

Ich schalte das Licht an und krame in der Schublade meines Kleiderschrankes nach dem gerahmten Foto. Ich halte es dort gut versteckt. Minutenlang blicke ich in die großen braunen Augen meines geliebten Pferdes. Dann stelle ich es auf den Nachtschrank, klettere wieder ins Bett und decke mich zu.

Wenig später bin ich wieder eingeschlafen. Jetzt trägt Hercules mich im Galopp den Sandweg entlang zur Anhöhe, wir machen eine Pause unter der alten Eiche und ich genieße den Blick über die Felder. In den Ästen zwitschern die Vögel, ich spüre die lebendige Wärme des Pferdekörpers und atme den Duft der Freiheit ein. Glücksströme schießen durch meine Adern und mir kommt es vor, als würde mein Herz jubeln.

Hör nicht auf deinen Kopf, sondern auf dein Herz. Es sagt dir in jedem Moment, was richtig für dich ist.

Sechs Jahre sind eine lange Zeit, aber Zeit ist nicht wichtig.

Auf einmal scheint es, als würde sich ein dichter Nebel lichten. Alles wird plötzlich sonnenklar.

Ich schlafe durch bis zum Abend. Aus dem Nebenzimmer dringen Geräusche zu mir herüber. Jana schiebt Möbel über den Holzfußboden. Gestaltet sie die Wohnung um?

Ich krabble aus dem Bett und strecke mich gähnend. Dann tappe ich zum Wohnzimmer und entdecke Umzugskartons, eine schicke Ledercouch, meine Mitbewohnerin und einen weißblonden Mann mit Nickelbrille. Der Fernseher läuft ohne Ton, auf dem Bildschirm findet eine Demonstration statt.

„Na, ausgeschlafen?", erkundigt sich Jana gutgelaunt und stellt mich Alexander vor.

Er reicht mir zur Begrüßung ein schlaffes Händchen. Alexander ist bestimmt ein netter Typ, aber die Sache mit dem Händedruck sollte er noch üben.

„Alex zieht gerade hier ein", klärt Jana mich auf. „Ich hätt's dir schon eher erzählt, aber du hast tief und fest geschlafen."

Die beiden kuscheln sich aneinander, werfen sich verliebte Blicke zu und nun küssen sie sich. Lange, intensiv und mit ganz viel Zunge.

Ich verschwinde nach nebenan in die Küche, fahnde in meinem Kühlschrankregal nach etwas Essbarem und befördere eine verschrumpelte Salatgurke, ein hartgewordenes Stück Käse und eine Tube Senf zutage. Hua, das verspricht ja ein wahres Festmahl zu werden!

Glücklicherweise fällt mir in diesem Moment die Familienpackung Schokoladeneis ein, die ich für schlechte Zeiten im Tiefkühlfach gebunkert habe. Ich werfe die Sachen zurück in den Kühlschrank.

Jana erscheint im Türrahmen, sie macht ein zerknirschtes Gesicht. „Du bist doch nicht etwa sauer wegen Alexander, oder? Wir kommen bestimmt prima zu dritt klar! Nun erzähl mal: Wie war's am Set? Und wie ist die Sendung geworden?"

„Ich hab gekündigt", entgegne ich und schiebe einen Esslöffel Eis in meinen Mund. Köstlich!

„*Was* hast du? Bist du von allen guten Geistern verlassen? Katharina, das kannst du doch nicht machen!"

„Hab ich aber." Ich mampfe weiter.

„Und was nun? Wovon willst du leben? Warst du schon beim Arbeitsamt?" Janas Stirn wird von einer senkrechten Falte in zwei Hälften geteilt.

Meine Hand tastet nach dem kleinen Engel in meiner Hosentasche. „Ich gehe zurück nach Mühlbach", verkünde ich.

„Wie bitte? Und was ist mit deiner Karriere?", ruft sie aufgebracht. „Du hast sechs Jahre lang darauf hingearbeitet!" Sie ringt die Hände. „Du solltest dir das nochmal überlegen. Alex und mir macht es wirklich nichts aus, wenn du hier wohnen bleibst."

„Jana, kannst du mir mal eben helfen?" Alexander betritt die Küche. „Mein Schrank muss doch an die andere Wand, sonst passt das mit deiner Anrichte nicht."

Sie zupft an meinem Ärmel. „Kommst du mit rüber? Dann können wir uns weiter unterhalten."

Ich trage das Eis vor mir her und folge den beiden ins Wohnzimmer.

Jana macht eine einladende Handbewegung. „Katharina, setz dich mal auf das Sofa! Ist das nicht ein Traumsofa? Es ist aus ganz weichem Leder."

„Echtes Rindsleder, von Hand gefärbt", ergänzt Alexander. „Mach bitte keine Flecken drauf!"

Ich hocke mich brav hin, bewundere das schicke

Leder und mache es mir anschließend auf dem alten WG-Sofa gemütlich.

Kater Emil schleicht heran, springt auf meine Beine und rollt sich in meinem Schoß zusammen. Ich löffle Schokoladeneis und streichle mit der anderen Hand sein flauschiges Fell.

Im Fernseher stürzt sich eine glückliche Hausfrau auf einen Haufen Schmutzwäsche. Jana und Alexander schieben die massive Anrichte über den Fußboden.

Der Werbeblock ist zu Ende, auf dem Bildschirm erscheint ein rotes Herz mit dem schnörkeligen Schriftzug „Bauernhochzeit". Ach du Schreck!

Mir wird gleichzeitig heiß und kalt. Jetzt sitzt ganz Mühlbach gespannt vor den Fernsehapparaten. Die Leute haben mir vertraut, sie werden furchtbar sauer auf mich sein. Ich fürchte, daran kann auch ein Youtube-Video nichts ändern. Es wird nicht leicht werden für mich in Mühlbach. Aber ich gehe trotzdem zurück, daran gibt's nichts mehr zu rütteln.

Janas Blick streift den Fernseher. „Hast du umgeschaltet?", fragt sie ihren Liebsten und als er nickt, fällt ihr plötzlich ein: „Hey, das ist doch deine Sendung, Katharina! Mensch, warum sagst du denn nichts?" Sie wirft mir einen vorwurfsvollen Blick zu, schnappt sich die Fernbedienung und schaltet den Ton an. „Wann fing die an, um Viertel nach acht? Dann ist sie ja schon in vollem Gange!"

„Das ist nicht *meine* Sendung." Ich stelle die Eispackung beiseite, mir ist der Appetit gründlich vergangen.

Die Bauernhochzeit-Melodie erklingt. Nein, verdammt, ich will das weder hören noch sehen!

„Mach das aus!", brülle ich, presse meine Hände auf die Ohren und kneife die Augen zusammen. Emil springt mit einem Riesensatz von meinem Schoß.

Jana zerrt an meinem Arm. „Was hast du denn?"

Ich linse mit einem halben Auge und sehe eine grasende Kuhherde auf einer grünen Wiese. Oh Gott, nein, gleich kommt Patricks Sahnegesicht! Ich weiß, dass er mich bis an mein Lebensende dafür hassen wird.

Eine Kuh hebt den Kopf und schaut in die Kamera, von links nähern sich Cindy und Patrick, sie schlendern Hand in Hand über die Wiese, bleiben stehen und küssen sich.

WAS ...??? Ich glaub, ich träume!

Wir lernen das Brautpaar kennen. Cindy, die Sängerin, und Patrick, der Fachtierarzt für Pferde. Benno hat Cindys Gesang ziemlich aufgepeppt. Wenn ihre Bühne kein Treckeranhänger wäre, könnte man sie glatt für einen richtigen Schlagerstar halten.

Mein Handy klingelt. „Siehst du das, was ich sehe?", schreit Benno mir ins Ohr.

Ich kriege vor lauter Erleichterung nur wirres Zeug raus.

„Mann ey, das ist unsere Sendung, ey! Scheiße, Maik ist echt ein gerissener Hund! Der hat doch glatt die Bänder vertauscht!"

Wie gebannt starre ich auf den Fernseher. Mir läuft das Herz über, warme Glücksströme schießen durch meine Adern. JA! Das Gute hat gesiegt!

Es folgen ein paar rührselige Szenen: Cindy und Patrick im Stall, sie streicheln ein Kälbchen. Patrick kocht für seine Liebste, und Cindy erzählt im Einzelinterview, wie sehr sie ihren Zukünftigen liebt.

Mir laufen Freudentränen die Wangen runter. Die Deponie wird nicht errichtet, Familie Volkens bekommt das Mühlental zurück und Gustav kann den Gutshof behalten. Die Dorfleute werden sich mächtig über ihre

Sendung freuen - und Patrick wird mich nicht hassen.

***

Ich verbringe den Rest des Abends am Telefon. Meine Eltern, Gustav, Hanna, Patrick, Cindy und Piedel rufen nacheinander an, allesamt begeistert über diese schöne Sendung.

Dann habe ich Olivia am Apparat. Sie teilt mir mit knappen Worten mit, dass sie mich verklagen will. Jana und Alexander nehmen sich den Fall sogleich vor und diskutieren die entsprechenden Paragraphen.

Ich sitze noch immer auf unserem Sofa und schaue mir im Videotext das Zuschauer-Voting an. Kater Emil liegt schlafend neben mir, er hat sich zu einer Schnecke zusammengerollt.

Neun Bauernpaare standen zur Wahl, die Stimmen werden in einer bunten Grafik dargestellt. Nun ist es amtlich: Mit überwältigender Mehrheit wählten die Zuschauer Cindy und Patrick zum Bauernpaar des Jahres.

Hab ich's nicht gesagt? Doku-Soaps brauchen keinen Ekelfaktor, keine Peinlichkeiten und keine nackte Haut!

Ein Sonnenstrahl kämpft sich durch die Häuserschluchten und dringt durch die Fensterscheibe ins Wohnzimmer. Ich räkle mich, Emil räkelt sich auch, und wir stehen vom Sofa auf.

Es wird Zeit, meine Sachen zu packen, ich fahre heute Mittag mit dem Zug nach Hause. Allein bei dem Gedanken an Mühlbach schlägt mein Herz Purzelbäume.

Jana und Alexander schlafen noch, ich schleiche auf Zehenspitzen durch die Wohnung und durchs Treppenhaus nach oben zum Dachboden. Da steht mein großer Koffer, ein Erbstück von meiner Oma.

Das Packen ist schnell erledigt. Ich stopfe einen Teil meiner Habseligkeiten in die alte Sporttasche und den Rest in den großen Koffer, und trage die Gepäckstücke in den Flur.

Emil schnurrt mir um die Beine. Ich gebe ihm Futter und Wasser, und dann gehe ich langsam durch die Zimmer. Alle Möbel und Gegenstände gehören Jana, bis auf die Dinge, die Alexander angeschleppt hat.

Ich hatte eine gute Zeit in dieser Wohnung, und ich habe gerne mit Jana und Emil zusammengelebt. Aber nun kommt ein neuer Lebensabschnitt und da heißt es Abschied nehmen.

Die Türklingel lässt mich zusammenzucken. Samstagmorgen - das ist bestimmt der Paketbote. Jana bestellt öfter mal was im Internet. Ich drücke auf den Summer und höre polternde Schritte auf der Treppe. Ein wirrer Haarschopf taucht auf und eine Motorradkutte. Das ist nicht der Paketbote, das ist Benno.

„Scheiße!", begrüßt er mich japsend, und als er wieder zu Atem kommt, brüllt er: „Scheiße!" Seine Augen leuchten. „Wir haben super Quoten! Unsere Sendung ist in aller Munde! Ey, wir haben's geschafft!" Er hält mir die Faust hin und ich tippe mit meiner dagegen.

Ich trete zur Seite und er kommt rein. Wir gehen an meinem Gepäck vorbei in mein Zimmer. Er lässt sich aufs Bett fallen.

„Hast du schon was von Mr. und Mrs. Stolze gehört?"

Ich setze mich neben ihn auf die Matratze. „Und ob. Sie wollen mich verklagen."

Er winkt ab. „Quatsch."

Es klingelt schon wieder.

„Das sind sie bestimmt", meint er.

Ich setze ein schiefes Grinsen auf. „Na klar! Die würden sich eher die Füße abhacken, als bei mir aufzuschlagen." Ich flitze in den Flur und drücke auf den Türöffner.

Mir bleibt die Spucke weg. Das sind tatsächlich meine Chefs! Meine ehemaligen Chefs, besser gesagt. Kann Benno hellsehen?

Robert trägt einen feinen Anzug und Olivia ein hochgeschlossenes Kleid. Ihre Absätze hallen wie Gewehrschüsse durchs Treppenhaus.

Unwillkürlich ziehe ich den Kopf ein, aber dann mache ich mir bewusst, dass mir die beiden nichts anhaben können. Wenn sie mich verklagen wollen, bitte schön.

„Hallo Katharina! Wie gehts dir? Dürfen wir einen Moment reinkommen?", trällert Olivia.

„Schön, dich zu sehen, Katharina!", sagt Robert mit gewinnendem Lächeln.

Ich traue weder seiner Miene noch Olivias überschwänglichem Getue. Was in aller Welt wollen die bloß von mir? Ich ringe innerlich die Hände. Es könnte ein Fehler sein, sie reinzubitten. Womöglich lassen sie ihren Ärger an den Einrichtungsgegenständen aus.

Robert schiebt sich an mir vorbei in die Wohnung. „Wir wollen dir ein tolles Angebot machen. Wo können wir uns hinsetzen?"

Bloß nicht auf Alexanders Sofa!

„Willst du verreisen?", quäkt Olivia, und umrundet den Koffer.

Ich schaue zur Uhr. Mein Zug geht in zwei Stunden.

Am Ende des Flurs taucht Benno auf.

„Hereinspaziert, hereinspaziert!", tönt er wie ein Zirkusdirektor.

Und nun klingelt es nochmal! Das gibt's doch nicht, wer ist das denn jetzt? Gespannt lausche ich den Schritten auf den Stufen und staune nicht schlecht, als eine mit Leberflecken übersäte Glatze auf dem Treppenabsatz erscheint.

„Da haben Sie sich ja ein Ding geleistet, Kindchen!" Seine Stummelzähne blitzen auf und man könnte meinen, er sei ganz der Super Alpha-Chef, aber irgendetwas an seiner Haltung verrät mir, dass er ein wenig von seiner großkotzigen Überheblichkeit eingebüßt hat. Vielleicht ist es sein glattrasiertes Kinn, das er heute nicht ganz so hoch trägt, oder das leichte Flattern seiner Augenlider.

Die Schlafzimmertür öffnet sich, Jana steckt den Kopf raus. „Was ist denn hier los? Hab ich was vergessen? Deinen Geburtstag?"

„Nein, nein. Leg dich wieder hin, ich hab alles im Griff", versichere ich ihr und wünschte, es wäre tatsächlich so.

Mein Zimmer platzt aus allen Nähten. Olivia, Robert und Strunz hocken auf der Matratze wie Teenager, haben ihre Businessgesichter aufgesetzt und bemühen sich um eine halbwegs bequeme Sitzposition. Benno lehnt am Kleiderschrank und ich nehme auf dem Mülleimer Platz.

Olivia umfasst ein Knie mit ihren lackierten Fingern und schenkt mir ein blutrotes Lippenstiftlächeln. „Wie Robert schon andeutete, wollen wir dir ein tolles Angebot machen. Du kriegst einen unbefristeten Arbeitsvertrag und eine Gehaltserhöhung von hundert Euro!"

Benno bricht in grölendes Gelächter aus, der

Schrank hinter ihm wackelt. „Hundert Euro? Scheiße, ey, das ist kein Angebot, das ist Verarsche!"

„Kommen wir zur Sache", ergreift Strunz das Wort, als hätte Olivia nichts gesagt. „Gestern Abend ist in unserem Hause ein unverzeihlicher Fehler passiert. Es wurde das falsche Band abgespielt." Er kratzt sich die Glatze, sein Blick geht zwischen Benno und mir hin und her. „Wie ist das Band eigentlich in unser Haus gekommen?"

„Wir haben es am Donnerstag in Ihren Briefkasten geworfen", entgegnet Benno, ohne mit der Wimper zu zucken.

„Diese Sendung hätte euch niemand abgesegnet. Sie hätte nicht die geringste Chance gehabt!" Strunz räuspert sich und streicht sich übers Kinn, als müsse er seine Gedanken sortieren. „Deswegen ist das Resultat umso überraschender. Die Quote ist bombastisch, und", er streicht wieder über sein Kinn. „Die Zuschauer wollen mehr solcher Sendungen."

Was für eine tolle Nachricht!

Benno hält mir die Faust hin. „Ey, Mann, wir haben das Genre revolutioniert!"

„Super Alpha erlebt seit gestern Abend einen noch nie da gewesenen Hype. Die Geschichte der verhinderten Deponie gepaart mit dem Schnulzenkram bewegt die Massen. Wir müssen ganz schnell was Neues in diesem Format hinterherschieben."

Robert rückt seine Krawatte zurecht. „Das übernehmen wir gerne für Sie, Herr Strunz."

„Außerdem wollen die Zuschauer mehr von Cindy und Patrick sehen. Wir bringen ihre Hochzeit, das war ja sowieso geplant. Und anschließend macht Super Alpha mit dem Paar ne Mini-Serie. Titel: 'Junges Bauernglück'."

Robert und Olivia sind begeistert. „Großartiger Plan, Herr Strunz!"

„Ich will, dass die Kleine die Produktion leitet. Der junge Mann hier ist für Kamera und Schnitt zuständig."

Olivia und Robert fallen fast die Augen aus den Köpfen. „Und was ist mit uns?"

Das Männlein starrt mir auf den Busen. „Du fängst gleich Montag bei Super Alpha an, mittlere Gehaltsstufe mit Luft nach oben."

Als Producerin beim Sender! Davon träumen viele, viele Bewerber, und für die allerwenigsten geht der Traum in Erfüllung.

„Kannst deine Klamotten wieder auspacken", feixt Benno. „Der Zug fährt ohne dich nach Mühlbach."

„Und für Sie, junger Mann, gilt natürlich dasselbe. Willkommen bei Super Alpha!"

„Scheiße!", macht Benno erschrocken.

Ich öffne den Mund, um etwas zu sagen, aber Robert kommt mir zuvor. Er lächelt Strunz an wie ein Handelsvertreter. „Machen wir's doch lieber so: Sie geben *uns* die Aufträge und wir übernehmen Katharina. Sie wird in unserem Unternehmen hervorragend ausgebildet."

„Sülzkopp! Ich sag Ihnen was: Ihre kleine Kackfirma darf nächste Woche die Hochzeit drehen. Und kommen Sie mir bloß nicht mit Standard Doku-Soap! Gucken Sie sich den Streifen von gestern Abend an, dann wissen Sie, was ich haben will. Und von der Kleinen lassen Sie Ihre Finger, die gehört jetzt mir."

Robert zuckt zurück, als hätte er eine geknallt gekriegt. Olivia kaut auf ihrer Unterlippe herum.

Ich könnte gute, ehrliche Sendungen machen. Die ersehnte Karriere als Fernsehproduzentin liegt wie eine goldene Straße vor mir, ich brauche sie nur noch zu betreten. Aber ich werde in diesem Beruf niemals wirklich glücklich werden.

Ich stehe vom Mülleimer auf und wende mich an Strunz. „Es ist großartig, dass Sie diese neue Form von Doku-Soaps produzieren wollen", sage ich und denke an Maik, der sich als echter Freund erwiesen hat. „Ihre Mitarbeiter werden sich bestimmt darüber freuen. Und Ihr Publikum wird es Ihnen danken."

Der Super Alpha-Chef kratzt sich die Glatze.

„Aber in einem Punkt irren Sie sich: Ich gehöre Ihnen nicht. Und ich werde auch nicht für Sie arbeiten."

Robert grinst mich an. „Recht so, du kommst zu uns!"

Meine Faust umschließt den kleinen Engel in meiner Hosentasche. Ich schüttle den Kopf. „Ihr müsst euch eine neue Assistentin suchen. Und ihr solltet ihr ruhig mehr zutrauen als Ablage und Kaffeekochen."

Olivia und Robert gucken mich an, als wären mir plötzlich zwei Köpfe gewachsen.

Strunz springt auf. „Es gibt genug andere gute Leute für den Job", schnappt er und zieht an mir vorbei zur Tür hinaus.

Meine ehemaligen Chefs schicken sich ebenfalls zum Gehen an.

„Wir sehen uns am Freitag bei der Hochzeit", verabschiede ich mich höflich.

Robert nickt mir zu und Olivia kneift die Lippen zusammen. Ihre Absätze hallen durchs Treppenhaus.

Benno guckt mich zweifelnd an. „Wenn das mal kein Fehler war! Du hättest Strunz' Angebot annehmen und Karriere machen sollen." Er seufzt. „Er ist zwar ein Arschloch, aber das sind sie ja fast alle."

„Vor einer Woche hätte ich bei seinem Angebot Luftsprünge gemacht", entgegne ich. „Doch seit den

Dreharbeiten weiß ich, dass mir kein Job der Welt das geben kann, was ich in Mühlbach habe."

„Scheiß-Kaff", motzt er und zwinkert mir grinsend zu.

***

Für den Mittagszug ist es zu spät, deshalb fahre ich erst am Nachmittag los. Jana und Benno winken mir hinterher, bis mein Zug den Bahnhof verlässt. Jana wird mir fehlen und Emil wird mir auch fehlen. Und ich werde bestimmt manchmal an Benno denken, der sich erst auf den dritten Blick als Kumpel entpuppt hat. Ein Neubeginn bedeutet auch immer ein bisschen Abschiedsschmerz.

Ich verstaue den Koffer und richte mich auf meinem Platz ein. Etwa sechs Stunden Fahrtzeit liegen vor mir, inklusive Umsteigen. Meine Eltern haben mir versprochen, mich abends in Neuenhausen abholen.

Ich werde eine Nacht in ihrem Gästezimmer verbringen und morgen auf den Gutshof umziehen. Gustav will mir den Ostflügel seines Hauses überlassen, er freut sich unbändig darauf, dass ich bald bei ihm wohnen und arbeiten werde.

Ich krame den Block aus der Sporttasche und notiere, was ich für meine Selbständigkeit als Pferdetrainerin und Reitlehrerin brauche, verfasse eine Werbeanzeige für Pferde-Fachzeitschriften und stelle einen Finanzierungsplan auf. Endlich kann ich meinen Traum wahr werden lassen! Ich glaube, ich bin gerade der glücklichste Mensch der Welt.

Der Zug hält an, eine Durchsage ertönt, es gibt eine Panne auf irgendeinem Gleis, alle Fahrgäste müssen aussteigen. Ich stopfe den Block in die Tasche, wuchte den Koffer von der Ablage und klettere die Stufen hinunter.

Ich bin nur noch eine knappe Stunde von meinem Ziel entfernt, aber nun steht mir erst einmal eine Wartezeit bevor. Ein anderer Zug wird mich später über einen Umweg nach Neuenhausen bringen, die Ankunft ist für 23.48 Uhr vorgesehen.

Ich rufe zu Hause an und sage meinem Vater Bescheid.

„Das ist schade, Krümel. Gustav und Hanna mit Familie wollten dir einen schönen Empfang am Bahnhof bereiten. Aber ich glaube nicht, dass sie so spät noch dabei sein können."

Menschen hasten mit ihrem Gepäck durch den Bahnhof, eine lärmende Gruppe Jugendlicher zieht vorbei, Anzugträger mit Aktenkoffern, eine Familie mit vier kleinen Kindern und ein Mann mit einem Blindenhund.

Die Strahlen der Abendsonne durchbrechen die Glasfront des Giebels. Warum im Bahnhofsgebäude herumsitzen? Ich kann die Wartezeit ebenso gut draußen an der frischen Luft verbringen!

Der Vorplatz ist von Cafés und Restaurants umgeben. Die meisten Tische sind besetzt, die Leute genießen den lauen Sommerabend bei einem Glas Bier oder Wein.

Ich lasse meinen Blick schweifen und liebäugle mit einer Pizzeria und einem Eiscafé. Erst Pizza, dann Eis? Zur Feier des Tages durchaus angemessen, finde ich.

Ich gehe ein paar Schritte auf die Pizzeria zu und plötzlich sehe ich es: Ein stinknormales, unscheinbares Kneipenschild an einem schmalen Gebäude. Ich bleibe wie angewurzelt stehen. Die Kneipe heißt „Bei

Heinrich".

Die Pizza und das Eis können warten.

Ich betrete das Lokal, lasse das Gepäck in einer Ecke im Eingangsbereich stehen und mache mich auf die Suche nach dem Wirt.

Meine Augen müssen sich erst an das schummrige Licht gewöhnen. Ein Rock-Klassiker ist zu hören, aber mir fällt weder der Titel noch der Name der Band ein. Zigarettenrauch steigt mir in die Nase, irgendwo klappern Billardkugeln.

Ein Mann wischt die Theke mit einem feuchten Lappen ab, auf seiner Schulter liegt ein Geschirrhandtuch.

„Sie wünschen?", erkundigt er sich, ohne von seiner Arbeit aufzusehen.

Ich bin ein bisschen nervös. „Kennen Sie Elmar Volkens? Er kommt immer samstagabends hierher. Zumindest glaube ich das", plappere ich.

Der Mann greift zum Handtuch und poliert das blanke Holz. „Heute ist Samstag", sagt er. „Und jetzt ist Abend."

Ich habe schon gesprächigere Menschen getroffen.

Die Kneipe ist ein schmaler Schlauch, der etwa in der Mitte in einem scharfen Winkel abknickt. Im hinteren Abteil befinden sich ein großer runder Tisch und ein paar kleinere Tische. Im Nachbarraum wird Billard gespielt. An dem runden Tisch sitzen zehn oder zwölf Männer, vielleicht Arbeitskollegen oder Sportkameraden. Einige sitzen mit dem Rücken zu mir, ich kann ihre Gesichter nicht sehen.

Ich trete an den Tisch heran, wünsche einen guten Abend und will gerade nach Elmar fragen, da entdecke ich ihn. Er erkennt mich im selben Augenblick.

„Kathi!", ruft er erstaunt. „Was machst du denn

hier?"

Er springt auf und zieht mich nach nebenan in den Billardraum. Ein paar Leute stehen um den Spieltisch herum, ein Mann zielt mit dem Queue auf die weiße Kugel.

Elmar ist etwa so groß wie Patrick, aber er hat ein rundes Gesicht mit weichen Zügen und dünnes Haar. Seine Augen sind blassblau.

„Ich habe die Sendung gesehen. Patrick hat also den Hof übernommen." An seiner Schläfe pocht eine Ader.

„Elmar, komm nach Hause!", sage ich eindringlich. „Deine Eltern vermissen dich, die Dorfleute vermissen dich, und Patrick ist unglücklich, dass er jetzt deinen Job machen muss."

„Niemand hat ihn dazu gezwungen", gibt er zurück.

Ich lehne mich an die Wand. „Das stimmt. Er fühlt sich euren Eltern gegenüber verpflichtet. Sie schaffen die Arbeit nicht allein."

Die weiße Billardkugel knallt in die anderen Kugeln und treibt sie auseinander.

„Ich kann's nicht fassen, dass Horst mit dem Abbruchunternehmer Bodo Kleinschmidt gemeinsame Sache gemacht hat!", wechselt er das Thema.

„Nicht nur das, er hat auch den Drohbrief an dich geschrieben", sage ich. „Damit du verschwindest, deine Eltern das Mühlental verkaufen und er die Deponie bauen kann. Er hat eine gemeine Intrige gesponnen."

Elmar reißt die Augen auf. Er lässt sich auf den nächstbesten Stuhl fallen. „*Horst* hat den Brief geschrieben? Dann hat er auch unseren Wintervorrat angezündet?"

Ich hebe die Schultern. „Vermutlich. Auf jeden Fall wusste er, dass du samstagabends hier bist. Er wollte dich aus dem Weg haben."

Er starrt die Wand hinter mir an. „So ein Teufel! Hat er einen Privatdetektiv angeheuert oder wie hat er das rausgekriegt?"

„Vielleicht ist er dir auch einfach im Auto gefolgt." Ich lasse meinen Blick über die Gäste schweifen. Sie wirken wie ganz normale Kneipenbesucher und die Kneipe selbst ist auch kein bisschen außergewöhnlich.

„Was ist so schlimm daran, dass du hierherkommst?", rätsele ich. „Wieso konnte Horst dich damit erpressen?"

Seine Augenbrauen schieben sich zusammen. „Willst du mich verkaspern?"

„Nein, wieso?"

Er fixiert mich sekundenlang, dann verziehen sich seine Lippen zu einem schiefen Lächeln. „Siehst du in diesem Schuppen eine Frau? Ich meine, dich ausgenommen."

Am Billardtisch stehen ausschließlich Männer, das fällt mir jetzt erst auf. „Nö."

„Ist der Groschen immer noch nicht gefallen?", fragt er ungeduldig.

Ich zucke die Schultern.

„Wir sind in einer Schwulenkneipe."

„Ach so!", mache ich und muss mich nun ebenfalls setzen. Die Information kriecht durch meine Gehirnwindungen und kommt zu der einzig logischen Schlussfolgerung. „Ach so!", sage ich nochmal.

Er lässt den Kopf hängen. „Ich hab nicht mehr aus noch ein gewusst. Meine Familie und der Hof waren in Gefahr, ich habe mir solche Sorgen gemacht. Ich hatte keine Wahl, ich musste abhauen", erklärt er dumpf.

Ich lasse die Luft aus meinen Lungen entweichen. „Horst benutzt die Menschen, um seine Ziele zu erreichen. Im Grunde genommen wendet er immer

dieselben Methoden an: Lüge, Druck und Erpressung."
Ich suche seinen Blick. „In dem Brief stand: *Wir wissen, was du samstagabends bei Heinrich machst.* Horst hat dir weismachen wollen, dass dich mehrere Mühlbacher aus dem Dorf vertreiben wollen, weil du schwul bist. Das hast du geglaubt und bist abgehauen."

Seine Augen sind von dunklen Schatten umgeben. „Du weißt, wie die Dorfleute sind: Wer anders ist, wird ausgeschlossen. Denk doch nur mal an deine Eltern! Das sind Sonderlinge, mit denen niemand was zu tun haben will."

Vor meinem inneren Auge sehe ich Joy und Hardy auf der Verlobungsparty. Sie sind umringt von den Dorfleuten, sie feiern miteinander und sie unterhalten sich prima.

Die Mühlbacher brauchen Zeit. Sie mögen eingefahrene und überholte Ansichten haben, aber irgendwann nehmen sie jeden in ihrer Mitte auf.

„Ich verstehe, dass dir die Meinung der Dorfleute wichtig ist. Aber ist es nicht viel wichtiger, dass du dich selbst so akzeptierst, wie du bist?", frage ich eindringlich.

An seinem Kiefer vibriert ein Muskel. „Meine Eltern würden sich in Grund und Boden schämen", stöhnt er.

Was für die Dorfleute gilt, das gilt auch für Irma und Lüder: Sie werden ein bisschen Zeit brauchen.

„Sie lieben dich, Elmar, und sie vermissen dich. Irma heult, weil sie denkt, dass du tot sein könntest."

Er gräbt seine Schneidezähne in die Unterlippe.

Ein großer, schlanker Mann betritt den Raum, er kommt an unseren Tisch, beugt sich zu Elmar herunter und flüstert ihm etwas ins Ohr. Elmar fasst nach seiner Hand.

Neugierig studiere ich das Gesicht des Mannes, er

sieht ziemlich attraktiv aus und macht einen sympathischen Eindruck.

„Kathi, das ist Ralph, mein Lebensgefährte."

„Freut mich", sage ich überschwänglich und schüttle Ralph die Hand. „Ich überrede Elmar gerade, in sein Heimatdorf zurückzukehren", kläre ich ihn auf.

Hach, das wäre einfach großartig. Dann könnte Patrick wieder Tierarzt sein!

Ralph grinst mich an. Wow, der sieht aber wirklich gut aus! Er ist entweder Filmschauspieler oder Model. Jede Wette.

„Das habe ich auch schon versucht, aber der Junge ist echt stur. Ich würde sogar mit ihm gehen, ich mag das Landleben, ich mag die Natur und ich mag Tiere." Er hebt resignierend die Hände.

„Ralph ist Garten- und Landschaftsbauer", erklärt Elmar. In seiner Stimme schwingt Stolz mit. „Er hat eine eigene Firma."

Ah, na ja, dann ist er also doch kein Schauspieler und auch kein Model.

Auf einmal fällt mir mein Zug ein, ich schaue hektisch zur Uhr und atme erleichtert auf. Ich muss gehen, aber ich brauche mich nicht sehr zu beeilen.

„Patrick heiratet am Freitag. Er würde sich bestimmt sehr freuen, wenn ihr dabei wärt."

„Nein, Kathi, wir werden nicht kommen", entgegnet Elmar wie aus der Pistole geschossen.

Ralph wiegt den Kopf. „Tja, schade."

„Wirklich schade", sage ich enttäuscht.

Wir verabschieden uns. Elmar begleitet mich bis nach vorn zur Tür. „Mach's gut, Kathi! War nett, dich wiederzusehen."

Ich schnappe mir das Gepäck und gehe rüber zum Bahnhof.

***

Trotz der späten Stunde ist die halbe Mühlbacher Dorfbevölkerung an der Bahnstation Neuenhausen versammelt. Sie empfangen mich mit Blumen, Luftballons, Girlanden und einem großen, selbstgemalten Schild, auf dem „*Herzlich willkommen daheim*" steht.

Nach unzähligen Umarmungen und Küsschen nehme ich schließlich auf der Rückbank des Fiestas Platz. Mein Vater sitzt am Steuer und meine Mutter daneben. Sie sprudeln über vor Mitteilungsdrang, so als wäre ich Jahre fortgewesen.

„Heute waren Leute von der Zeitung da", berichtet Joy.

„Von drei verschiedenen Zeitungen. Mühlbach ist gerade richtig angesagt!", ruft Hardy.

„Prima", murmele ich. Mir fallen die Augen zu. Das war vielleicht ein turbulenter Tag heute!

„Wir haben einen Schwan aufgenommen. Er kann nicht mehr fliegen", berichtet mein Vater weiter.

„Möchtest du morgen früh Pfannkuchen haben?", fragt er im nächsten Atemzug.

„Hm."

„Morgen ist Sonntag, da können wir schön lange schlafen", meint meine Mutter. „Und dann frühstücken wir gemeinsam!"

***

Ich höre ein Geräusch, öffne die Augen und sehe schräg über mir ein langes Ohr. Es ist grau und es ist behaart. Ich schnelle im Bett hoch und schaue einem Esel und meinem Vater ins Gesicht. Sie drücken sich die

Nasen am Fenster platt.

„Wir wollen nachgucken, ob du noch schläfst", ruft Hardy. Sein Atem schlägt sich kreisförmig auf der Scheibe nieder.

Der Esel wackelt mit seinem Ohr, zupft ungeduldig am Halfter und stößt ein schrilles „Hi-ha" aus.

Ich lasse mich aufatmend zurück ins Kissen fallen.

„Guten Morgen!", jubelt er. „Frühstück steht auf dem Tisch!" Das lange Ohr verschwindet.

Ich reibe mir den Schlaf aus den Augen und schwinge die Beine über die Bettkante. Dann springe ich unter die Dusche, ziehe mich an und tappe in die Küche. Der Duft der Pfannkuchen steigt mir in die Nase und mein Magen antwortet mit forderndem Knurren.

Mein Vater schenkt Kaffee ein und lädt meinen Teller voll. „Hier ist Apfelkompott, das hab ich selbst gemacht!"

Die Tür geht auf, meine Mutter schwebt ins Zimmer. Ihre Haare sind zu zahllosen kleinen Zöpfen geflochten, sie trägt ein orangefarbenes Gewand und eine Kette aus Federn und Silberschmuck. Sie gibt mir einen Gutenmorgenkuss und haut Hardy spielerisch auf den Hintern. Daraufhin verpasst er ihr ebenfalls einen Klaps und sie quietscht begeistert.

Ich lade Apfelkompott auf meinen Teller, tauche den Pfannkuchen darin ein und mampfe genussvoll.

Hardy versorgt auch meine Mutter mit Kaffee und Pfannkuchen. Dann setzt er sich hin. „Du willst uns also heute schon wieder verlassen, Krümel?", fragt er mich traurig.

„Papa, ich gehe zu Gustav auf den Hof. Der ist doch nur ein paar Kilometer entfernt", erinnere ich ihn.

Er schiebt die Unterlippe vor. „Ich hab dich nun mal

gerne um mich."

Meine Mutter rückt ihren Stuhl zurück, legt ihren nackten Fuß auf der Tischkante ab und betrachtet ihre Zehen. Eine uralte Angewohnheit, ich habe keine Ahnung, warum sie das macht. „Was genau hast du eigentlich vor?", erkundigt sie sich. „Ich meine beruflich."

Ich strahle sie an. „Ich werde mit sogenannten Problempferden arbeiten", erkläre ich. „Pferde, die sich nicht reiten oder fahren lassen wollen. Pferde, die nicht das machen, was ihre Menschen von ihnen erwarten."

„Ein großartiger Plan!", jubelt mein Vater und hüpft auf seinem Stuhl herum.

„Und natürlich schule ich ihre Besitzer, um die Missverständnisse zwischen Mensch und Pferd auszuräumen."

Meine Mutter nimmt den Fuß vom Tisch. „Das klingt toll, Krümelchen! Du solltest dich jetzt mal selber sehen! Wie wunderschön deine Augen leuchten!"

Mein Vater hört auf zu hüpfen. „Ein bisschen schade finde ich es ja schon, dass du keine Filme mehr drehst", gesteht er. „Ich wär gerne nochmal Assistent am Set gewesen. Das war so wahnsinnig aufregend!"

Eine turbulente Hochzeit

Ich streichle Winnetou, einem gescheckten Painthorse, über die Kruppe. „Braver Junge." Der Wallach steht entspannt da. Vor drei Tagen hätte er bei dieser Berührung entweder um sich geschlagen oder die Flucht ergriffen.

Gustav stellt den Besen zur Seite. „Du hast gleich gewusst, dass er kein Wildpferd ist, nicht wahr?"

„Seine Besitzerin hat Angst vor ihm und das hat ihn verunsichert. Außerdem hat er schlechte Erfahrungen gemacht, ich nehme mal an, mit einem ungeduldigen Hufschmied."

Er schiebt seinen Cordhut in den Nacken. „Wir sollten uns so langsam fertig machen, was meinst du?", murrt er. „Sonst kommen wir zu spät zur Hochzeit."

Ich werfe ihm einen prüfenden Blick zu. „Was ist bloß los mit dir? Immer, wenn von Patricks Hochzeit die Rede ist, machst du ein langes Gesicht!"

Hoffentlich sitzt er nachher nicht mit seiner Miesepeter-Schnute auf dem Kutschbock. Das wäre kein schönes Bild!

„Wie kann man nur vor einer Burgruine heiraten?", schimpft er. „Da muss die Ehe ja in die Brüche gehen!"

„Sie wollen eine standesamtliche Trauung in besonderem Ambiente, anstatt im Rathauszimmer. Da bietet sich die Burgruine in Neuenhausen doch gut an." Ich löse den Knoten von Winnetous Strick, und bringe den Wallach auf die Gastpferde-Koppel. Kaum habe ich das Gatter geschlossen, dreht er sich einmal im Kreis, knickt in den Beinen ein und wälzt sich ausgiebig.

Lächelnd schaue ich dem Wallach zu, dann lasse ich

meinen Blick über die Wiesen wandern. Eine warme Glückswelle erfasst mich, mein Herz jubiliert in meiner Brust. Ja, so fühlt es sich an, am richtigen Platz zu sein!

***

Belinda und Bernadette stehen dösend am Anbindebalken. Sie haben das ruhige, ausgeglichene Gemüt ihrer Mutter Bella geerbt. Ihr Fell glänzt, ihre Mähnen und Schweife fallen in weichen Wellen.

Der Bulli rumpelt über die Einfahrt, sein röhrender Motor verstummt, eine Tür wird zugeschlagen. Ich höre Schritte auf dem Kopfsteinpflaster.

„Hey, du siehst ziemlich entspannt aus. Scheint'n stressfreier Job zu sein. Glückwunsch!", ruft Benno. „Ich hab mich für'n Moment abgeseilt, bevor die Party losgeht. Scheiße, das wird'n harter Tag!"

„Du bist also wieder mit von der Partie", stelle ich fest.

Wie es ihm wohl mit Cindy geht? Ob er nach wie vor verliebt in sie ist? Dann wird das wirklich ein harter Tag für ihn!

„Ey, ich gehöre zum Bauernhochzeit-Dreamteam, das ist doch wohl klar. Hab nen Aufschlag rausgehandelt. Ich bin ja jetzt so was wie ein Star-Kameramann." Er lehnt sich an den Anbindebalken, Belinda schnuppert an seiner Kutte.

„Hast du Strunz' Jobangebot angenommen?", erkundige ich mich neugierig.

Benno lässt ein Seufzen hören. „Ich hab da ne Weile drüber nachgedacht und dann hab ich abgelehnt. Mir ist meine Freiheit wichtiger als ne monatliche Gehaltsabrechnung. Ey, ich bin jetzt Super Alphas freiberuflicher Kameramann für Konzertmitschnitte, und das ist genau das, wo ich voll Bock drauf hab."

„Oh, das freut mich aber für dich, Benno!", sage ich herzlich und füge hinzu: „Es ist wirklich unglaublich, was sich durch die Bauernhochzeitsendung alles verändert hat!"

„Zum Beispiel, dass Sören jetzt ne Dauerwelle hat!", gackert er. „Hast du das schon gesehen? Scheiße, sieht der schwul aus!"

Ich hebe die Schultern. „Er wollte Sabine eine Freude machen. Sie steht drauf."

Benno streichelt Belinda etwas zögerlich über den Hals. „Ich hab's ja nicht so mit Pferden", erklärt er. „Die sind viel zu groß, und schreckhaft sind sie auch. Keine gute Kombi."

Bestimmt denkt er gerade an Cindys Sturz.

Plötzlich hat er ein breites Grinsen im Gesicht. „Weißt du schon das Neueste? Es geht das Gerücht, dass Olivia schwanger ist."

„Oha", mache ich.

„Sprich's ruhig aus: Das arme Baby kann einem echt leidtun. Scheiße, sie hätte mit ihren Hormonschwankungen lieber zu Hause bleiben sollen! Ich krieg Kopfschmerzen von ihrem Geschrei."

„Haben sie eine neue Assistentin?"

„Nein, aber sie sollten sich dringend eine zulegen. Olivia ist sich zu fein zum Kaffeekochen, und ohne Kaffee läuft gar nichts am Set, das weißt du ja." Er stößt sich vom Balken ab und hält mir die Faust hin. „Bis später!"

Ich lasse einen prüfenden Blick über beide Pferde gleiten und schaue zur Uhr. Es ist Zeit zum Anspannen. Die Kutsche steht bereits auf dem Hofplatz, sie ist auf Hochglanz gewienert und mit Papierblumen geschmückt.

Ich lege den Pferden die Geschirre an, führe sie zur Deichsel und Gustav hilft mir, sie vor die Kutsche zu spannen. Dann steigt er auf den Kutschbock und ergreift die Leinen.

Ich überprüfe ein letztes Mal die Fahrzäume, das Geschirr und die Zugstränge, dann klettere ich auf den Beifahrersitz.

Ein kurzes Schnalzen, und die Pferde ziehen an. Sie spitzen erwartungsvoll die Ohren, ihre Hufe klappern im Gleichschritt über das Pflaster.

Ich strecke die Beine aus. Kutschefahren ist herrlich entspannend. Manchmal wünschte ich, die Autos wären noch nicht erfunden worden. Auf der Kutsche nimmt man jeden Meter seines Weges bewusst wahr. Kutschefahren ist wie ein Gruß aus vergangenen Zeiten, als die Menschen noch keine Hektik und keinen Termindruck kannten.

Wir erreichen die Dorfstraße. Gustav schnalzt und die Pferde traben dem Hof der Familie Volkens entgegen.

***

„Das ist unser Taaaag, der perfekte Taaaag! Der allerbeste Augenblick! Denn jedes Wunder wird auf einmal waaaahaahaar", trällert Cindy und winkt der imaginären Hochzeitsgesellschaft von der Kutsche aus zu.

Sie sieht wunderschön aus in ihrem weißen Kleid. Es ist mit glitzernden Steinchen besetzt, funkelnde Klemmen halten einen Schleier aus Tüll in ihrem blonden Haar. Ihre Hände stecken in langen seidenen Handschuhen.

Gustav sitzt auf dem Kutschbock und ich stehe

vorne vor den Pferden, um schnell eingreifen zu können, falls sie unruhig werden sollten.

„Cut! Das machen wir nochmal. Patrick, du musst die Braut anlächeln! Du bist mega-verliebt! Und Cindy, du passt auf den verdammten Schleier auf", ruft Robert.

„Aussteigen! Zack, zack!", befiehlt Olivia.

Patrick trägt einen feinen dunklen Anzug mit Taschentuch in der Brusttasche. Er verdreht die Augen und ich beiße mir auf die Lippe, um nicht loszuprusten. Bestimmt geht ihm durch den Kopf, was er inzwischen alles auf dem Hof erledigen könnte. Aber nein, er muss seiner Braut zum fünften Mal in die Kutsche helfen.

„Du machst das klasse, Cindy", sagt Benno und sie strahlt ihn an.

„Okay, und Action!"

Cindy vollführt den Knicks einer Hofdame, reicht Patrick die Hand und lässt sich von ihm zur Kutsche geleiten. In der Einfahrt nähert sich ein Wagen.

„Wer ist das denn?", fragt Irma ihren Lüder.

Der zuckt die Schultern.

„Cut!", kräht Olivia. „Sören, Benno, da rüber, haltet euch bereit, falls was Interessantes passiert."

Horst schiebt die Wülste über seinen Schweinsäuglein zusammen und lässt die Hosenträger fletschen. „Den Wagen kenn ich nicht. Vielleicht jemand, der sich verfahren hat."

Er macht einen ungewöhnlich zurückhaltenden Eindruck. Seitdem die Leute wissen, was für ein teuflisches Spiel er im Dorf gespielt hat, ist sein Stern gesunken. Lüder ist der zukünftige Bürgermeister, darin sind sich alle einig.

Der Wagen hält. Zwei Autotüren öffnen sich, Ralph und Elmar steigen aus.

„Großer Gott!", kreischt Irma und bricht in Tränen

aus. „Lüder, schau doch nur, unser Elmar ist wieder da!"

Benno springt mit der Kamera herbei und filmt das Wiedersehen.

Wie in Zeitlupe gehen Eltern und verlorener Sohn aufeinander zu. Dann fallen sich Irma und Elmar in die Arme.

„Mein lieber Junge, ich hab dich so sehr vermisst!", schluchzt sie.

Elmar guckt seinen Vater an und der nickt mit ernster Miene. „Willkommen zu Hause, mein Sohn!" Die beiden umarmen sich wie Männer. Kurz, fest und mit gegenseitigem Schulterklopfen.

Dann dreht Elmar sich um und winkt Ralph, der sich im Hintergrund hält, herbei. Er holt tief Luft und dann sagt er mit fester Stimme: „Mama, Papa: Ich möchte euch meinen Lebensgefährten vorstellen. Das ist Ralph ..."

„Deinen ... wie bitte?" Irma wird kreidebleich, sie schluckt schwer. Ihre Hand tastet nach dem goldenen Kreuz an ihrer Halskette.

Elmar legt seinen Arm um den gutaussehenden Mann. Der lächelt freundlich in die Runde.

„Ich habe beschlossen, mich nicht länger zu verstecken", verkündet Elmar.

Gustav grinst mich an. „Hab doch gewusst, dass er irgendwann wiederkommt. Und er bringt sogar Verstärkung mit!"

Patrick begrüßt die beiden Neuankömmlinge mit Handschlag. „Habt ihr vor, hierzubleiben?", erkundigt er sich.

„Sofern wir willkommen sind", entgegnet sein Bruder vorsichtig.

„Jederzeit", verkündet Patrick. Er scheint sehr

erleichtert zu sein.

Irma stammelt, dass sie bestimmt gut miteinander auskommen werden, aber überzeugt klingt sie nicht.

Elmar streckt den Rücken durch. „Wir wollen auf dem Hof alles beim Alten lassen", erklärt er. „Keine Expansion, keine Kredite. Einen Teil der Flächen brauchen wir für Ralphs Pflanzen. Er ist nämlich Garten- und Landschaftsbauer."

Horst schaut zu Boden. Ich glaube, er sieht seine letzten Felle wegschwimmen.

„Wir sprechen uns noch", knurrt Elmar ihn an.

„Und Cut!", ruft Robert. Er wendet sich an Benno. „Hast du alles im Kasten?"

„Na logo", entgegnet Benno.

„Patrick und Cindy, auf eure Plätze! Die Flitterwochen gibts nicht geschenkt, jetzt strengt euch mal an!", krakeelt Olivia.

***

Der Hochzeitshain an der Burgruine ist ein malerischer Ort. Weiße Stühle sind im Gras unter den hohen Buchen aufgereiht, in der Mitte führt eine breite Gasse zu einem altarähnlichen Tisch. Im Hintergrund ragen die mit Efeu bewachsenen Mauern der ehemaligen Burg auf.

Das Filmteam begleitet unsere Ankunft. Gustav lenkt das Gespann gekonnt in eine Neunzig-Grad-Kurve und pariert durch zum Halten.

Die Hochzeitsgäste strömen fröhlich schnatternd zu den Stühlen und finden Horsts Werbezettel auf den Sitzflächen. Elmar und Ralph nehmen in der ersten Reihe neben Lüder und Irma Platz.

Es kann losgehen. Alle Gäste sitzen, der

Standesbeamte wartet vorn am Altar. Olivia winkt die Crew zur Kutsche: Benno mit seiner Kamera und Sören mit dem Angelmikro. Robert hat Brautvater Horst im Schlepptau, der soll seine Tochter den Mittelgang entlangführen und an den Bräutigam übergeben.

„Habt ihr eigentlich auch Musik?", erkundige ich mich bei Cindy.

Olivia macht ein Gesicht, als hätte sie es mit einem besonders schweren Fall von Blödheit zu tun. „Da zeigt sich wieder, dass du keinen Schiss Ahnung hast! Musik ist tödlich, da kann man nachher nichts zusammenschneiden", faucht sie mich an.

Benno wirft ihr einen schiefen Blick zu. „Nun mach mal halblang. Du könntest von Katharina ne Menge lernen. Zum Beispiel, wie man eine romantische Sendung macht."

„Eine Sendung mit Herz und Verstand", ergänzt Sören.

Olivia gibt ein hässliches Schnauben von sich. „Ach jaaaa, gelobt sei die gute, heilige Katharina!" Ihre Stimme trieft vor Sarkasmus.

Sie hat meine Abfuhr offenbar noch nicht verdaut.

Ich begegne Patricks Blick. Seine Augen sind so blau wie der Himmel an einem sonnigen Tag. Ein leises Lächeln erscheint in seinen Mundwinkeln. Ich lächle zurück.

„Achtung, Leute, es geht los!", ruft Robert. „Bräutigam, du hilfst deiner Liebsten beim Aussteigen. Und Action!"

Die Szene ist nach dem dritten Anlauf im Kasten. Patrick atmet auf, geht nach vorn zu den Pferden und streichelt Belinda und Bernadette über die Stirn. Er sieht auf einmal müde aus, so als bräuchte er dringend eine Pause.

Sein Mund nähert sich meinem Ohr. „Cindy hat mir heute Morgen erzählt, dass sie uns damals an der Anhöhe beobachtet hat. Anschließend hat sie im Dorf verbreitet, dass ich dich reingelegt habe!", flüstert er mir zu.

Er klingt ziemlich wütend.

„Ich weiß, ich hab's am Tag eurer Verlobungsfeier erfahren", entgegne ich ruhig. „Bitte mach ihr keine Vorwürfe. Das ist lange her und sie war damals in einer schwierigen Situation."

„Aber ...", setzt er an.

„Patrick! Was machst du da bei den ollen Gäulen?", ruft sie. „Hast du die Eheringe?"

Er seufzt leise und tapert zu ihr zurück.

Sie gibt ihm einen Schmatzer auf die Wange und hakt sich bei ihm unter. „Auf geht's zum Standesbeamten!"

„Halt!", ruft Olivia. „Patrick, du gehst allein nach vorn. Cindy folgt am Arm ihres Vaters."

Cindy fliegt zu ihr herum. „Nä, das mach ich nicht! Ich will nicht mit meinem Vater gehen."

Horst schaut bedröppelt drein.

„Das gehört sich aber so! Der Brautvater übergibt die Braut an den Bräutigam. Das wollen die Zuschauer sehen und das werden wir ihnen zeigen!", keift Olivia, zerrt Cindy von Patrick weg und macht eine scheuchende Handbewegung. „Na los, Bräutigam, ab mit dir zum Standesbeamten!"

Ich schaue Patrick hinterher, wie er gemessenen Schrittes die Gasse zwischen den Stühlen entlanggeht.

Plötzlich lässt Benno die Kamera stehen und stürzt auf Cindy zu. „Komm mit mir in die Stadt", beschwört er sie. „Ich sorg dafür, dass du ein berühmter Playback-Star wirst."

Wow, alle Achtung, das ist aber ganz schön mutig von ihm! Nun braucht er sich wenigstens nicht mehr vorzuwerfen, dass er's nicht versucht hat.

„Hau ab, Kameramann!", motzt Horst. „Du kriegst meine Tochter ganz bestimmt nicht!"

Robert drängt sich zwischen die beiden Männer. „Benno, verzieh dich auf deinen Platz! Cindy, Horst, ihr geht gleich schön langsam durch die Gasse. Wir brauchen verschiedene Einstellungen." Er bringt die Protagonisten in Position. „Und Action!"

Cindy geht am Arm ihres Vaters zum Mittelgang. Ihre Schritte wirken steif. „In zerriss´nen Jeans um die Häuser zieh´n, das kann ich mit keieieinem Aaaandern", trällert sie los. Ihre ohnehin miserable Gesangsstimme klingt brüchig.

Olivia ballt die Fäuste. „Verflucht nochmal, die soll die Klappe halten!"

„Nachts mit Partylärm alle Nachbarn stör´n, das kann ich mit keieieinem Aaaandern!" Cindy reckt ihren freien Arm in die Luft und wedelt damit herum, als wolle sie auf einer Bühne für Stimmung im Publikum sorgen.

Ich glaube, sie verwechselt da gerade was.

Sie sind beim Standesbeamten angekommen, Horst übergibt die Schlagerprinzessin an ihren Zukünftigen und tritt beiseite.

„Mich total verlier´n, nichts mehr kontrollier´n, das kann ich mit keieieinem Aaandern!", singt sie und tupft sich mit dem behandschuhten Zeigefinger die Augenwinkel.

Patricks Begeisterung über das musikalische Liebesgeständnis hält sich offenbar in Grenzen. Er macht ein betretenes Gesicht.

„Cut!", ruft Robert. „Cindy, Horst, nochmal zurück

zum Anfang!"

Horst stapft herbei, grabscht nach Cindys Arm und führt sie vom Bräutigam weg, den Gang hinunter. Die Hochzeitsgäste drehen die Köpfe, der Standesbeamte wirft einen Blick auf seine Armbanduhr.

„Diesmal hältst du den Schnabel!", befiehlt Olivia.

Cindy macht eine Schnute, ihre Unterlippe zittert.

„Und Action!"

Die beiden gehen wieder zurück zum Traualtar, und diesmal singt sie nicht. Patrick guckt immer noch betreten drein. Sie fasst nach seiner Hand und mit der anderen wirft sie Luftküsse ins Publikum.

„Wieso zieht der Bräutigam so ne Fresse?", schimpft Olivia.

„Cut!", ruft Robert. „Nochmal von vorn." Er schickt Benno auf die gegenüberliegende Seite. „Nimm sie schräg von links, und bei der Übergabe zoom sie ran."

Ein paar Gäste scharren ungeduldig mit den Füßen, der Standesbeamte meldet Protest an. „Hören Sie!", mahnt er und zeigt auf seine Uhr, aber Braut und Vater sind bereits auf dem Rückzug.

Sie starten ein drittes Mal und als sie am Ziel sind, ist Robert zufrieden. Die Trauung kann beginnen.

Sören hält die Angel über die Protagonisten, Benno verkrümelt sich hinter der Kamera. Der Standesbeamte setzt ein salbungsvolles Lächeln auf und greift nach einer in Leder gebundenen Mappe.

Cindy und Patrick stehen sich gegenüber, Patrick beugt sich zu ihr hin, sie flüstern miteinander. Sie schüttelt kaum merklich den Kopf. Ein seltsames Gefühl breitet sich in meiner Magengegend aus.

Der Standesbeamte begrüßt das Hochzeitpaar und die Gäste, dann rattert er die Formalitäten herunter. Schließlich hebt er die Stimme. „Hat jemand der

Anwesenden Einwände gegen diese Eheschließung?", fragt er in die Runde.

„Und ob!", ruft Gustav vom Kutschbock aus. „Ich hab was dagegen!"

Ein Raunen geht durch die Gästeschar.

„Ich auch!" Das war Benno.

„Cut!", brüllt Olivia.

Patrick und Cindy lächeln sich an und geben sich wie zum Abschied die Hand. Cindy fliegt regelrecht in Bennos Arme und Patrick marschiert geradewegs den Mittelgang zurück. Er löst seine Krawatte und grient von einem Ohr zum anderen.

 Mir bleibt die Spucke weg.

Die Gäste schreien auf und springen von den Stühlen.

Irma und Lüder stürmen hinter Patrick her, Horst steht verloren da. Der Standesbeamte rauft sich die Haare.

Ach du Schande, Cindy und Patrick wollen nicht mehr heiraten! Ich kann's nicht fassen. In meinem Kopf und in meinem Herzen wirbelt alles durcheinander.

„Benno!", tobt Robert. „Komm zurück, du hast hier einen Job zu erledigen!" Er wendet sich den Gästen zu. „Hinsetzen! Alle wieder hinsetzen!"

Benno trägt Cindy auf seinen Armen und bahnt sich einen Weg durch die aufgeregte Hochzeitsgesellschaft. Sie hat seinen Hals umklammert und schmiegt ihr Gesicht an seine bärtige Wange.

„Ich geh mit Benno!", verkündet sie. „Er macht mich berühmt! Ich werde Playback-Star!"

„Nein, Cindy!", ruft Horst verzweifelt und stürzt hinter den beiden her. „Du darfst mich nicht verlassen!" Er umklammert ihren Arm. „Bleib bei mir. Bitte!"

Sie macht sich unsanft von ihm los. „Nein! Mir

reicht's! Ich war lange genug deine Marionette. Ab jetzt gehe ich meinen eigenen Weg."

Er stößt einen erstickten Schrei aus, verbirgt sein Gesicht in seinen Pranken und macht ein paar wankende Schritte.

Ich glaube, er wird in Zukunft ziemlich einsam sein.

Cindy winkt in die Runde, während Benno sie zum Bulli trägt. Augenblicke später bollert der Motor los. Die beiden verschwinden in einer schwarzen Wolke.

Patrick hat Irma und Lüder ein wenig beruhigt, jetzt schwingt er sich in die Kutsche.

„Da hast du ja gerade nochmal rechtzeitig die Kurve gekriegt!", meint Gustav zufrieden.

„Ich hab ziemlich spät kapiert, dass Cindy nicht die richtige Frau für mich ist", gesteht er.

Olivia stimmt ein mörderisches Gezeter an. „Die Hochzeit soll nächsten Samstag ins Fernsehen! Als Appetizer für 'Junges Bauernglück'!"

„Keine Hochzeit, keine Sendung", stöhnt Robert.

„Verdammt nochmal, nun tu doch was!", schreit sie ihn an. „Sonst bleiben wir auf unseren Auslagen sitzen!"

Ich klettere schnell auf meinen Platz neben dem Kutschbock, Gustav schnalzt und wir fahren los. Die Hufe klappern gleichmäßig auf dem Pflaster, wir lassen den Platz an der Burgruine hinter uns.

Ich freue mich für Benno und Cindy. Und ich freue mich für Patrick, der jetzt wieder als Tierarzt in der städtischen Pferdeklinik arbeiten kann. Die „Bauernhochzeit" hat ein rundum gutes Ende gefunden.

Ich sollte froh und erleichtert sein. Aber stattdessen liegt mein Herz bleischwer in meiner Brust.

Schwindelig vor Glück

Gustav schiebt die Hochzeitskutsche in den Wagenschuppen und deckt sie sorgfältig mit einer Plane zu. Belinda und Bernadette sind am Balken angebunden, ich nehme ihnen die Geschirre ab und bürste ihr Fell.

Hercules steht hinterm Zaun. Ich hatte heute noch keine Zeit, mich um ihn zu kümmern, und werde gleich einen schönen Ausritt mit ihm unternehmen.

Motorengeräusch ist zu hören, Augenblicke später kommt Patricks Wagen in Sicht.

Gustav schließt den Schuppen ab, schaut zur Einfahrt und schiebt seine Mütze in den Nacken. „Das sieht nicht gut aus", meint er kopfschüttelnd. „Der ist bis oben hin bepackt."

Mein Magen krampft sich zusammen, mir ist ganz elend zumute. Gleichzeitig komme ich mir furchtbar egoistisch vor. Wer wüsste besser als ich, wie wichtig es ist, seinem Herzen und seiner Berufung zu folgen? Ich versuche zu lächeln, aber das will mir nicht so recht gelingen.

Der Wagen parkt auf dem Hof, Patrick steigt aus. Er trägt Jeans, Sportschuhe und ein kurzärmliges Hemd.

„Ich will mich verabschieden", sagt er zu Gustav und gibt ihm die Hand. „Danke für alles."

Der alte Mann nickt schweigend. Dann macht er kehrt. „Mach's gut, mein Junge", murmelt er, wischt sich über die Augen und verschwindet im Haus.

Patricks kommt zum Putzplatz, seine Schritte sind so schwer, als trüge er die Last der Welt auf seinen Schultern.

In meinem Hals bildet sich ein dicker Kloß. Mir wird

etwas schwindelig.

Mit ernsten, tiefblauen Augen erwidert er meinen Blick. „Auf Wiedersehen, Kathi."

Mir kommt es vor, als würde seine Stimme zittern, aber da täusche ich mich bestimmt. Er freut sich darauf, wieder als Tierarzt in der städtischen Pferdeklinik zu arbeiten, das ist doch ganz klar.

Verdammt nochmal, er soll nicht fortgehen! Eine Träne stiehlt sich aus meinem Augenwinkel und ich bete, dass er sie nicht bemerkt.

„Auf Wiedersehen, Patrick", flüstere ich. Der Kloß in meinem Hals ist so groß, dass ich nicht mehr schlucken kann.

Seine starke Hand hält meine fest und plötzlich wünschte ich, er würde sie nie wieder loslassen. Doch viel zu schnell ist der Moment gekommen. Unsere Finger lösen sich voneinander, sein Blick wendet sich ab, er dreht sich um und geht zu seinem Auto.

Ich stehe bewegungslos da und beobachte, wie er einsteigt, den Wagen wendet und vom Hofplatz fährt. Meine Hand, die eben noch in seiner lag, fühlt sich auf einmal kalt und taub an. Meine Knie geben nach, ich lehne mich an den Anbindebalken und spüre, wie zwei Tränen meine Wangen hinunter laufen.

Ich bringe Belinda und Bernadette auf die Koppel, sie traben ein paar Meter und dann senken sie ihre Nasen ins Gras. Hercules folgt mir wie ein Hündchen. Ich glaube, ich bräuchte ihn gar nicht anzubinden. Er wartet geduldig ab, bis ich sein Fell gestriegelt, seine Mähne gebürstet und seine Hufe gesäubert habe.

Ich klettere auf seinen Rücken und reite im Schritt vom Hof. Als wir den Sandweg erreichen, spitzt er die Ohren und prustet erwartungsvoll. Ich lasse ihn in Trab fallen und dann in einen leichten Galopp. Seine Sprünge sind gleichmäßig und kraftvoll, ich halte ihn ein wenig zurück. Der Wind fasst in meine Haare, die klare Luft strömt in meine Lungen, meine Schenkel liegen leicht am Pferdeleib an.

Nach einer Weile erreichen wir den kleinen Hügel, ich pariere ihn durch zum Schritt, und auf der Anhöhe bringe ich ihn zum Stehen.

Die Sonne scheint über die Felder und Wiesen, in der Ferne glitzert der Mühlbach. Ein Windhauch lässt die Blätter der alten Eiche flüstern. Er bringt den Duft von frischem Gras und sattbrauner Erde mit sich.

In diesem Augenblick durchflutet mich eine Welle der Dankbarkeit. Ich streiche mit den Fingern durch Hercules' lange Mähne und mein Herz wird auf einmal ganz leicht. Ich kann mich wirklich glücklich schätzen. Alles, was ich mir damals als Jugendliche so sehnlichst gewünscht habe, ist in Erfüllung gegangen. Na ja, fast alles.

Ich gebe ihm die Zügel hin, lasse meinen Oberkörper zurückgleiten und liege auf dem Rücken. Hercules steht ganz still. Mein Hinterkopf liegt auf seiner Kruppe und ich schaue in das dichte Blätterwerk über mir. Hier und da schimmert der hellblaue Himmel hindurch. Ein Eichhörnchen hopst von einem Ast auf einen anderen, dann auf den nächsten und saust im Nu den Stamm hinunter. Hercules zuckt zusammen, als es an uns vorbeiflitzt.

Ob Patrick jetzt wohl schon auf der Autobahn ist?

Ich stelle mir vor, wie er hinterm Steuer sitzt, den Blick auf die Straße gerichtet hat und der Musik aus dem Autoradio lauscht.

Hercules hebt den Kopf und reckt den Hals. Seine Muskeln spannen sich an. Ob das Eichhörnchen zurückgekommen ist?

Er stößt ein heiseres Wiehern aus und das würde er definitiv nicht wegen eines Eichhörnchens machen. Was er wohl hat? Ich setze mich wieder aufrecht hin und schaue mich neugierig um.

Ich kann nichts Ungewöhnliches entdecken. Aber auf einmal spüre ich, dass der Erdboden leicht bebt. Das sind unzweifelhaft die Galoppsprünge eines Pferdes.

Hinter mir rascheln die Blätter eines Busches, ich höre Äste knacken, drehe mich um und traue meinen Augen nicht. Patrick?!

Er ist doch längst auf der Autobahn, schießt es mir durch den Kopf, und dann kommt mir der einzig logische Gedanke, dass er daheim irgendwas Wichtiges vergessen hat. Er musste umkehren und zurückfahren, und weil das Wetter so schön ist und er nun sowieso erst später in der Stadt ankommen wird, macht er einen letzten Ausritt mit Diva.

Eine gute Idee! Wenn er erst wieder in der Pferdeklinik arbeitet, hat er sicherlich nur noch wenig Zeit zum Reiten. Außerdem kann man in der Stadt nicht gut ausreiten, da findet der Pferdesport nur auf Sandplätzen oder in der Reithalle statt.

Sein ganzes Gesicht scheint vor Freude zu leuchten, ich glaube, seine Augen waren noch nie so strahlend blau wie in diesem Moment. Seine braune Stirnlocke ist vom Wind zerzaust und steht lustig in alle Richtungen ab.

Wie immer sitzt er auf dem Pferderücken, als sei sein Körper mit dem des Pferdes verschmolzen. Er passt sich leicht und mühelos jeder Bewegung an, ohne aus dem Gleichgewicht zu geraten oder sich in der Mähne festhalten zu müssen.

Mein Herz schlägt schneller. Patrick ist wieder da, wenn auch nur für diesen einen letzten Ausritt. Wir sind zusammen auf der Anhöhe, auf diesem wunderschönen Platz, und nachher reiten wir gemeinsam zurück zum Gutshof. Ich will jeden Augenblick genießen und nicht daran denken, dass ich mich nachher noch einmal von ihm verabschieden muss.

Mit leichter Hand pariert er Diva zum Schritt durch und hält sie neben Hercules an. Die beiden Pferde beschnuppern sich, Diva schnaubt empört und stampft mit dem Vorderhuf auf. Wir schauen uns an und lachen.

„Was hast du denn vergessen? Dein Portemonnaie?", erkundige ich mich.

Er zieht nachdenklich die Stirn kraus und schaut dabei so unglaublich süß drein, dass mir das Herz überläuft. Auf einmal habe ich wieder diesen verdammten Kloß im Hals. Ich werde nie wieder einem so hinreißenden Mann wie Patrick begegnen, das weiß ich ganz sicher. Ich schlucke hart.

Sein Blick geht über die Wiesen und Felder, die wie ein üppiger Teppich vor uns liegen. „Ich hab nichts vergessen. Ich hab mich vorhin nur nicht getraut."

Er wendet den Kopf, seine Augen blicken mich ernst, ja, fast verzweifelt an. „Ich war so ein erbärmlicher Idiot. Als mir das klar wurde, habe ich gewendet und bin zurückgefahren."

Nun macht er mich aber neugierig! Was er wohl auf dem Herzen hat?

„Ich wollte für meine Eltern ein guter Sohn sein und für Cindy ein guter Mann", murmelt er.

Ich atme tief durch und bemühe mich, unbeschwert zu klingen. „Nun, wie Gustav so schön sagte: Du hast gerade noch rechtzeitig die Kurve gekriegt."

Eine Ameisenkolonie läuft mir über die Haut,

gleichzeitig will mir das Herz in der Brust zerspringen. Seine Augen sind so tiefblau, dass ich meinen Blick abwenden muss.

„Erinnerst du dich, was ich über Pferde gesagt habe? An dem Tag, als du zurück auf den Gutshof kamst und Hercules wiedersahst?", fragt er leise.

Selbstverständlich erinnere ich mich daran. „Es heißt, jeder begegnet nur einmal im Leben einem besonderen Pferd", erwidere ich.

„Ich glaube, dasselbe gilt auch für die Liebe. Vielleicht begegnet einem nur einmal im Leben die Frau des Herzens", murmelt er.

Hm, das wird dann in seinem Fall wohl die untreue Tierärztin sein.

Ich spüre, dass er mich ansieht.

„Ich habe immer auf die tiefen Gefühle gewartet, die ich damals hatte. Aber sie stellten sich nie wieder ein", bekennt er.

Nun, es ist toll, dass er so offen mit mir über seine gescheiterte Beziehung spricht. Aber ich bin definitiv nicht die Richtige, um ihm in dieser Sache weiterhelfen zu können.

Diva scharrt mit dem Vorderhuf und schnaubt ungeduldig, sie hat keine Lust mehr, auf einem Fleck zu stehen. Patrick lässt sich davon nicht beeindrucken und nach einer Weile senkt sie den Kopf und entspannt sich.

Er scheint nach den richtigen Worten zu suchen. „Ich war verletzt und wollte nie wieder verletzt werden, verstehst du?", fragt er leise.

Ich nicke schweigend. Er braucht jemanden, der ihm zuhört, und ich will ihn nicht unterbrechen, aber ich wünschte, wir würden uns über etwas anderes als die Tierärztin unterhalten.

„Damals, am Tag des Stoppelfeldrennens, habe ich

mich in dich verliebt. Unser Kuss, hier auf der Anhöhe, hat alles für mich bedeutet."

Nun, das ging mir ganz genauso, aber was hat das mit der untreuen Tierärztin zu tun?

„Es war natürlich viel zu früh, um sich Gedanken über eine gemeinsame Zukunft zu machen. Aber ich konnte nicht anders. Ich lag die ganze Nacht wach und habe mir unser Leben in den schönsten Farben ausgemalt." Er schluckt.

Wir müssen bitte, bitte das Thema wechseln!

„Früh am nächsten Morgen habe ich Blumen für dich gepflückt. Ich habe mich so sehr nach dir gesehnt, dass ich es kaum abwarten konnte, sie dir zu bringen. Aber du hast mich fortgeschickt, als hätte unser Kuss keine Bedeutung für dich gehabt."

„Ein furchtbares Missverständnis", murmele ich.

Irgendwie wird mir erst jetzt so richtig klar, wie enttäuscht *er* damals gewesen sein musste. Während der vergangenen Jahre war ich ausschließlich mit meiner eigenen Gefühlswelt beschäftigt gewesen. Ich frage mich, ob Cindy überhaupt erahnen kann, was sie mit ihrer Lüge angerichtet hat.

„Als ich dich wiedersah, in meinem Zimmer, mit Marylous Foto in der Hand, stach es mir wie ein Pfeil in die Brust. Ich wollte dich nie wieder in mein Herz lassen und ich habe alles getan, um es zu verhindern." Er sieht mich immer noch an.

Mir schießen die Tränen in die Augen. „Warum erzählst du mir das, Patrick?", rätsele ich.

Er fasst nach meiner Hand und hält sie fest umschlossen. „Weil ich dich liebe, Kathi! Ich fürchte, ich bin nicht besonders gut darin, auszudrücken, was ich fühle. Aber ich musste dir das sagen."

Ich erstarre am ganzen Körper. Hätte er das doch

nur für sich behalten! Wäre er bloß nicht zurückgekommen! Wie soll ich den bevorstehenden Abschied überstehen?

„Deshalb bist du umgekehrt?" Ich schluchze auf und nun kann ich nicht anders: Ich hebe meinen Kopf und begegne seinen blauen Augen.

„Ja", entgegnet er bekümmert. „Bitte sag nichts, sonst komme ich mir noch idiotischer vor! Heute Mittag stand ich noch mit Cindy vorm Traualtar, und jetzt mache ich dir ein Liebesgeständnis. Logisch, dass du mir nicht glaubst. Niemand würde mir glauben. Aber das ist die Wahrheit."

Es dauert ein bisschen, bis mein Herz und mein Verstand erfasst haben, was er da gerade gesagt hat. Seine Hand umhüllt meine, so warm und fest und sicher. Patrick ist ein ehrlicher und absolut zuverlässiger Mann. Er würde mich niemals anlügen.

Unzählige Schmetterlinge flattern in meinem Bauch herum, meine Wangen glühen und ich nicke stumm. Ein paar Tränen stehlen sich aus meinen Augenwinkeln.

„Ich glaube dir", sage ich.

Er schaut mich verdattert an. Und auf einmal breitet sich ein glückliches Strahlen in seinem ganzen Gesicht aus. In einer fließenden Bewegung gleitet er von Divas Rücken und fasst in einen Zügel, damit die Stute nicht weglaufen kann. Dann zieht mich sanft vom Pferd, ich lande direkt in seinen starken Armen.

Zärtlich fährt er mit seinem Daumen über meine Wangen und wischt die Tränen fort.

„Du ...", flüstert er.

Der Blick seiner Augen, die im Schein der tiefstehenden Sonne glitzern, versenkt sich in meinem. Ich spüre etwas tief in meinem Inneren schmelzen. Eine ganze Weile schauen wir uns nur an. Er hält mich im

Arm und ich versinke im strahlenden Blau seiner Augen. Mir ist ganz schwindelig vor Glück.

„Du ... bist etwas ganz Besonderes, Kathi. Ich liebe dich, wie ich niemals eine Frau geliebt habe." Seine Stimme bricht.

Unendlich zärtlich zieht er mich an sich. Er hält mich umschlungen, ich fühle seinen warmen Atem in meinem Haar und ich rieche seinen wunderbar frischen, erdigen Patrick-Duft.

Seine Hand legt sich sanft in meinen Nacken, ich spüre seine widerspenstige Stirnlocke unter meinen Fingerspitzen und streiche seine kantige Wangenlinie entlang.

Und dann liegen seine Lippen auf meinen. Er küsst mich, liebevoll und leidenschaftlich zugleich. Ein Zittern geht wie eine Welle durch meinen Körper, sie erfasst meinen Leib und trägt mich aufs Meer hinaus. Alles um mich herum verschwimmt. In diesem Moment gibt es nur noch Patrick und mich.

Er hält mich ganz fest, als ich atemlos zurück in die Gegenwart finde. Langsam öffne ich die Augen und begegne seinem Blick, aus dem mehr spricht, als sich jemals in Worte fassen ließe.

Am Horizont kündigt ein tiefroter Streifen den Sonnenuntergang an. Der Abschied naht, und ich weiß, dass er mir sehr schwerfallen wird. Aber wir werden uns bald wiedersehen. Wir werden einen Weg für eine gemeinsame Zukunft finden. Wo Liebe ist, gibt es immer einen Weg.

Er hebt mich auf Hercules' Rücken und schwingt sich auf die große Stute.

Ich wünschte, wir würden gemeinsam auf einem Pferd zurückreiten. Ich würde meine Arme um seine Hüften schlingen und unsere Körper würden sich von der Bewegung des Pferdes tragen lassen. Aber Diva würde das ganz bestimmt nicht gefallen, vermutlich würde sie ein Rodeo veranstalten. Und Hercules ist zwar ein kräftiger kleiner Kerl, aber zwei Menschen gleichzeitig auf seinem Rücken könnten zu schwer für ihn sein.

So reiten wir einträchtig nebeneinander her zurück zum Gutshof, während die Sonne am weiten Horizont in einem glutroten Meer versinkt.

Elf Monate später

Die Luft ist herrlich klar und der Himmel sieht so strahlend aus, als wäre er frisch gewaschen. Es hat fast eine Woche lang geregnet, aber heute, an unserem Hochzeitstag, ist das allerschönste Wetter.

Ich lasse meinen Blick über die Wiesen schweifen. Die drei Pferde, die momentan bei mir im Training sind, grasen friedlich auf der vorderen Koppel. Nebenan tollt Hercules mit Belinda und Bernadette herum. Diva hält sich wie immer ein wenig abseits.

Wir haben das Stallgebäude umgebaut, damit Patrick die Pferdeklinik hier auf dem Gutshof betreiben kann. Den vierbeinigen Patienten stehen mehrere Sandpaddocks und geräumige Boxen zur Verfügung. In der ehemaligen Scheune sind die Untersuchungs- und Behandlungsräume untergebracht.

Inzwischen ist Patrick als Fachtierarzt für Pferde weithin gefragt. Unser Therapie- und Trainingszentrum läuft besser, als wir uns das jemals hätten träumen lassen.

Vorne auf der Parkfläche steht ein kleiner, kompakter Geländewagen. Mein erstes eigenes Auto! Patrick hat ihn mir in aller Früh geschenkt und ich bin deswegen immer noch ganz aus dem Häuschen.

Ein Motorengeräusch ist zu hören, ich entdecke einen Traktor mit Mähwerk. Er fährt durch das Mühlental, hinterm Steuer sitzt Elmar. Er winkt mir zu und ich winke zurück. Hoffentlich wird er rechtzeitig mit dem Mähen fertig, damit er zu unserer Trauung kommen kann!

Gustav schlurft aus dem Haus, schiebt seinen Cordhut in den Nacken und schaut hoch zum Himmel. „Sieht gut aus. Dann kann die Feier ja doch auf dem Hofplatz stattfinden", meint er und ich nicke glücklich.

Er macht die Tür wieder auf und ruft ins Haus hinein. „Patrick? Wo steckst du, mein Junge? Wir müssen die Tische und Bänke nach draußen tragen!"

Ich weiß, wo Patrick steckt, und schmunzle in mich hinein. Er ist im Schlafzimmer und zieht sich seinen neuen Anzug an. Ich bin gespannt, wie er darin aussieht. Und ich bin mindestens genauso gespannt, ob ihm mein Hochzeitskleid gefallen wird. Das hängt momentan noch gut versteckt im Schrank.

Ein alter Fiesta nähert sich dem Gutshof. Meine Eltern sind unsere ersten Gäste. Sie stellen den Wagen vorn am Mühlenteich ab. Joy schwebt in einem lilafarbenen Flattergewand heran, sie hat bunte Bänder in ihr Haar geflochten. Hardy trägt einen Karateanzug und ein Stirnband. Die beiden haben große, runde Sonnenbrillen auf den Nasen und sind barfuß.

Sie fallen mir überschwänglich um den Hals, Joy wischt sich eine Träne weg. „Unser Krümel heiratet! In der heutigen Zeit, wo doch jeder in wilder Ehe leben kann! Hach, das ist so herrlich altmodisch", schluchzt sie.

„Wir haben ein Geschenk mitgebracht", verkündet Hardy, und hüpft von einem Fuß auf den anderen.

„Mach's auf!" Er drückt mir ein Päckchen in die Hand.

„Ich warte damit lieber, bis Patrick da ist", erkläre ich, aber mein Vater lässt sich nicht beirren. Er ist immer sehr aufgeregt, wenn's Geschenke gibt. Deswegen fand die Bescherung an Heiligabend bei uns daheim stets schon frühmorgens statt.

Ich tue ihm den Gefallen, entferne das Papier und halte einen Karton in der Hand.

„Was könnte denn das sein?", rätsele ich, hebe den Karton an mein Ohr und schüttle ihn vorsichtig.

Mein Vater hält die Spannung nicht mehr aus. „Das ist eine Kamera! Damit können wir Filme machen. Über deine Pferdetrainings zum Beispiel."

„Das ist eine schöne Idee", sage ich feierlich.

„Wir könnten auch unseren Zoo und unsere schöne Natur filmen." Er klatscht begeistert in die Hände.

Die Haustür schwingt auf und Patrick tritt heraus. Wow, er sieht einfach umwerfend aus! Sein dunkelblauer Anzug sitzt wie maßgeschneidert, dazu trägt er ein schickes weißes Hemd und eine dezent gemusterte Krawatte. Seine Füße stecken in blitzblanken Lederschuhen.

Er kommt die Eingangsstufen hinunter direkt auf uns zu. „So, mein Liebling, das Schlafzimmer ist frei. Du kannst dich jetzt in aller Ruhe umziehen", eröffnet er mir und gibt mir einen schmatzenden Kuss.

Dann begrüßt er meine Eltern. Meine Mutter verkündet, dass er jederzeit auf ihrer Liege willkommen ist, falls seine Chakren mal durcheinandergeraten sollten, und Hardy führt ihm stolz die Kamera vor.

Hanna hilft mir mit dem Kleid und der Frisur. Fredi passt so lange auf die Kinder auf.

„Ich freu mich so dich!", sagt sie. „Für euch beide!

Es ist einfach wunderbar, dass ihr doch noch zueinandergefunden habt!" Sie fährt mit den breiten Zinken des Kamms durch meine störrischen Locken.

„Wir sind sehr glücklich miteinander. Ich glaube, glücklicher geht gar nicht", entgegne ich selig.

Sie schaut mich ein bisschen ratlos im Spiegel an. „Hast du eine Idee, was wir mit deinen Haaren anfangen? Soll ich versuchen, sie hochzustecken?"

Ich winke ab. „Ach was, da kommt doch sowieso gleich der Schleier drüber."

„Auch wieder wahr", meint sie erleichtert.

Mein Kleid ist ein Traum aus weißer, bodenlanger Seide. Es hat einen runden Ausschnitt, ist in der Taille eng geschnitten und der Rock ist weit ausgestellt. Um den Hals trage ich die dünne goldene Kette mit dem Herzchen-Anhänger, die Patrick mir zum Geburtstag geschenkt hat. Der Tüllschleier, den Hanna mühevoll in meinen Haaren feststeckt, setzt meinem Erscheinungsbild sozusagen die Krone auf.

Hanna hat die letzte Klemme in meinem Haar befestigt. „Kathi!", ruft sie entzückt. „Du bist die schönste Braut, die ich jemals gesehen habe!" Sie küsst mich auf die Wange.

„Danke sehr", entgegne ich gerührt. „Und du bist die Allerbeste, weißt du das?" Ich fasse nach ihrer Hand.

Sie blinzelt mir zu. „Wie wär's, wenn du dich jetzt unter die Hochzeitsgäste mischst? Inzwischen müssten so ziemlich alle eingetrudelt sein."

„Gute Idee. Und ich muss ja auch noch Patricks Geschenk abholen."

Hanna seufzt. „Das hättest du besser längst erledigt. Denk doch nur an dein schönes Kleid!"

„Vielleicht hast du recht", räume ich ein. „Aber ich möchte es ihm gerne in einem besonderen Moment geben."

Mein Herz macht einen Salto vor lauter Vorfreude.

Es ist gar nicht so einfach, mit einem langen, voluminösen Kleid die Treppenstufen hinunterzugehen. Hanna lupft meinen Rock, damit ich nicht versehentlich auf den Stoff trete.

„Oh!" und „Ah!" rufen die Gäste, alle Augen sind auf mich gerichtet. Applaus ertönt.

Ich suche die Menge nach Patrick ab - und da ist er. Er bahnt sich einen Weg durch die Leute und kommt mit langen Schritten auf mich zu.

Unsere Blicke haken sich ineinander. Seine blauen Augen lassen mich nicht los, sie werden mich niemals loslassen. Ein Lächeln umspielt seine Mundwinkel, aber es ist ein Lächeln, das ich nicht so recht einordnen kann.

„Wie wunderschön du bist", sagt er und betrachtet mich in andächtigem Staunen. Dann gibt er mir einen langen Kuss.

Ich atme den Duft seiner Haut ein, schmiege mich an seinen Brustkasten und schließe für einen Moment die Augen. Die mit Geschenken beladenen Gäste um uns herum müssen sich noch ein klein wenig gedulden.

Seine Stimme klingt bewegt und ehrfürchtig und stolz. „Du bist das Beste, was mir jemals passiert ist, Kathi", sagt er. „Ich werde dich bis ans Ende meiner Tage lieben, das verspreche ich dir."

Tränen treten in meine Augen, weil ich so gerührt und so überglücklich bin.

Gustavs uralter, auf Hochglanz gewienerter Mercedes steht bereit, er soll uns zum Standesamt bringen. Die Haube ist mit einem üppigen Blumengesteck geschmückt. Patrick und ich wollen weder mit der Kutsche fahren, noch an der Burgruine heiraten.

Die Tische stehen jetzt auf dem Hofplatz, sie sind festlich gedeckt, einige Gäste haben bereits Platz genommen. Erwin Eichelhardt und Manni Pott sorgen mit ihren Buden für Speis und Trank.

Die meisten Dorfbewohner sind da, außerdem meine Reitschüler und ein paar von Patricks Kollegen.

Ralph und Elmar sind in ein Gespräch mit unserem Naturfuttermittel-Lieferanten vertieft. Soweit ich weiß, wollen die drei künftig zusammenarbeiten, denn auf Volkens Ländereien werden jetzt auch Kräuter angebaut.

Jana und Alexander sind mit Benno und Cindy im Auto angereist.

Benno hat seine Kamera mitgebracht. Er will die besonderen Momente unserer Hochzeit filmen. Eine schöne Idee!

Cindy gratuliert mir überschwänglich. „Ich hab ne ganz tolle Überraschung für euch: Ich werde nachher für euch singen!", verkündet sie.

„Uh", mache ich schwach.

„Playback", beruhigt mich Benno. „Wir stimmen die Songs mit eurem DJ ab." Er nickt rüber zu Sören, der seine Anlage unterm Vordach des Wagenschuppens aufgebaut hat.

Sören trägt Plüschkopfhörer auf seinem krausen Haar, er stellt die Regler des Mischpultes ein. Sabine bringt ihm eine Fleischpeitsche, drückt ihm einen Kuss auf die Wange und verschwindet wieder in der Würstchenbude.

Es wird Zeit für das Geschenk.

„Ich muss mal kurz weg", entschuldige ich mich bei unseren Gästen, und kaum habe drei Schritte gemacht, da spüre ich einen festen Griff an meinem Unterarm.

Patricks Gesicht erscheint dicht vor meinem. „Kathi,

tu mir das nicht an!", fleht er.

Hä? Was hat er bloß?

„Wenn du nicht heiraten willst, dann sag es! Aber lass mich nicht sitzen!"

Ich sehe Besorgnis und so tief empfundene Liebe in seinen blauen Augen, dass mir das Herz überläuft. Ein wunderbarer warmer Strom ergießt sich in meinen Körper, er fließt in jeden Winkel und erfasst jede Zelle.

Ich lächle meinen geliebten Patrick an und schlinge meine Arme um seinen Hals. „Befürchtest du das wirklich?", frage ich ihn.

Seine Brust hebt sich und dann atmet er aus.

„Nein", raunt er in mein Haar, „nicht wirklich."

Er umfasst meine Arme und hält mich ein Stückchen von sich weg. „Ich hab nur plötzlich Angst gekriegt, dass ich jetzt die Quittung für meine zwei geplatzten Hochzeiten kriegen könnte."

Ich gebe ihm einen Kuss. „Ach was, Unsinn! Ich muss nur schnell was holen und bin gleich wieder da."

Ich raffe meinen Rock mit beiden Händen. „Beweg dich nicht vom Fleck!", rufe ich und flitze zu meinem Auto. Beim Einsteigen verheddere ich mich mit dem vielen Stoff, ein kleiner Geländewagen ist nicht für voluminöse Kleider gemacht.

Ich fahre die Zufahrt hinunter, biege auf die Straße nach Mühlbach ab und durchquere das Dorf. Schließlich erreiche ich Volkens Hof und springe aus dem Auto.

Patricks Eltern erwarten mich schon. Sie haben sich sehr schick gemacht.

„Na endlich! Wir dachten schon, ihr wollt die Hochzeit ohne uns feiern!", ruft Irma erleichtert. „Es ist allerhöchste Eisenbahn! Der Standesbeamte wartet bestimmt schon!"

Lüder kuppelt schnell den Pferdeanhänger an

meinen Wagen und öffnet die Klappe.

Er hat sich den Anhänger gestern früh unter einem Vorwand von uns „ausgeliehen", damit Patrick keinen Verdacht schöpft. Wenig später bin ich zu Hanna geradelt, weil wir angeblich Frisuren für den Hochzeitstag ausprobieren wollten. In Wirklichkeit haben Lüder und ich uns zu einem entfernten Reitstall aufgemacht, um Marylou abzuholen.

Als ich Patricks Stute vor einer Weile endlich gefunden hatte, musste ich all meine Überzeugungskraft aufbringen, damit ihre Besitzer sie mir verkauften. Und heute ist endlich der Tag da, an dem Patrick sein geliebtes Pferd zurückbekommt!

Marylou hat die Nacht bei den Kälbern verbracht. Sie hebt den Kopf, als ich die Stallgasse betrete, und schaut mir aus sanften braunen Augen entgegen. Ihr Fell glänzt und ihre Mähne fällt seidig über ihren Hals.

„Pass bloß mit deinem Kleid auf!", ruft Irma.

Ich kraule die Stute zur Begrüßung. „Was ist, meine Schöne, willst du mitfahren? Daheim wartet jemand auf dich, der sich mächtig freuen wird, dich wiederzusehen", flüstere ich ihr zu.

Sie spitzt die Ohren und schaut sich neugierig um. Dann macht sie einen Schritt nach vorn, als wolle sie sagen: „Meinetwegen kann's losgehen, worauf wartest du noch?"

Ich führe sie zum Anhänger und sie folgt mir die Laderampe hinauf. Lüder schließt die Klappe.

„Da! Hab ich's nicht gesagt?!", kreischt Irma entsetzt und zeigt auf meinen wallenden Rock. „Jetzt ist dein schönes Kleid ganz schmutzig geworden!"

Ich klopfe geschwind den Staub ab, schwinge mich in den Wagen und tuckere vom Hof. Ich beschleunige nur langsam und fahre in ruhigem Tempo um die

Kurven, damit Marylou sich auf dem Anhänger gut ausbalancieren kann. Gleichzeitig überschlägt sich mein Puls vor lauter Vorfreude.

Vor unserer Zufahrt schalte ich runter und biege im Schritttempo ab. Das Kopfsteinpflaster lässt den Anhänger rumpeln, und nun fängt Marylou an zu wiehern. Ein schriller, durchdringender, langanhaltender Ruf.

Lüder und Irma sind vorausgefahren, sie haben sich bereits in die Gästeschar eingereiht. Alle schauen mir erwartungsvoll entgegen. Benno hat die Kamera gezückt, Hardy steht daneben und guckt ihm über die Schulter.

Ich halte auf dem Hofplatz an, drehe den Zündschlüssel und betätige die Handbremse. Mit zitternden Beinen steige ich aus. Himmel, bin ich aufgeregt!

Marylou wiehert nochmal, und ich erblicke Patrick. Er steht wie angewurzelt da.

Der Anhänger ist geschlossen und durch die kleinen Fenster vorne am Bug kann man nicht hindurchsehen. Ahnt er, wen ich mitgebracht habe? Oder hat er seine Marylou am Wiehern erkannt?

Sein Mund steht offen, als wolle er etwas sagen. Aus seinem Gesicht ist alle Farbe gewichen. Er bewegt sich keinen Millimeter.

Lüder öffnet die Klappe und tritt beiseite. Ich steige in den Anhänger, löse den Anbindeknoten und führe die Stute die Laderampe hinunter. Sie geht mit gleichmäßigen Schritten rückwärts und als sie das Pflaster unter ihren Hufen spürt, bleibt sie stehen. Sie wendet den Kopf.

„Marylou!", höre ich Patricks erstickte Stimme.

Die Stute antwortet mit einem herzergreifenden

Wiehern. Vielleicht bilde ich mir das nur ein, aber ich könnte schwören, dass in diesem Moment ein ganz besonderer Glanz in ihren Augen erscheint.

„Das gibt's doch nicht!" Patrick kommt langsam auf uns zu, seine Bewegungen sind hölzern, so als könne er nicht glauben, was er da vor sich sieht. Doch plötzlich beginnt sein Gesicht zu leuchten, er strahlt vor Freude, seine Augen werden feucht. Er schlingt die Arme um den Pferdehals.

„Marylou! Mein gutes Mädchen ...", flüstert er.

Ich lasse den Führstrick fallen und gehe zu Gustav, Irma und Lüder hinüber.

„Für diese gute Tat hast du einen Orden verdient", sagt Gustav grinsend zu mir.

Irma tritt nervös von einem Fuß auf den anderen. „Ihr solltet das Pferd in den Stall bringen. Wir müssen los zum Standesamt!"

Gustav klimpert mit dem Schlüsselbund. „Irma hat recht, es wird Zeit! Wenn wir jetzt nicht aufbrechen, verpasst ihr eure Hochzeit."

Die Gäste werden ebenfalls unruhig, einige gehen sogar schon zu ihren Autos. Gustav soll mit dem Brautwagen vorausfahren, so ist's ausgemacht.

Elmar tritt an Patrick heran, klopft ihm auf die Schulter und zeigt auf seine Armbanduhr.

Patrick scheint aus einer anderen Welt aufzutauchen, er sagt etwas zu seinem Bruder, dann sucht sein Blick die Menge ab und verharrt, als er mich entdeckt. Er schaut mich nur an. Ich glaube, für das, was in ihm vorgeht, gibt es keine Worte.

Plötzlich taucht Elmar wieder auf, er hat eine Trense aus dem Stall geholt.

Ich spüre, wie ein breites Grinsen auf meinem Gesicht erscheint. Was hat Patrick vor? Er wird doch nicht …?

Mit geübtem Griff legt er der Stute das Zaumzeug an, schwingt sich auf ihren Rücken und legt die Waden leicht an ihren Leib. Er trabt direkt auf mich zu, hält neben mir an, beugt sich zu mir herunter und fasst nach meiner Hand. Im nächsten Moment sitze ich hinter ihm auf Marylous Rücken.

„Hilfe! Kathi! Dein schönes Kleid!" schreit Irma.

„Wir sehen uns beim Standesamt!", ruft Patrick, und wir winken unseren Gästen übermütig zu.

Ich spüre den warmen Pferdeleib unter mir, schlinge meine Arme um Patricks Hüften und kuschle mich an seinen Rücken. Wir lassen uns vom gleichmäßigen Rhythmus des Pferdes tragen, unsere Körper verschmelzen miteinander.

Ein breiter Sonnenstrahl weist uns den Weg durch die Wiesen und Felder, zwei Schmetterlinge fliegen aus einem Busch auf und tanzen vor uns her.

Patrick lässt seine Stute in einen leichten Galopp fallen. Der Wind fasst in meinen Schleier und meinen Rock, während uns das Pferd mit kraftvollen Sprüngen ans Ziel unserer Träume bringt.

Danke ...

Liebe Leserin, lieber Leser,

meine größte Freude als Autorin ist es, Sie mit einer gelungenen Geschichte zu unterhalten. Ich schreibe für Sie. Ich möchte Ihnen schöne Lesestunden schenken - das ist mein Wunsch.

„Film ab für die Liebe" war eine besonders spannende Erfahrung für mich. Kathi und Patrick haben mein Leben für eine ganze Weile auf den Kopf gestellt. Ich habe diesen Roman mit meinem ganzen Herzen geschrieben und es wäre wunderbar, wenn ich Sie damit berühren konnte.

Nun habe ich eine Bitte an Sie: Wenn Ihnen die Lektüre gefallen hat, dann sagen Sie's bitte anderen Leserinnen und Lesern weiter! Das können Sie ganz leicht mit einer Rezension/Bewertung bei Amazon machen. Damit würden Sie mir als Autorin sehr helfen!

Herzlichen Dank und alles Liebe,

Ihre Karin Köster

www.facebook.com/koester.karin
www.karin-koester.de

Auf den folgenden Seiten finden Sie Hinweise auf weitere Bücher von mir:

Puppenhaus: Romantische Liebeskomödie

Witzig, spritzig und so berührend - ein wunderbarer Liebesroman

Jahrelang folgte Lissy ihrem Ehemann und Globetrotter Pierre durch die ganze Welt. Bis sie schmerzhaft feststellen musste, dass Pierre nicht nur keine Heimat, sondern auch keine Treue kennt.
„Entweder der Richtige ... oder keiner!", denkt Lissy, und auch ihre frisch geschiedenen Freundinnen Barbara und Amanda haben ganz genaue Vorstellungen, wie ihr "Mr. Right" sein soll. Nie mehr wollen sie die Puppe in den Händen eines selbstsüchtigen Mannes sein!
Als Lissy den ernsthaften und mitfühlenden Marcus kennen lernt, ist es um ihr Herz geschehen. Barbara entdeckt einen echten Traumprinzen und Amanda einen fitten Bodybuilder. Doch kann so viel Glück auf einmal wahr sein?

Eine schwungvolle Liebeskomödie um echte und falsche Traumprinzen, die große Liebe und eine waschechte Puppe!

Männer unerwünscht - Die Trilogie: alle drei Bände in einem

Die drei Erfolgsromane im Komplettpaket:
- **Männer unerwünscht**
- **Lass beim Sex die Socken an**
- **Schnittenfänger**

Köstlicher Lesespaß nonstop. Auch einzeln erhältlich.

Leserstimmen:
„... Die Liebe und Tücken des Alltags..."
„Total lustig und herzerwärmend!"
„Doris Sack ist genial. Doris Sack ist Kult."

Doris schlittert von einer Katastrophe in die nächste. Damit zumindest in privater Hinsicht Ordnung in ihrem Leben einkehrt, zieht sie in eine männerverachtende Frauen-Wohngemeinschaft auf dem Lande. Doch schon trifft Doris auf den flotten Björn und den amüsanten Arzt Holger - und ihre guten Vorsätze sind dahin. Mit der Ankunft ihrer konservativen Mutter, der Kündigungsdrohung ihres Chefs und der heimlichen Beherbergung des heißblütigen Angelo in der Wohngemeinschaft bricht für Doris das Chaos aus. Da muss erst ein fast vergessener Freund auftauchen, um die Wogen etwas zu glätten.

+ *"Endlich ein Buch, das UNSERE Sprache spricht ... Klasse, einfach klasse, wie sich Doris Sack durchs Leben schlägt."* + *"Ein Super-Lesespaß - wie aus dem wirklichen Leben - je dünner der Rest des Buches wurde, umso mehr bedauerte ich, dass diese nette Unterhaltung bald vorbei ist!"* + „*Die reale Geschichte einer 25-jährigen, gebeutelt von Mutter und Chef und durch fehlende Beziehung gefrustet, die doch noch die Kurve kriegt - unterstützt durch eine männerfreie WG auf dem Lande. Ein MUSS für jeden, der leichte, amüsante Kost mag!*" +

***

Spürnase: Spannender Liebesroman für Hundefreunde

Neles kleiner Mischlingshund Napoleon liebt gemütliche Sofas und prallvolle Futternäpfe. Und er hat immer den richtigen Riecher. Als ein furchtbares Verbrechen geschieht, erschnüffelt Napoleon die entscheidende Spur. Der Täter wäre längst gefasst, wenn die Menschen die Hundesprache verstehen würden. Die Polizei steht vor einem Rätsel und Nele stürzt sich auf eigene Faust in die Ermittlungen. Sie ahnt nicht, in welche Gefahr sie sich begibt.

Ein packender Roman über Liebe und Lüge, Freundschaft und Vertrauen, aus der Sicht des kleinen und außergewöhnlich intelligenten Mischlingshundes Napoleon.

***

Danke an Tanja für die erhellenden Gespräche.

Danke an Alexandra für die spannenden Informationen.

Danke an Johannes für die lehrreichen Stunden.

Danke an Marcus für die liebevolle Begleitung.

Danke an Gabriel für die wertvollen Erfahrungen.

Zu guter Letzt ein riesengroßes Dankeschön an meine treuen Leserinnen und Leser! Ihr seid die Besten!!!

Danke, dass es Euch gibt!

Eure Karin Köster